L'Adversaire

ISBN 978-2-7011-5445-9
ISSN 2104-9610

CLASSICOLYCÉE

L'Adversaire

EMMANUEL CARRÈRE

Dossier par Marianne Hubac
Agrégée de lettres modernes

BELIN ■ GALLIMARD

Sommaire

Le tour de l'œuvre en 8 fiches

Groupements de textes

Vers l'écrit du Bac

Fenêtres sur...

Des ouvrages à lire, des films à voir
et un site Internet à consulter

Glossaire

Pour entrer dans l'œuvre

Dix-huit ans de mensonge, plus de six ans d'écriture...

Emmanuel Carrère est fasciné par l'étrange, l'inquiétant, la « bifurcation » et les « histoires de folie, d'enfermement, de gel », comme il l'écrit à plusieurs reprises. Ses œuvres ne laissent pas le lecteur indifférent. Au-delà de leur diversité (biographie, roman, essai, autobiographie, mais aussi film et documentaire), elles sont liées par une forte unité thématique et de nombreux jeux d'échos.

L'affaire Romand entre en résonance avec les thèmes de prédilection de l'écrivain: en 1993, les journaux relatent la vie d'un homme qui a fait croire à tout le monde pendant plusieurs années qu'il était médecin et qui a préféré tuer femme, enfants et parents plutôt que de révéler la vérité.

Emmanuel Carrère se lance dans la rédaction d'un texte au statut ambigu, biographie aux allures de roman, récit entrecoupé de passages autobiographiques, de lettres, de transcription journalistique du procès. La genèse du menteur et du tueur côtoie celle du livre, difficile, troublante. L'écrivain cherche à comprendre, travaille la réalité avec exigence, s'y confronte, ne s'interdit cependant pas totalement les pouvoirs de l'imagination, sans pour autant transformer Romand en personnage romanesque.

Emmanuel Carrère a assisté au procès, a recueilli les faits, les témoignages, pour tenter de percer la spirale du mensonge et le mystère de la destruction de toute une famille. Le récit de cette vie est construit avec l'art du monteur cinématographique, pour lisser les différents fragments de la narration. L'écriture en a été douloureuse, le projet plusieurs fois abandonné : «je ne peux pas. Les phrases se dérobent, le "je" sonne faux. J'ai donc décidé de mettre de côté ce travail qui n'est pas mûr.» écrit-il ainsi à Romand.

Le livre a reçu un accueil enthousiaste et élogieux. À la publication, Carrère a finalement été soulagé de voir que sa fascination pour ce fait divers était partagée et qu'il n'était pas le seul à être touché par cette histoire. Le texte a d'ailleurs été adapté au cinéma par Nicole Garcia, mais aussi au théâtre, et l'affaire Romand a inspiré d'autres écrivains et cinéastes.

Le matin du samedi 9 janvier 1993, pendant que Jean-Claude Romand tuait sa femme et ses enfants, j'assistais avec les miens à une réunion pédagogique à l'école de Gabriel, notre fils aîné. Il avait cinq ans, l'âge d'Antoine Romand. Nous sommes allés ensuite déjeuner chez mes parents et Romand chez les siens, qu'il a tués après le repas. J'ai passé seul dans mon studio l'après-midi du samedi et le dimanche, habituellement consacrés à la vie commune, car je terminais un livre auquel je travaillais depuis un an : la biographie du romancier de science-fiction Philip K. Dick. Le dernier chapitre racontait les journées qu'il a passées dans le coma avant de mourir. J'ai fini le mardi soir et le mercredi matin lu le premier article de *Libération* consacré à l'affaire Romand.

Luc Ladmiral a été réveillé le lundi peu après quatre heures du matin par un appel de Cottin, le pharmacien de Prévessin. Il y avait le feu chez les Romand, ce serait bien que les amis viennent sauver ce qui des meubles pouvait l'être. Quand il est arrivé, les pompiers évacuaient les corps. Il se rappellera toute sa vie les sacs de plastique gris, scellés, dans lesquels on avait mis les enfants : trop horribles à voir. Florence avait seulement été recouverte d'un manteau. Son visage, noirci par la fumée, était intact. En lissant ses cheveux, dans un geste d'adieu désolé, les doigts de Luc ont rencontré quelque chose de bizarre. Il a tâtonné, fait rouler avec précaution la tête de la jeune femme, puis appelé un pompier pour lui montrer, au-dessus de la nuque, une plaie béante. Ce devait être une poutre qui lui était tombée dessus, a dit le pompier : le grenier s'était à moitié effondré. Ensuite, Luc est monté dans le camion rouge où on avait étendu Jean-Claude qui, seul de la famille, vivait encore. Son pouls battait faiblement. Il était en pyjama, inconscient, brûlé mais déjà froid comme un mort.

L'ambulance est arrivée, l'a emporté à l'hôpital de Genève. Il faisait nuit, froid, tout le monde était trempé par le jet des lances à incendie. Comme il n'y avait plus rien à faire autour de la maison, Luc est allé chez les Cottin pour se sécher. Dans la lumière jaune de la cuisine, ils ont écouté la cafetière hoqueter sans oser se regarder. Leurs mains tremblaient en soulevant les tasses, en remuant les cuillers qui faisaient un bruit terrible. Puis Luc est retourné chez lui annoncer la nouvelle à Cécile et aux enfants. Sophie, l'aînée,

était la filleule de Jean-Claude. Quelques jours plus tôt, elle avait comme souvent dormi chez les Romand, elle aurait très bien pu y
40 dormir cette nuit et être maintenant dans un sac gris, elle aussi.

Depuis leurs études de médecine à Lyon, ils ne s'étaient pas quittés. Ils s'étaient mariés presque en même temps, leurs enfants avaient grandi ensemble. Chacun savait tout de la vie de l'autre, la façade mais aussi les secrets, des secrets d'hommes honnêtes, rangés,
45 d'autant plus vulnérables à la tentation. Quand Jean-Claude lui avait fait la confidence d'une liaison, parlé de tout envoyer promener, Luc l'avait ramené à la raison : « À charge de revanche, quand ce sera mon tour de jouer au con. » Une telle amitié fait partie des choses précieuses de la vie, presque aussi précieuse qu'un mariage
50 réussi, et Luc avait toujours tenu pour certain qu'un jour ils auraient soixante, soixante-dix ans et du haut de ces années, comme d'une montagne, regarderaient ensemble le chemin parcouru : les endroits où ils avaient buté, failli s'égarer, l'aide qu'ils s'étaient mutuellement apportée, la façon dont, au bout du compte, ils s'en étaient
55 tirés. Un ami, un véritable ami, c'est aussi un témoin, quelqu'un dont le regard permet d'évaluer mieux sa propre vie, et chacun depuis vingt ans avait sans faillir, sans grands mots, tenu ce rôle pour l'autre. Leurs vies se ressemblaient, même s'ils n'avaient pas réussi de la même façon. Jean-Claude était devenu une sommité
60 de la recherche, fréquentant des ministres et courant les colloques internationaux, tandis que Luc était généraliste à Ferney-Voltaire. Mais il n'en éprouvait pas de jalousie. Seul les avait un peu éloignés, les derniers mois, un désaccord absurde à propos de l'école où allaient leurs enfants. Jean-Claude, d'une façon incompréhensible,
65 était monté sur ses grands chevaux, au point que lui, Luc, avait dû faire les premiers pas, dire qu'on n'allait pas se brouiller pour une telle vétille[1]. Cette histoire l'avait tracassé, Cécile et lui en avaient discuté plusieurs soirées de suite. Comme c'était dérisoire à présent !

---

1. **Vétille** : chose insignifiante.

Comme c'est fragile, la vie ! Hier encore, il y avait une famille unie,
70 heureuse, des gens qui s'aimaient, et maintenant un accident de
chaudière, des corps carbonisés qu'on transporte à la morgue…
Sa femme et ses enfants étaient tout pour Jean-Claude. Que serait
sa vie s'il s'en tirait ?

Luc a appelé le service des urgences, à Genève : on avait placé
75 le blessé en caisson hyperbare, le pronostic vital était réservé.

Il a prié avec Cécile et les enfants pour qu'il ne reprenne pas
conscience.

À l'ouverture de son cabinet, deux gendarmes l'attendaient.
Leurs questions lui ont paru étranges. Ils voulaient savoir si les
80 Romand n'avaient pas d'ennemis déclarés, d'activités suspectes…
Comme il s'étonnait, les gendarmes lui ont dit la vérité. Le premier
examen des cadavres prouvait qu'ils étaient morts *avant* l'incendie,
Florence de blessures à la tête infligées par un instrument contondant[1], Antoine et Caroline abattus par balles.

85 Ce n'était pas tout. À Clairvaux-les-Lacs, dans le Jura, l'oncle
de Jean-Claude avait été chargé d'annoncer la catastrophe aux
parents de celui-ci, de vieilles personnes fragiles. Accompagné de
leur médecin, il était allé chez eux. La maison était fermée, le chien
n'aboyait pas. Inquiet, il avait forcé la porte et découvert son frère,
90 sa belle-sœur et le chien baignant dans leur sang. Eux aussi avaient
été tués par balles.

Assassinés. Les Romand avaient été assassinés. Le mot éveillait
dans la tête de Luc un écho sidéré. « Il y a eu vol ? » a-t-il demandé,
comme si ce mot pouvait réduire l'horreur de l'autre à quelque
95 chose de rationnel. Les gendarmes ne savaient pas encore, mais
ces deux crimes frappant à 80 km de distance les membres d'une
même famille faisaient plutôt penser à une vengeance ou un règle-
ment de comptes. Ils en revenaient à la question des ennemis et
Luc, désemparé, secouait la tête : des ennemis, les Romand ? Tout

---

1. **Contondant** : qui blesse par le choc du coup donné, sans couper ni percer.

100 le monde les aimait. S'ils avaient été tués, c'était forcément par des gens qui ne les connaissaient pas.

Les gendarmes ignoraient quel métier exerçait exactement Jean-Claude. Docteur, disaient les voisins, mais il n'avait pas de cabinet. Luc a expliqué qu'il était chercheur à l'Organisation mondiale de la 105 Santé, à Genève. Un des gendarmes a téléphoné, demandé à parler à quelqu'un qui travaillait avec le docteur Romand : sa secrétaire ou un de ses collaborateurs. La standardiste ne connaissait pas de docteur Romand. Comme son interlocuteur insistait, elle lui a passé le directeur du personnel qui a consulté ses fichiers et confirmé : il 110 n'y avait pas de docteur Romand à l'OMS.

Luc a compris alors et ressenti un immense soulagement. Tout ce qui était arrivé depuis quatre heures du matin, le coup de fil de Cottin, l'incendie, les blessures de Florence, les sacs gris, Jean-Claude dans le caisson des grands brûlés, cette histoire de crimes 115 enfin, tout cela s'était déroulé avec une vraisemblance parfaite, une impression de réalité qui ne donnait aucune prise au soupçon, mais maintenant, Dieu merci, le scénario déraillait, s'avouait pour ce qu'il était : un cauchemar. Il allait se réveiller dans son lit. Il s'est demandé s'il se rappellerait tout et s'il oserait le raconter à Jean-120 Claude. «J'ai rêvé que ta maison brûlait, que ta femme, tes enfants, tes parents étaient morts assassinés, que toi tu étais dans le coma et qu'à l'OMS personne ne te connaissait.» Est-ce qu'on peut dire ça à un ami, même à son meilleur ami ? L'idée a traversé Luc, elle devait le hanter par la suite, que dans ce rêve Jean-Claude faisait office de 125 double et qu'il s'y faisait jour des peurs qu'il éprouvait à son propre sujet : peur de perdre les siens mais aussi de se perdre lui-même, de découvrir que derrière la façade sociale il n'était rien.

Au fil de la journée, la réalité est devenue encore plus cauche-mardesque. Convoqué dans l'après-midi à la gendarmerie, Luc a en 130 l'espace de cinq minutes appris qu'on avait trouvé dans la voiture de Jean-Claude un mot de sa main où il s'accusait des crimes et que tout ce qu'on croyait savoir de sa carrière et de son activité professionnelle était un leurre. Quelques coups de téléphone, des vérifications élémentaires avaient suffi à faire tomber le masque. On appelait l'OMS, personne ne l'y connaissait. L'ordre des médecins, il n'y était pas inscrit. Les hôpitaux de Paris, dont on le disait interne, son nom ne figurait pas sur les listes et pas non plus sur celles de la faculté de médecine de Lyon où Luc lui-même, et plusieurs autres, juraient pourtant avoir fait leurs études avec lui. Il les avait commencées, oui, mais il avait cessé de passer ses examens à la fin de la seconde année et, à partir de là, tout était faux.

Luc, d'abord, a refusé tout net de le croire. Quand on vient vous dire que votre meilleur ami, le parrain de votre fille, l'homme le plus droit que vous connaissez a tué sa femme, ses enfants, ses parents et qu'en plus il vous mentait sur tout depuis des années, est-ce qu'il n'est pas normal de continuer à lui faire confiance, même contre des preuves accablantes ? Que serait une amitié qui se laisserait si facilement convaincre de son erreur ? Jean-Claude ne pouvait pas être un assassin. Il manquait forcément une pièce au puzzle. On allait la trouver et tout changerait de sens.

Pour les Ladmiral, ces journées se sont déroulées comme une épreuve surnaturelle. Les disciples de Jésus l'ont vu arrêté, jugé, supplicié comme le dernier des criminels et pourtant, même si Pierre a trébuché, ils ont continué à croire en lui. Le troisième jour, ils ont su qu'ils avaient eu raison de tenir bon. Cécile et Luc ont lutté de toutes leurs forces pour tenir bon. Mais le troisième jour, et même avant, ils ont dû admettre que leur espérance était vaine et qu'il allait falloir vivre avec cela : non seulement la perte de ceux qui étaient morts, mais le deuil de la confiance, la vie tout entière gangrenée[1] par le mensonge.

S'ils avaient pu, au moins, protéger leurs enfants ! Se contenter de leur dire, c'était déjà assez affreux, qu'Antoine et Caroline avaient péri dans un incendie avec leurs parents. Mais il ne servait à rien de

---

1. **Gangrenée** : pourrie, corrompue.

chuchoter. En quelques heures, le pays a été envahi de journalistes,
de photographes, de techniciens de télévision qui harcelaient tout
le monde, même les écoliers. Dès le mardi, ceux-ci savaient tous
qu'Antoine, Caroline et leur maman avaient été tués par leur papa
qui avait ensuite mis le feu à leur maison. Beaucoup, la nuit, se sont
mis à rêver que leur maison brûlait et que leur papa faisait comme
celui d'Antoine et de Caroline. Luc et Cécile s'asseyaient au bord
des matelas qu'on avait traînés les uns à côté des autres car plus
personne n'osait dormir seul, on se serrait à cinq dans la chambre
des parents. Sans savoir encore quoi expliquer, ils berçaient, câli-
naient, essayaient au moins de rassurer. Mais ils sentaient bien que
leurs paroles n'avaient plus le pouvoir magique d'avant. Un doute
s'était insinué, que rien sinon le temps ne pourrait déraciner. Cela
voulait dire que l'enfance leur était volée, aux enfants et à eux leurs
parents, que plus jamais les petits ne s'abandonneraient dans leurs
bras avec cette miraculeuse confiance qui est miraculeuse mais normale, à leurs âges, dans les familles normales, et c'est en pensant à
cela, à ce qui avait été irrémédiablement détruit, que Luc et Cécile
ont commencé à pleurer.

Le premier soir, leur bande d'amis s'est réunie chez eux et ç'a
été pareil tous les soirs pendant une semaine. On restait jusqu'à
trois, quatre heures du matin à essayer de tenir le coup ensemble.
On oubliait de manger, on buvait trop, beaucoup se sont remis à
fumer. Ces veillées n'étaient pas des veillées funèbres, c'étaient
même les plus animées qu'ait connues la maison car le choc était
tel, il précipitait dans un tel maelström[1] de questions et de doutes
qu'il court-circuitait le deuil. Chacun passait au moins une fois
par jour à la gendarmerie, soit parce qu'il y était convoqué, soit
pour suivre les progrès de l'enquête, et tout au long de la nuit on
en discutait, on comparait les informations, on échafaudait des
hypothèses.

---

1. Maelström : tourbillon.

Le pays de Gex est une plaine large d'une trentaine de kilomètres qui s'étend au pied des monts du Jura jusqu'au bord du lac Léman. Bien que située en territoire français, c'est en fait une banlieue résidentielle de Genève, un agrégat de villages cossus[1] où s'est établie une colonie de fonctionnaires internationaux travaillant en Suisse, payés en francs suisses et pour la plupart non soumis à l'impôt. Tous ont à peu près le même train de vie. Ils habitent d'anciennes fermes transformées en villas confortables. Le mari se rend au bureau en Mercedes. Sa femme vaque en Volvo à ses emplettes et à diverses activités associatives. Les enfants fréquentent l'école Saint-Vincent, à l'ombre du château de Voltaire, qui est privée et coûteuse. Jean-Claude et Florence étaient des figures connues et appréciées de cette communauté, ils y tenaient leur rang et tous ceux qui les avaient connus se demandaient à présent: d'où venait l'argent? s'il n'était pas celui qu'il prétendait être, qu'était-il?

Le substitut du procureur de la République, à peine saisi de l'affaire, a déclaré aux journalistes qu'il «s'attendait à tout» puis, après un premier examen des relevés bancaires, que les crimes avaient pour mobiles «la crainte qu'avait le faux médecin de se voir démasqué et l'arrêt brutal d'un trafic aux contours encore obscurs dont il était une des chevilles ouvrières, percevant depuis des années des sommes très importantes». Ce communiqué a échauffé les imaginations. On s'est mis à parler de trafic d'armes, de devises, d'organes, de stupéfiants. D'une vaste organisation criminelle agissant dans l'ex-bloc socialiste en décomposition. De la Mafia russe. Jean-Claude voyageait beaucoup. L'an passé, il était allé à Leningrad d'où il avait rapporté des poupées gigognes à Sophie, sa filleule. Luc et Cécile, dans un accès de paranoïa, se sont demandé si ces poupées ne cachaient pas des documents compromettants, microfilm ou microprocesseur, et si ce n'était pas cela qu'avaient en vain cherché les tueurs à Prévessin et Clairvaux. Car Luc, de plus

---

1. **Cossus** : riches.

oulait encore croire à une machination. Jean-Claude
un espion, un trafiquant de secrets scientifiques ou
il ne pouvait pas avoir tué les siens. *On* les avait tués,
é des preuves pour lui faire endosser les crimes, *on*
même allé jusqu'à détruire les traces de son passé.

« Un banal accident, une injustice peuvent provoquer la folie.
Pardon Corinne, pardon mes amis, pardon aux braves gens de
l'association Saint-Vincent qui voulaient me casser la gueule. »

235 C'était le texte du mot d'adieu laissé dans la voiture. Quel banal
accident ? Quelle injustice ? se demandaient les « amis », qui tous
se retrouvaient le soir chez les Ladmiral. Plusieurs d'entre eux faisaient également partie des « braves gens », membres de l'association
de gestion de l'école, et ceux-là, les gendarmes ne les lâchaient

240 pas. Chacun a dû leur fournir une version détaillée du conflit soulevé, à la rentrée précédente, par le remplacement du directeur.
Ils écoutaient d'un air presque soupçonneux. N'était-ce pas cela,
l'injustice qui avait causé le drame ? Les membres de l'association
étaient effarés : on s'était disputé, oui, peut-être même quelqu'un

245 avait-il parlé de casser la gueule à Jean-Claude, mais il fallait être
fou pour imaginer un rapport entre cette querelle et le massacre
de toute une famille ! Il fallait être fou, admettaient les gendarmes,
n'empêche que le rapport devait bien exister.

Quant à Corinne, dont les journaux avaient reçu l'ordre de

250 taire le nom et parlaient comme d'une « mystérieuse maîtresse »,
son témoignage était ahurissant. Le samedi précédent, Jean-Claude
l'avait retrouvée à Paris pour l'emmener dîner à Fontainebleau
chez son ami Bernard Kouchner. Quelques heures plus tôt, d'après
l'autopsie, il avait tué sa femme, ses enfants et ses parents. Bien sûr,

255 elle ne se doutait de rien. Dans un coin isolé de la forêt, il avait
tenté de la tuer aussi. Elle s'était débattue, il avait renoncé et l'avait
reconduite chez elle en disant qu'il était gravement malade et que
cela expliquait son coup de folie. Apprenant le lundi la nouvelle

du massacre et comprenant qu'elle avait failli en être la sixième victime, elle avait d'elle-même appelé la police, qui avait appelé Kouchner. Il n'avait jamais entendu parler du docteur Romand, il n'avait pas de maison à Fontainebleau.

Tout le monde connaissait Corinne à Ferney, où elle avait habité avant de divorcer et de s'installer à Paris. Personne en revanche ne savait qu'elle avait eu une liaison avec Jean-Claude, sauf Luc et sa femme qui pour cette raison ne lui portaient pas grande estime. Ils la considéraient comme une faiseuse d'embrouilles, capable de raconter n'importe quoi pour se rendre intéressante. Mais comme l'hypothèse de la machination devenait au fil des jours de moins en moins tenable, celle du crime passionnel venait combler un vide. Luc se rappelait les confidences de Jean-Claude, la profonde dépression où l'avait plongé la rupture. Il imaginait sans peine, si la relation avait repris, qu'elle ait pu rendre fou son ami : le va-et-vient entre femme et maîtresse, l'engrenage des mensonges et là-dessus l'angoisse liée à la maladie… Car Jean-Claude lui avait confié aussi qu'il souffrait d'un cancer, pour lequel il se faisait soigner à Paris par le professeur Schwartzenberg. Luc en a parlé aux gendarmes, qui ont contrôlé. Le professeur Schwartzenberg ne le connaissait pas davantage que Kouchner et l'enquête, étendue aux services de cancérologie de tous les hôpitaux français, n'a permis de trouver nulle part de dossier au nom de Jean-Claude Romand.

Corinne a fait exiger par son avocat qu'on ne parle plus d'elle dans la presse comme de la maîtresse du monstre mais comme d'une simple amie. Puis on a appris qu'elle lui avait remis 900 000 F d'économies avec mission de les placer en Suisse pour son compte – au lieu de quoi il les avait détournés. Le mystérieux trafic se réduisait à une banale escroquerie. Il n'a plus été question d'espionnage ni de grand banditisme. Les enquêteurs pensaient qu'il avait abusé la confiance d'autres membres de son entourage et les journalistes laissaient entendre que ceux-ci n'osaient pas se plaindre parce que les placements qu'il leur avait fait miroiter étaient illégaux : cela expliquait peut-être que le cercle des notables de Ferney se montre si réservé… Ces insinuations exaspéraient Luc. En tant que « meilleur ami » de l'assassin, il avait sans arrêt affaire à des types en blousons de cuir qui en brandissant des cartes de presse lui tendaient des micros et lui proposaient de petites fortunes pour ouvrir son album de photos : il les flanquait systématiquement à la porte pour que la mémoire des morts ne soit pas salie et le résultat, c'est qu'on le soupçonnait de frauder le fisc.

D'autres révélations sont venues de la famille de Florence, les Crolet, qui vivaient à Annecy et que les Ladmiral connaissaient bien. Eux aussi avaient confié de l'argent à Jean-Claude : la prime de retraite du père puis, après sa mort, un million de francs tirés de la vente de sa maison. Et non seulement ils savaient cet argent, fruit du travail d'une vie, définitivement perdu, mais un soupçon torturant se mêlait à leur deuil et le parasitait : M. Crolet était mort en tombant dans un escalier alors qu'il se trouvait seul avec Jean-Claude. Est-ce que celui-ci, en plus, n'avait pas tué son beau-père ?

Chacun se demandait : comment avons-nous pu vivre si longtemps auprès de cet homme sans rien soupçonner ? Chacun cherchait dans sa mémoire le souvenir d'un instant où ce soupçon, quelque chose qui aurait pu conduire à ce soupçon l'avait effleuré. Le président de l'association de gestion racontait à tout le monde comment il l'avait cherché sans le trouver dans l'annuaire des organismes internationaux. Luc lui-même se rappelait que l'idée lui en était venue, quelques mois plus tôt, après avoir appris par Florence que son ami avait été reçu cinquième à l'internat de Paris. Ce n'était pas ce succès qui l'étonnait mais de ne pas l'avoir su à l'époque. Pourquoi n'en avoir pas parlé ? Interrogé, traité de cachottier, Jean-Claude avait haussé les épaules, dit qu'il ne voulait pas en faire un plat, changé de sujet. C'était extraordinaire, cette capacité de faire dévier la conversation dès qu'elle venait sur lui. Il le faisait si bien qu'on ne s'en rendait même pas compte et, quand on y repensait, c'était pour finalement admirer sa discrétion, sa modestie,

325 son souci de mettre les autres en valeur plutôt que lui-même. Luc avait vaguement senti pourtant que quelque chose clochait dans ce qu'il disait de sa carrière. Il avait songé à appeler l'OMS pour voir ce qu'il y faisait au juste. Mais le geste lui avait paru absurde. Et maintenant il se répétait que s'il l'avait fait les choses se seraient

330 peut-être passées différemment.

« Peut-être, a dit Cécile quand il lui a fait part de ce remords, peut-être qu'il t'aurait tué, toi aussi. »

Quand ils parlaient de lui, tard dans la nuit, ils ne parvenaient plus à l'appeler Jean-Claude. Ils ne l'appelaient pas Romand non

335 plus. Il était quelque part hors de la vie, hors de la mort, il n'avait plus de nom.

Au bout de trois jours, ils ont appris qu'il allait vivre.

Rendue publique le jeudi, la nouvelle a pesé sur les obsèques des parents Romand qui ont eu lieu le lendemain à Clairvaux-les-

340 Lacs. Celles de Florence et des enfants avaient été repoussées pour compléter l'autopsie. Ces deux circonstances ont rendu la cérémonie plus insoutenable encore. Comment croire aux mots de paix et de repos que le curé se forçait à prononcer tandis qu'on descendait les cercueils en terre, sous la pluie ? Personne ne pouvait se recueillir,

345 trouver au fond de soi un coin de calme, de chagrin acceptable où réfugier son âme. Luc et Cécile étaient venus mais, connaissant à peine la famille, restaient en retrait. Les visages rouges, rugueux, de ces paysans jurassiens portaient la marque de l'insomnie, des pensées de mort, de refus et de honte contre lesquelles on ne peut

350 pas lutter. Jean-Claude avait été la fierté du village. On l'admirait d'avoir si bien réussi et d'être malgré cela resté si simple, si proche de ses vieux parents. Il leur téléphonait tous les jours. On disait qu'il avait refusé, pour ne pas s'éloigner d'eux, un poste prestigieux en Amérique. Dans les deux pages du jour consacrées à l'affaire, *Le*

355 *Progrès* publiait une photo prise en classe de sixième au collège de Clairvaux où on le voyait au premier rang, souriant et doux, et la

légende disait : «Qui aurait cru que celui qu'on donnait en exemple deviendrait un monstre ? »

Le père avait été abattu dans le dos, la mère en pleine poitrine. Elle à coup sûr et peut-être tous les deux avaient su qu'ils mouraient par la main de leur fils, en sorte qu'au même instant ils avaient vu leur mort – que nous verrons tous, qu'ils avaient atteint l'âge de voir sans scandale – et l'anéantissement de tout ce qui avait donné sens, joie et dignité à leur vie. Le curé assurait que maintenant ils voyaient Dieu. Pour les croyants, l'instant de la mort est celui où on voit Dieu, non plus dans un miroir obscurément mais face à face. Même ceux qui ne croient pas croient quelque chose de ce genre : qu'au moment de passer de l'autre côté les mourants voient en un éclair défiler le film entier de leur vie, enfin intelligible. Et cette vision qui aurait dû avoir pour les vieux Romand la plénitude des choses accomplies avait été le triomphe du mensonge et du mal. Ils auraient dû voir Dieu et à sa place ils avaient vu, prenant les traits de leur fils bien-aimé, celui que la Bible appelle le satan, c'est-à-dire l'Adversaire.

On ne pouvait penser qu'à cela : à cette stupéfaction d'enfants trahis dans les yeux des vieillards ; aux petits corps à demi carbonisés d'Antoine et Caroline qui gisaient à côté de leur mère sur des tables à la morgue ; et puis à l'autre corps, lourd et mou, celui de l'assassin qui avait été pour tous si proche, si familier, qui était devenu si monstrueusement étranger et qui lentement recommençait à bouger sur un lit d'hôpital, à quelques kilomètres de là. Il souffrait de brûlures, disaient les médecins, des effets des barbituriques et des hydrocarbures qu'il avait absorbés, mais il devait reprendre pleinement conscience pendant le week-end et serait dès le lundi en état d'être interrogé. Juste après l'incendie, quand on croyait encore à un accident, Luc et Cécile avaient prié pour qu'il meure : c'était pour lui, alors. Maintenant ils priaient pour qu'il meure, mais c'était pour eux-mêmes, pour leurs enfants, pour tous ceux qui vivaient encore. Qu'il reste, lui, la mort faite homme, dans le monde des vivants, c'était une menace effroyable, suspendue, l'assurance que la paix ne reviendrait jamais, que l'horreur n'aurait pas de fin.

Le dimanche, un des six frères de Luc a dit qu'il fallait un nouveau parrain à Sophie. Il s'est proposé, lui a demandé solennellement si elle acceptait. Cette cérémonie familiale a marqué le début du deuil.

L'automne précédent, Déa était en train de mourir du sida. Ce n'était pas une amie proche, mais une des meilleures amies d'une de nos meilleures amies, Elisabeth. Elle était belle, d'une beauté un peu inquiétante que la maladie avait accentuée, avec une crinière fauve dont elle tirait fierté. Devenue très pieuse, vers la fin, elle avait disposé chez elle une sorte d'autel sur lequel des bougies éclairaient des icônes. Une nuit, une bougie a mis le feu à ses cheveux, elle a flambé comme une torche. On l'a transportée au service des grands brûlés de l'hôpital Saint-Louis. Troisième degré sur la moitié du corps : elle ne mourrait pas du sida, c'était peut-être ce qu'elle voulait. Mais elle n'est pas morte tout de suite, ça a duré presque une semaine durant laquelle Elisabeth est allée tous les jours la voir : enfin, voir ce qui restait d'elle. Elle débarquait chez nous après, pour boire et parler. Elle disait que d'une certaine façon c'est beau, un service de grands brûlés. Il y a des voiles blancs, de la gaze, du silence, on croirait le château de la Belle au bois dormant. On ne voyait de Déa qu'une forme entourée de bandelettes blanches et si elle avait été morte ç'aurait été presque apaisant. Le terrible, c'est qu'elle vivait encore. Les médecins assuraient qu'elle n'en avait pas conscience et Elisabeth, qui est parfaitement athée, passait ses nuits à prier pour que ce soit vrai. Moi, à cette époque, j'en étais arrivé dans la biographie de Dick[1] au moment où il écrit ce roman terrifiant qui s'appelle *Ubik* et imagine ce qui se passe dans les cerveaux de gens

---

1. **Philip K. Dick (1928-1982)** : auteur américain de science-fiction.

420 conservés en cryogénie[1] : bribes de pensées à la dérive, échappées
de stocks mémoriels saccagés, grignotement obstiné de l'entropie[2],
courts-circuits provoquant des étincelles de lucidité panique, tout
ce que cache la ligne paisible et régulière d'un encéphalogramme[3]
presque plat. Je buvais et fumais trop, j'avais tout le temps l'impression
425 que j'allais me réveiller en sursaut. Une nuit, c'est devenu insup-
portable. Je me levais, me recouchais près d'Anne endormie, me
retournais, tous les muscles tendus, les nerfs vrillés[4], je crois n'avoir
jamais de ma vie éprouvé une telle sensation de malaise physique
et moral, encore malaise est-il un mot faible, je sentais monter en
430 moi, déferler, prête à me submerger, l'épouvante innommable de
l'enterré vivant. Au bout de plusieurs heures, d'un coup, tout s'est
dénoué. Tout est devenu fluide, libre, je me suis aperçu que je
pleurais, à grosses larmes chaudes, et c'était de joie. Jamais je n'avais
éprouvé une telle sensation de malaise, jamais je n'ai éprouvé une
435 telle sensation de délivrance. Je suis resté un moment à baigner
sans comprendre dans cette espèce d'extase amniotique[5], puis j'ai
compris. J'ai regardé l'heure. Le lendemain j'ai appelé Elisabeth.
Oui, Déa était morte. Oui, juste avant quatre heures du matin.

    Lui seul, encore dans le coma, ne savait pas qu'il était vivant et que
440 ceux qu'il aimait étaient morts de sa main. Cette absence n'allait pas
durer. Il allait sortir des limbes[6]. Que verrait-il en ouvrant les yeux ?
Une chambre peinte en blanc, des bandages blancs enveloppant
son corps. Que se rappelait-il ? Quelles images l'accompagnaient
pendant qu'il remontait vers la surface ? Qui, le premier, allait croiser

---

1. Cryogénie : technique de conservation par le froid.
2. Entropie : état de désordre croissant d'un système (terme de thermodynamique).
3. Encéphalogramme : tracé retranscrivant l'activité électrique du cerveau, signe de mort clinique lorsqu'il est plat.
4. Vrillés : tordus plusieurs fois sur eux-mêmes.
5. Extase amniotique : état de bien-être comparable à celui du fœtus dans le ventre de sa mère.
6. Limbes : état vague, incertain ; en théologie chrétienne, lieu intermédiaire entre la mort et le paradis.

son regard ? Une infirmière, sans doute. Est-ce qu'elle allait lui sourire, comme elles doivent faire toutes dans ces moments-là parce qu'alors une infirmière est une mère qui accueille son enfant au sortir d'un très long tunnel et elles savent toutes d'instinct, sinon elles feraient un autre métier, qu'il est essentiel en sortant de ce tunnel de ressentir de la lumière, de la chaleur, un sourire ? Oui, mais à lui ? L'infirmière devait savoir qui il était, repousser les journalistes qui campaient à l'entrée du service mais lire leurs articles. Elle avait vu les photos, c'étaient toujours les mêmes, la maison incendiée et les six petits portraits d'identité. La vieille dame douce et craintive. Son mari, raide comme la justice, les yeux écarquillés derrière ses grosses lunettes d'écaille. Florence belle et souriante. Lui avec sa bonne tête de père tranquille, un peu empâté, un peu dégarni. Et puis les deux petits, surtout les deux petits, Caroline et Antoine, sept et cinq ans. Je les regarde en écrivant cela, je trouve qu'Antoine ressemble un peu à Jean-Baptiste, le cadet de mes fils, j'imagine son rire, son léger zézaiement, ses colères, son sérieux, tout ce qui était très important pour lui, toute cette sentimentalité pelucheuse qui est la vérité de l'amour que nous portons à nos enfants et moi aussi j'ai envie de pleurer.

Une fois décidé, ce qui s'est fait très vite, d'écrire sur l'affaire Romand, j'ai pensé filer sur place. M'installer dans un hôtel de Ferney-Voltaire, jouer le reporter fouineur et qui s'incruste. Mais je me voyais mal coinçant mon pied dans les portes que des familles endeuillées voudraient me refermer au nez, passant des heures à boire des vins chauds avec des gendarmes francs-comtois, cherchant des stratagèmes pour faire connaissance de la greffière du juge d'instruction. Surtout, je me suis rendu compte que ce n'était pas cela qui m'intéressait. L'enquête que j'aurais pu mener pour mon compte, l'instruction dont j'aurais pu essayer d'assouplir le secret n'allaient mettre au jour que des faits. Le détail des malversations financières de Romand, la façon dont au fil des ans s'était mise en place sa double vie, le rôle qu'y avait tenu tel ou tel, tout cela, que j'apprendrais en temps utile, ne m'apprendrait pas ce que je voulais vraiment savoir : ce qui se passait dans sa tête durant ces journées qu'il était supposé passer au bureau ; qu'il ne passait pas, comme on l'a d'abord cru, à trafiquer des armes ou des secrets industriels ; qu'il passait, croyait-on maintenant, à marcher dans les bois. (Je me rappelle cette phrase, la dernière d'un article de *Libération*, qui m'a définitivement accroché : « Et il allait se perdre, seul, dans les forêts du Jura. »)

Cette question qui me poussait à entreprendre un livre, ni les témoins, ni le juge d'instruction, ni les experts psychiatres ne pourraient y répondre, mais soit Romand lui-même, puisqu'il était en vie, soit personne. Après six mois d'hésitations, je me suis décidé à lui écrire, aux bons soins de son avocat. C'est la lettre la plus difficile que j'ai eu à faire de ma vie.

Paris, le 30 août 1993

Monsieur,

Ma démarche risque de vous heurter. Je cours ma chance tout de même.

Je suis écrivain, auteur à ce jour de sept livres dont je vous envoie le dernier paru. Depuis que j'ai appris par les journaux la tragédie dont vous avez été l'agent et le seul survivant, j'en suis hanté. Je voudrais, autant qu'il est possible, essayer de comprendre ce qui s'est passé et en faire un livre – qui, bien sûr, ne pourrait paraître qu'après votre procès.

Avant de m'y engager, il m'importe de savoir quel sentiment vous inspire un tel projet. Intérêt, hostilité, indifférence ? Soyez sûr que, dans le second cas, j'y renoncerai. Dans le premier, en revanche, j'espère que vous consentirez à répondre à mes lettres et peut-être, si cela est permis, à me recevoir.

J'aimerais que vous compreniez que je ne viens pas à vous poussé par une curiosité malsaine ou par le goût du sensationnel.

Ce que vous avez fait n'est pas à mes yeux le fait d'un criminel ordinaire, pas celui d'un fou non plus, mais celui d'un homme poussé à bout par des forces qui le dépassent, et ce sont ces forces terribles que je voudrais montrer à l'œuvre.

Quelle que soit votre réaction à cette lettre, je vous souhaite, monsieur, beaucoup de courage, et vous prie de croire à ma très profonde compassion.

Emmanuel Carrère

J'ai posté cette lettre. Quelques instants après, trop tard, j'ai pensé avec épouvante à l'effet que risquait de faire sur son destinataire le titre du livre qui l'accompagnait : *Je suis vivant et vous êtes morts.*

J'ai attendu.

Je me disais : si par extraordinaire Romand accepte de me parler (de «me recevoir», comme je l'avais écrit cérémonieusement), si le juge d'instruction, le Parquet ou son avocat ne s'y opposent pas, alors mon travail m'engagera dans des eaux dont je n'ai pas idée. Si, comme il est plus probable, Romand ne me répond pas, j'écrirai un roman «inspiré» de cette affaire, je changerai les noms, les lieux, les circonstances, j'inventerai à ma guise : ce sera de la fiction.

Romand ne m'a pas répondu. J'ai relancé son avocat, qui n'a même pas voulu me dire s'il avait transmis ma lettre et mon livre.

Fin de non-recevoir.

J'ai commencé un roman où il était question d'un homme qui chaque matin embrassait femme et enfants en prétendant aller à son travail et partait marcher sans but dans les bois enneigés. Au bout de quelques dizaines de pages, je me suis trouvé coincé. J'ai abandonné. L'hiver suivant, un livre m'est tombé dessus, le livre que sans le savoir j'essayais vainement d'écrire depuis sept ans[1]. Je l'ai écrit très vite, de façon quasi automatique, et j'ai su aussitôt que c'était de très loin ce que j'avais fait de meilleur. Il s'organisait autour de l'image d'un père meurtrier qui errait, seul, dans la neige,

---

1. Il s'agit de *La Classe de neige*, publié en 1995.

540 et j'ai pensé que ce qui m'avait aimanté dans l'histoire de Romand
avait, comme d'autres projets inaboutis, trouvé là sa place, une place
juste, et qu'avec ce récit j'en avais fini avec ce genre d'obsessions.
J'allais enfin pouvoir passer à autre chose. À quoi ? Je n'en savais
rien et je ne m'en souciais pas. J'avais écrit ce pour quoi j'étais
545 devenu écrivain. Je commençais à me sentir vivant.

Bourg-en-Bresse, le 10/9/95

Monsieur,

Ce n'est ni l'hostilité ni l'indifférence à vos propositions qui expliquent un si long retard dans ma réponse à votre lettre du 30/8/93. Mon avocat m'avait dissuadé de vous écrire tant que l'instruction était en cours. Comme celle-ci vient de s'achever, j'ai l'esprit plus disponible et les idées plus claires (après trois expertises psychiatriques et 250 heures d'interrogatoire) pour donner une éventuelle suite à vos projets. Une autre circonstance fortuite m'a vivement influencé : je viens de lire votre dernier livre, La Classe de neige, et je l'ai beaucoup apprécié.

Si vous souhaitez toujours me rencontrer dans une volonté commune de compréhension de cette tragédie qui reste pour moi d'une actualité quotidienne, il faudrait que vous fassiez une demande de permis de visite adressée à M. le procureur de la République et accompagnée de deux photos et d'une photocopie de la carte d'identité.

Dans l'attente de vous lire ou de vous rencontrer, je vous adresse tous mes vœux de succès pour votre livre et vous prie de croire, Monsieur, à toute ma reconnaissance pour votre compassion et mon admiration pour votre talent d'écrivain.

À bientôt, peut-être.

Jean-Claude Romand

C'est peu dire que cette lettre m'a secoué. Je me suis senti, deux
ans plus tard, rattrapé par la manche. J'avais changé, je me croyais
loin. Cette histoire et surtout mon intérêt pour elle me dégoûtaient
plutôt. D'un autre côté, je n'allais pas lui dire que non, maintenant
je ne souhaitais plus le rencontrer. J'ai demandé un permis de visite.
On me l'a refusé, comme je n'étais pas de la famille, en précisant
que je pourrais renouveler ma démarche après sa comparution
devant la cour d'assises de l'Ain, prévue pour le printemps 1996.
En attendant, restait le courrier.

Il collait au dos des enveloppes de petits stickers avec son nom et
son adresse, «M. Jean-Claude Romand, 6, rue du Palais, 01011 Bourg-
en-Bresse», et quand je lui répondais j'évitais le mot «prison» dans
la suscription[1]. Je devinais qu'il n'aimait pas son grossier papier
quadrillé, l'obligation de le ménager, peut-être même celle d'écrire
à la main. J'ai cessé de taper mes lettres sur l'ordinateur pour qu'à
cet égard au moins nous soyons à égalité. L'obsession que j'avais
de l'inégalité de nos conditions, la peur de le blesser en étalant
ma chance d'homme libre, de mari et de père de famille heureux,
d'écrivain estimé, la culpabilité de n'être pas, moi, coupable, tout
cela a donné à mes premières lettres ce ton presque obséquieux[2]
dont il a fidèlement renvoyé l'écho. Il n'y a sans doute pas trente-six
mille manières de s'adresser à quelqu'un qui a tué sa femme, ses
enfants, ses parents, et leur survit. Mais je me rends compte avec le
recul que je l'ai tout de suite caressé dans le sens du poil en adoptant
cette gravité compassée[3] et compassionnelle[4] et en le voyant non
comme quelqu'un qui a fait quelque chose d'épouvantable mais
comme quelqu'un à qui quelque chose d'épouvantable est arrivé,
le jouet infortuné[5] de forces démoniaques.

---

1. **Suscription** : inscription de l'adresse sur l'enveloppe.
2. **Obséquieux** : d'une politesse excessive.
3. **Compassée** : qui manque de naturel.
4. **Compassionnelle** : sensible à la souffrance d'autrui.
5. **Infortuné** : malheureux.

Je me posais tellement de questions que je n'osais pas lui en poser une seule. Lui, de son côté, était aussi peu enclin à revenir sur les faits que passionnément désireux d'en scruter la signification. Il n'évoquait pas de souvenirs, ne faisait que des allusions lointaines et abstraites à «la tragédie», aucune à ceux qui en avaient été les victimes, mais s'étendait volontiers sur sa propre souffrance, son deuil impossible, les écrits de Lacan qu'il avait entrepris de lire dans l'espoir de se comprendre mieux. Il recopiait pour moi des extraits des rapports des psychiatres: «… Dans l'affaire actuelle, et à un certain niveau archaïque de fonctionnement, J.C.R. ne faisait plus bien la différence entre lui et ses objets d'amour: il faisait partie d'eux et eux de lui dans un système cosmogonique[1] totalisant, indifférencié et clos. À ce niveau, il n'y a plus beaucoup de différence entre suicide et homicide… »

Quand je lui demandais des détails sur sa vie en prison, cela ne le rendait pas plus concret. Il me donnait l'impression de ne pas s'intéresser au réel, seulement au sens qui se cache derrière, et d'interpréter tout ce qui lui arrivait comme signe, notamment mon intervention dans sa vie. Il se disait convaincu «que l'approche de cette tragédie par un écrivain peut largement compléter et transcender[2] d'autres visions, plus réductrices, telles que celles de la psychiatrie ou d'autres sciences humaines» et tenait à me persuader et à se persuader lui-même que «toute "récupération narcissique[3]"» était «loin de (s)a pensée (consciente, du moins)». J'ai entendu qu'il comptait sur moi plus que sur les psychiatres pour lui rendre compréhensible sa propre histoire et plus que sur les avocats pour la rendre compréhensible au monde. Cette responsabilité m'effrayait mais ce n'était pas lui qui était venu me chercher, j'avais fait le premier pas et j'ai considéré que je devais en accepter les conséquences.

---

1. Système cosmogonique : système expliquant (de manière scientifique ou mythique) la formation de l'univers, l'origine du monde et de l'humanité.
2. Transcender : dépasser.
3. Narcissique : centrée sur soi, qui se plaît à contempler sa propre image.

J'ai donné à notre correspondance un tour d'écrou supplémentaire en posant la question : «Êtes-vous croyant ? Je veux dire : pensez-vous que ce que vous-même échouez à comprendre dans cette tragédie, il existe une instance au-dessus de nous qui le comprenne et peut-être puisse l'absoudre ? »

Réponse : «Oui. "Je crois croire." Et je ne pense pas qu'il s'agisse d'une croyance de circonstance, visant à nier la possibilité terrifiante que nous ne soyons pas tous réunis après la mort dans un Amour éternel, ou à trouver un sens à ma (sur)vie dans une rédemption mystique[1]. De nombreux "signes" sont venus depuis trois ans renforcer ma conviction, mais veuillez comprendre ma discrétion dans ce domaine. J'ignore si vous-même êtes croyant. Votre prénom pourrait être un indice positif. »

Là aussi, j'avais commencé. Si embarrassante que soit la question, il fallait y répondre par oui ou par non et, dans le noir, j'ai dit oui. «Autrement, je ne pourrais affronter une histoire aussi terrible que la vôtre. Pour regarder en face, sans complaisance morbide, la nuit où vous avez été, où vous êtes encore plongé, il faut croire qu'il existe une lumière dans laquelle tout ce qui a été, même l'excès du malheur et du mal, nous deviendra intelligible. »

Le procès approchant, il était de plus en plus angoissé. L'enjeu, pour lui, n'était pas pénal : la condamnation serait forcément très lourde, il le savait et je n'avais pas l'impression que la liberté lui manquait. Certaines contraintes lui pesaient dans la vie carcérale mais dans l'ensemble elle lui convenait. Tout le monde était au courant de ce qu'il avait fait, il n'avait plus à mentir et, à côté de la souffrance, goûtait une liberté psychique toute neuve. C'était un détenu modèle, aussi apprécié de ses compagnons que du personnel. Sortir de ce cocon où il avait trouvé sa place pour être jeté en pâture à des gens qui le considéraient comme un monstre le terrifiait. Il se

---

1. Rédemption mystique : fait de se racheter par une foi religieuse intense.

répétait qu'il le fallait, qu'il était essentiel pour les autres et pour lui qu'il ne se dérobe pas devant le tribunal des hommes. «Je me prépare à ce procès, m'écrivait-il, comme à un rendez-vous crucial : ce sera le dernier avec "eux", la dernière chance d'être enfin moi-même face à "eux"… J'ai le pressentiment qu'après, mon avenir ne durera pas longtemps.»

J'ai voulu voir les lieux où il avait vécu en fantôme. Je suis parti une semaine, muni de plans qu'à ma demande il avait dessinés avec soin, d'itinéraires commentés que j'ai suivis fidèlement, en respectant même l'ordre chronologique qu'il me suggérait. («Merci de me donner l'occasion de reparcourir cet univers familier, parcours très douloureux mais plus facile à partager avec quelqu'un qu'à refaire seul…») J'ai vu le hameau de son enfance, le pavillon de ses parents, son studio d'étudiant à Lyon, la maison incendiée à Prévessin, la pharmacie Cottin où sa femme faisait des remplacements, l'école Saint-Vincent de Ferney. J'avais le nom et l'adresse de Luc Ladmiral, je suis passé devant son cabinet mais ne suis pas entré. Je n'ai parlé à personne. J'ai traîné seul là où il traînait seul ses journées désœuvrées : sur des chemins forestiers du Jura et, à Genève, dans le quartier des organisations internationales où se trouve l'immeuble de l'OMS. J'avais lu qu'une photo de grand format représentant cet immeuble était encadrée au mur du salon où il a tué sa mère. Une croix marquait, sur la façade, la fenêtre de son bureau, mais je ne connaissais pas la place de cette croix et ne suis pas allé au-delà du hall.

Je ressentais de la pitié, une sympathie douloureuse en mettant mes pas dans ceux de cet homme errant sans but, année après année, replié sur son absurde secret qu'il ne pouvait confier à personne et que personne ne devait connaître sous peine de mort. Puis je pensais aux enfants, aux photos de leurs corps prises à l'institut médico-légal : horreur à l'état brut, qui fait instinctivement fermer les yeux, secouer la tête pour que cela n'ait pas existé. J'avais cru en avoir fini avec ces histoires de folie, d'enfermement, de gel. Pas

690 forcément me mettre à l'émerveillement franciscain[1] avec laudes[2]
à la beauté du monde et au chant du rossignol, mais tout de même
être délivré de ça. Et je me retrouvais choisi (c'est emphatique[3], je
sais, mais je ne vois pas le moyen de le dire autrement) par cette
histoire atroce, entré en résonance avec l'homme qui avait fait ça.
695 J'avais peur. Peur et honte. Honte devant mes fils que leur père
écrive là-dessus. Était-il encore temps de fuir ? Ou était-ce ma vocation
particulière d'essayer de comprendre ça, de le regarder en face ?

Pour être sûr d'être bien placé, je me suis fait accréditer aux
assises de l'Ain par *Le Nouvel Observateur*. La veille de la première
700 audience, toute la presse judiciaire française s'est retrouvée dans
le principal hôtel de Bourg-en-Bresse. Je ne connaissais jusqu'alors
qu'une catégorie de journalistes, les critiques de cinéma, j'en découvrais
une autre, avec ses rassemblements tribaux qui ne sont pas
des festivals mais des procès. Quand, ayant un peu bu comme nous
705 l'avons fait ce soir-là, ils se rappellent leurs campagnes, ce n'est pas
Cannes, Venise ou Berlin, mais Dijon pour Villemin ou Lyon pour
Barbie[4], et je trouvais ça autrement sérieux. Mon premier article
sur l'affaire me valait de la considération. Le vieux routier de *L'Est
républicain* me tutoyait en me versant des chopines, la jolie fille de
710 *L'Humanité* me souriait. Je me suis senti adoubé[5] par ces gens dont
l'humanité me plaisait.

C'est à l'accusé qu'appartient d'autoriser ou d'interdire la présence
de photographes au début des audiences et Romand l'avait
autorisée, ce que certains interprétaient comme une marque de
715 cabotinage[6]. Il y en avait le lendemain matin une bonne trentaine, et

---

1. Franciscain : propre à l'ordre religieux de saint François d'Assise (XIIIᵉ siècle).
2. Laudes : prières dites à l'aube.
3. Emphatique : pompeux, exagéré.
4. En 1984, a lieu à Dijon un procès retentissant suite à l'assassinat du petit Grégory Villemin. En 1987, est jugé à Lyon Klaus Barbie, chef de la Gestapo à Lyon en 1943-1944. Il est condamné pour crime contre l'humanité.
5. Adoubé : initié, reconnu.
6. Cabotinage : comportement affecté et prétentieux, pour se faire valoir.

des cameramen de toutes les chaînes de télévision qui pour tromper l'attente filmaient le box vide, les moulures de la salle et, devant l'estrade de la Cour, la vitrine exposant les pièces à conviction : carabine, silencieux, bombe lacrymogène, photos extraites d'un album de famille. Les enfants riaient en s'éclaboussant dans une piscine gonflable de jardin. Antoine soufflait les bougies de son quatrième anniversaire. Florence les regardait avec une tendresse confiante et gaie. Lui non plus ne semblait pas triste sur une photo qui devait dater de leurs fiançailles ou des premiers temps de leur mariage : ils étaient à une table de restaurant ou de banquet, des gens s'amusaient autour d'eux, il la tenait par les épaules, ils avaient vraiment l'air amoureux. Son visage était poupin[1], avec les cheveux qui frisaient, une expression de gentillesse rêveuse. Je me suis demandé si au moment de cette photo il avait déjà commencé à mentir. Sans doute oui.

L'homme que les gendarmes ont fait entrer dans le box avait la peau cireuse des prisonniers, les cheveux ras, le corps maigre et mou, fondu dans une carcasse restée lourde. Il portait un costume noir, un polo noir au col ouvert, et la voix qu'on a entendue répondre à l'interrogatoire d'identité était blanche. Il gardait les yeux baissés sur ses mains jointes qu'on venait de libérer des menottes. Les journalistes en face de lui, la présidente et les jurés à sa droite, le public à sa gauche le scrutaient, médusés. « On n'a pas tous les jours l'occasion de voir le visage du diable » : ainsi commençait, le lendemain, le compte rendu du *Monde*. Moi, dans le mien, je disais : d'un damné[2].

Seules les parties civiles ne le regardaient pas. Assise juste devant moi, entre ses deux fils, la mère de Florence fixait le plancher comme si elle s'accrochait à un point invisible pour ne pas s'évanouir. Il avait fallu qu'elle se lève ce matin, qu'elle prenne un petit déjeuner, qu'elle choisisse des vêtements, qu'elle fasse depuis Annecy le

---

1. **Poupin** : rebondi et coloré comme le visage d'une poupée.
2. **Damné** : condamné aux peines de l'enfer.

trajet en voiture et à présent elle était là, elle écoutait la lecture des 24 pages de l'acte d'accusation. Quand on est arrivé à l'autopsie de sa fille et de ses petits-enfants, la main crispée qui serrait devant sa
750 bouche un mouchoir roulé en boule s'est mise à trembler un peu. J'aurais pu, en tendant le bras, toucher son épaule, mais un abîme me séparait d'elle, qui n'était pas seulement l'intolérable intensité de sa souffrance. Ce n'est pas à elle et aux siens que j'avais écrit, mais à celui qui avait détruit leurs vies. C'est à lui que je croyais
755 devoir des égards parce que, voulant raconter cette histoire, je la considérais comme *son* histoire. C'est avec son avocat que je déjeunais. J'étais de l'autre côté.

Il restait prostré[1]. Vers la fin de la matinée seulement il a risqué des regards vers la salle et les bancs de la presse. La monture de
760 ses lunettes scintillait derrière la vitre qui le séparait de nous tous. Quand ses yeux ont enfin croisé les miens, nous les avons baissés tous les deux.

---

1. **Prostré** : abattu.

Pour comprendre l'essentiel

Carrère et Romand : l'écrivain et le criminel

❶ Carrère explique comment il a découvert l'affaire Romand et comment est née l'envie d'écrire sur ce fait divers. Caractérisez les liens établis entre les deux hommes en vous appuyant sur les pages 9, 27 et 32-38.

❷ Carrère présente Jean-Claude Romand à partir de photos, puis le premier jour du procès. Mettez en évidence ce qui ressort de ce double portrait à partir des pages 27 et 37.

❸ Carrère fait de nombreuses références à son activité d'écrivain. Relevez les différentes allusions à ses œuvres et analysez l'effet produit par ces mentions.

Du fait divers au texte littéraire

❹ À plusieurs reprises et en particulier dans les pages 27 à 30, Carrère explique son projet. Reformulez-le.

❺ Le titre « L'Adversaire » ne laisse pas apparaître de lien direct avec le fait divers de l'affaire Romand. Dites comment on peut le comprendre avant la lecture, et après (vous pouvez prendre appui sur la page 22).

❻ Le terme qui revient pour décrire les événements meurtriers du 9 janvier 1993 est celui de « tragédie », donnant une dimension littéraire au fait divers. Relevez dans le texte tous les termes ou expressions qui appartiennent au registre tragique (p. 28 à 37).

L'Adversaire, un « monstre » littéraire

❼ Le texte semble comporter plusieurs débuts. Montrez-le et dites si *L'Adversaire* appartient à un genre littéraire précis.

❽ Le début de *L'Adversaire* (p. 11 à 23) est occupé par le point de vue de Luc. Montrez l'intérêt du choix de cette focalisation interne.

❾ « J'ai bientôt jugé impossible (techniquement et moralement, les deux vont de pair) de me tenir [au] point de vue [de Luc] » écrit Carrère à Romand dans sa lettre du 21 novembre 1996 (p. 155). En confrontant les pages 11 à 23 au projet et à la démarche de Carrère (p. 32-38), expliquez pourquoi il ne pouvait pas écrire tout son texte du point de vue de Luc.

Rappelez-vous !

• L'*incipit* d'un récit a pour fonction de **mettre en place l'univers de référence et les choix narratifs** (temps des verbes, focalisation…). Il doit **susciter l'intérêt** et l'attention du lecteur. Dans *L'Adversaire*, Carrère détourne ces codes et propose de multiples débuts : ainsi, la première page pourrait être considérée comme un prologue, la deuxième remplissant alors les fonctions traditionnelles de l'*incipit* avec un début *in medias res* (immédiatement au cœur de l'action).

• La tragédie met en jeu un **destin inéluctable** : une fatalité écrase l'homme qui lutte contre des forces qui le dépassent. Emmanuel Carrère fait de Romand un **personnage tragique**, il le présente ainsi comme « quelqu'un à qui quelque chose d'épouvantable est arrivé, le jouet infortuné de forces démoniaques » (p. 32).

Vers l'oral du Bac

Analyse des lignes 492-545, pages 28-30

☞ Montrer comment l'écrivain se met en scène à l'aube d'un nouveau projet

Conseils pour la lecture à voix haute

– La lecture à voix haute fait partie intégrante de l'épreuve du Bac et de l'évaluation : il est donc important de s'entraîner. Vous ne devez surtout pas donner l'impression que vous découvrez l'extrait ; au contraire, la lecture manifeste déjà l'analyse du texte.

– Ce passage est composé de la première lettre que Carrère adresse à Romand et des pensées de l'écrivain dans l'attente d'une réponse : distinguez bien les deux moments et respectez particulièrement tous les signes de ponctuation qui rythment le passage, y compris les mots entre guillemets et parenthèses.

Analyse du texte

▪ *Introduction rédigée*

Lorsque Carrère découvre l'affaire Romand, il lui vient très vite l'idée d'en faire un livre. Puisque c'est le cheminement intérieur du criminel mythomane qui l'intéresse, il se décide à entrer en contact avec lui, par l'intermédiaire d'une lettre, « la plus difficile qu'[il a] eu à faire de sa vie ». L'extrait suivant est constitué à la fois de cette lettre, dans laquelle Carrère se présente à Romand, et de la réflexion personnelle qu'elle suscite. Il permet de préciser le projet original de l'écrivain qui se met en scène en tant qu'homme de lettres à la rencontre de son sujet et de ses mots. Carrère affirme sa fascination pour le fait divers et expose l'élaboration de son projet littéraire.

■ *Analyse guidée*

I. Un écrivain reconnu

a. Carrère débute sa lettre en se présentant à Romand et se met en scène dans tout l'extrait. Soulignez ce qu'il choisit de mettre en avant.

b. Cet extrait dévoile différentes étapes du travail préparatoire de l'écrivain et la démarche singulière de Carrère : montrez-le.

c. Dans la lettre, comme dans le reste du passage, la maîtrise de l'écriture manifeste un écrivain à l'œuvre. Montrez notamment comment Carrère dramatise l'attente de la réponse de Romand.

II. À la rencontre d'un fait divers

a. À l'origine du projet d'écriture de Carrère, il y a la découverte d'une affaire de crimes et de mensonges. Étudiez les échos que Carrère donne au fait divers dans cet extrait.

b. Carrère s'adresse directement à Romand. Montrez qu'il se positionne par rapport à lui en tant qu'homme et pas seulement en tant qu'écrivain.

c. Le fait divers a fortement touché l'écrivain. Relevez tous les termes qui traduisent son intérêt et sa fascination.

III. Un projet littéraire en élaboration

a. Carrère figure Romand en personnage tragique, lui donnant d'emblée une dimension littéraire. Montrez-le.

b. Le choix de la fiction n'est présenté ici que comme une solution de repli pour répondre au projet de Carrère. Montrez que le texte qu'il souhaiterait rédiger ne répond pas à une définition précise.

c. Le projet de Carrère semble posséder un cycle de vie et de mort : relevez les étapes du processus complexe d'écriture de *L'Adversaire*.

■ *Conclusion rédigée*

Ce fragment appartient à la genèse du récit : il y est moins question de Romand que de l'utilisation littéraire du fait divers à laquelle Carrère va s'atteler. Celui-ci se présente comme un écrivain reconnu, et s'inclut dans son récit puisque c'est aussi son rapport à l'histoire de Jean-Claude Romand qui l'intéresse. Ses considérations sont donc à la fois littéraires et humaines : en tant qu'écrivain il emploie un vocabulaire qui lui est spécifique, en tant qu'homme il fait part de ses sentiments dans l'attente de la réaction de Romand et de l'élaboration de son livre. L'absence de réponse semble condamner le projet de Carrère. Pourtant le livre existe, nous l'avons entre les mains.

Les trois questions de l'examinateur

Question 1. Si les lettres échangées entre Carrère et Romand prennent une place importante, d'autres lettres sont évoquées dans *L'Adversaire*. Lesquelles ?

Question 2. Proposez une définition du genre romanesque et dites s'il est important pour vous, quand vous lisez un roman, de savoir s'il a été inspiré par un fait réel.

Question 3. Connaissez-vous d'autres écrivains qui se sont inspirés de faits divers ?

[Suite de la page 38]

Les Romand sont une famille de forestiers jurassiens, établis depuis plusieurs générations dans le bourg de Clairvaux-les-Lacs ou des villages voisins. Ils y forment un véritable clan, dont on respecte la vertu austère[1] et cabocharde[2] : « Une vraie tête de Romand », dit-on. Ils travaillent dur, craignent Dieu, et leur parole vaut contrat.

Aimé Romand, né au lendemain de la guerre de 14, a été mobilisé en 39 et, aussitôt fait prisonnier, interné cinq ans dans un stalag[3]. De retour au pays, décoré, il a travaillé avec son père et pris sa suite comme gérant d'une société forestière. Parce qu'il est relativement facile de tricher avec les coupes de bois, ce métier réclame une grande confiance de la part des actionnaires. Aimé, comme son père, méritait cette confiance. Grand et anguleux, avec des yeux perçants, il en imposait sans avoir le charisme plus sanguin de son frère cadet Claude, qui était garagiste. Il a épousé une petite femme effacée qu'on a pris l'habitude de considérer comme malade sans savoir au juste de quelle maladie elle souffrait. Elle avait une mauvaise santé, elle se faisait du mauvais sang. Que ce soit dû à cette dépression larvée ou à une tendance obsessionnelle chez Aimé, on devine dans ce couple quelque chose de raide, de tatillon, une habitude tôt contractée du scrupule et du repli. C'est le genre de famille où on a beaucoup d'enfants mais eux n'ont eu que Jean-

---

1. **Austère** : qui fait preuve de rigidité morale.
2. **Cabocharde** : entêtée (terme familier).
3. **Stalag** : camp allemand de prisonniers durant la Seconde Guerre mondiale.

Claude, en 1954. Deux fois ensuite, Anne-Marie a été hospitalisée
785 pour des grossesses extra-utérines qui ont fait craindre pour sa vie.
Son père a essayé de cacher ce qui se passait au petit garçon, pour
ne pas l'inquiéter et parce que ce qui se passait avait trait au monde
malpropre et menaçant du sexe. L'hystérectomie[1] a été camouflée
en appendicite mais, les deux fois, il a déduit de l'absence de sa
790 mère, du chuchotement sinistre dans lequel on prononçait le mot
« hôpital », qu'elle était morte et qu'on lui cachait cette mort.

Sa petite enfance s'est déroulée dans le hameau où, le temps que
lui laissait son travail de régisseur forestier, son père exploitait une
ferme. J'y suis passé, guidé par ses plans : ce sont quelques maisons
795 au fond d'une combe[2] perdue dans une immense et sombre sapi-
nière. L'école n'avait que trois élèves. Ensuite, ses parents ont fait
bâtir à Clairvaux et s'y sont installés. Il avait un an d'avance, lisait
beaucoup. En classe de septième, il a remporté le prix d'excellence.
Les voisins, les cousins, les maîtres d'école se rappellent un petit
800 garçon sage, calme et doux, que certains sont tentés de décrire trop
sage, trop calme, trop doux, tout en reconnaissant que cet excès de
mesure leur est apparu après coup, pauvre explication d'un drame
inexplicable. Un enfant unique, un peu couvé peut-être. Un enfant
qui ne faisait jamais de bêtises, plus estimable – si on peut dire cela
805 d'un enfant – que vraiment attachant, mais qu'on n'imaginait pas
pour autant malheureux. Lui-même parle rarement de son père
sans glisser une bizarre petite parenthèse endimanchée comme quoi
il portait bien son prénom : « Aimé, le bien nommé. » Il dit que sa
mère se faisait du souci, à tout propos, et qu'il a tôt appris à don-
810 ner le change pour qu'elle ne s'en fasse pas davantage. Il admirait
son père de ne jamais laisser paraître ses émotions et s'est efforcé
de l'imiter. Tout devait toujours aller bien, sans quoi sa mère irait
plus mal et il aurait été un ingrat de la faire aller plus mal pour des

---

1. **Hystérectomie** : opération chirurgicale qui consiste à enlever l'utérus.
2. **Combe** : vallée en forme de ravin dans un relief montagneux.

broutilles, de petits chagrins d'enfant. Mieux valait les cacher. Dans
le village, par exemple, les fratries étaient nombreuses, c'était plus
animé chez les autres que chez lui mais il sentait que cela peinait
ses parents quand il leur demandait pourquoi lui n'avait pas de
frère ou de sœur. Il sentait que cette question recouvrait quelque
chose de caché et que sa curiosité mais plus encore sa peine leur
faisaient du chagrin. C'était un mot de sa mère, le chagrin, auquel
elle donnait un sens curieusement concret, comme s'il s'agissait
d'une maladie organique qui la minait. Il savait qu'en s'avouant lui
aussi atteint de cette maladie il ferait empirer celle de sa mère, qui
était beaucoup plus grave et risquait de la tuer. D'un côté, on lui
avait appris à ne pas mentir, c'était un dogme[1] absolu : un Romand
n'avait qu'une parole, un Romand était franc comme l'or. De l'autre,
il ne fallait pas dire certaines choses, même si elles étaient vraies.
Il ne fallait pas causer de chagrin, pas non plus se vanter de son
succès ou de sa vertu.

(Souhaitant faire comprendre cela, il a raconté tout à trac que
sa femme et lui prétendaient parfois aller au cinéma à Genève
alors qu'en réalité ils faisaient de l'alphabétisation dans des familles
défavorisées. Ils n'en avaient jamais parlé à leurs amis, ni lui au
juge d'instruction, et quand la présidente, interloquée, a voulu lui
en faire dire plus – dans quel cadre cela se passait, qui étaient ces
familles –, il s'est retranché derrière la discrétion qu'il devait à la
mémoire de Florence : elle n'aurait pas aimé qu'il fasse étalage de
leur générosité.)

On allait en finir avec l'enfance de l'accusé quand Mᵉ Abad, son
avocat, lui a demandé : « Quand vous aviez des joies ou des peines,
alors, est-ce que votre confident n'était pas votre chien ? » Il a ouvert
la bouche. On attendait une réponse banale, prononcée sur ce ton
à la fois raisonnable et plaintif auquel on commençait à s'habituer,

---

1. Dogme : principe fondamental et indiscutable (dans une doctrine religieuse et de
façon générale).

mais rien n'est sorti. Il a vacillé. Il s'est mis à trembler doucement,
845   puis fort, de tous ses membres, et une sorte de fredon[1] égaré s'est
échappé de sa bouche. Même la mère de Florence a tourné le regard
dans sa direction. Alors il s'est jeté à terre en poussant un gémissement à glacer le sang. On a entendu sa tête frapper le plancher,
on a vu ses jambes battre l'air au-dessus du box. Les gendarmes
850   qui l'entouraient ont fait ce qu'ils ont pu pour maîtriser sa grande
carcasse agitée de convulsions, puis l'ont emmené, toujours tres-
sautant et gémissant.

Je viens d'écrire : « à glacer le sang ». J'ai compris ce jour-là
quelle vérité recouvrent d'autres expressions toutes faites : c'est
855   vraiment « un silence de mort » qui s'est abattu après sa sortie, jusqu'à
ce que la présidente, d'une voix mal assurée, déclare l'audience
suspendue pour une heure. Les gens n'ont commencé à parler,
à essayer d'interpréter ce qui venait de se passer qu'une fois hors
de la salle. Les uns voyaient dans cette crise un signe d'émotion
860   bienvenu, tant il avait jusqu'alors paru détaché. Les autres jugeaient
monstrueux que cette émotion, chez un homme qui avait tué ses
enfants, se manifeste à propos d'un chien. Certains se demandaient
s'il simulait. J'avais en principe arrêté de fumer mais j'ai tapé une
cigarette à un vieux dessinateur de presse qui portait barbe blan-
865   che et catogan[2]. « Vous avez compris, m'a-t-il demandé, ce que
son avocat est en train d'essayer ? » Je n'avais pas compris. « Il veut
le faire craquer. Il se rend compte que ça manque de tripes, que
le public le trouve froid, alors il veut qu'on voie le défaut de la
cuirasse. Mais il ne se rend pas compte, c'est horriblement dan-
870   gereux de faire ça. Je peux vous le dire, il y a quarante ans que je
trimballe mon carton à dessin dans tous les tribunaux de France,
j'ai l'œil. Ce type est un *très* grand malade, les psychiatres sont fous
de l'avoir laissé passer en jugement. Il se contrôle, il contrôle tout,
c'est comme ça qu'il tient debout, mais si on se met à le titiller là

---

1. **Fredon** : air chanté à mi-voix ; son, bruit indistinct.
2. **Portait catogan** : portait les cheveux attachés en queue de cheval.

où il ne peut plus contrôler, il va se fissurer devant tout le monde et je vous assure, ça va être épouvantable. On croit que c'est un homme qu'on a devant nous, mais en fait ça n'est plus un homme, ça fait longtemps que ça n'est plus un homme. C'est comme un trou noir, et vous allez voir, ça va nous sauter à la gueule. Les gens ne savent pas ce que c'est, la folie. C'est terrible. C'est ce qu'il y a de plus terrible au monde. »

Je hochais la tête. Je pensais à *La Classe de neige*, qu'il m'avait dit être le récit exact de son enfance. Je pensais au grand vide blanc qui s'était petit à petit creusé à l'intérieur de lui jusqu'à ce qu'il ne reste plus que cette apparence d'homme en noir, ce gouffre d'où s'échappait le courant d'air glacial qui hérissait l'échine du vieux dessinateur.

L'audience a repris. Remis sur pied par une piqûre, il a essayé d'expliquer sa crise : « … D'évoquer ce chien, ça m'a rappelé des secrets de mon enfance, des secrets lourds à porter… C'est peut-être indécent de parler des souffrances de mon enfance… Je ne pouvais pas en parler parce que mes parents n'auraient pas compris, auraient été déçus… Je ne mentais pas alors, mais je ne confiais jamais le fond de mes émotions, sauf à mon chien… J'étais toujours souriant, et je crois que mes parents n'ont jamais soupçonné ma tristesse… *Je n'avais rien d'autre à cacher alors, mais je cachais cela : cette angoisse, cette tristesse…* Ils auraient été prêts à m'écouter sans doute, Florence aussi y aurait été prête, mais je n'ai pas su parler… et quand on est pris dans cet engrenage de ne pas vouloir décevoir, le premier mensonge en appelle un autre, et c'est toute une vie… »

Un jour ce chien a disparu. L'enfant, c'est du moins ce que raconte l'adulte, a soupçonné son père de l'avoir abattu à la carabine. Soit parce qu'il était malade et que le père voulait épargner à son fils l'épreuve de le voir agoniser, soit parce qu'il avait commis un acte si grave que l'exécution capitale était la seule peine possible. Une dernière hypothèse serait que le père ait dit vrai, que le chien ait réellement disparu, mais il ne semble pas que l'enfant l'ait jamais envisagée, tant la pratique du pieux mensonge allait de soi dans cette famille où la règle était de ne mentir jamais.

910 Tout au long du procès, les chiens de sa vie ont réveillé chez lui des émotions intenses. Aucun, curieusement, n'a été nommé. Il y revenait sans cesse, évoquant pour dater les événements leurs maladies et le souci qu'elles lui avaient donné. Plusieurs personnes ont eu l'impression qu'il essayait, consciemment ou non, d'exprimer
915 quelque chose en se servant des larmes que ces histoires lui faisaient monter aux yeux, que quelque chose voulait sortir par cette brèche et que ce quelque chose n'est finalement pas sorti.

Interne au lycée de Lons-le-Saunier, il a été un adolescent solitaire, mauvais en sport, effarouché[1], pas tant par les filles qui habitaient une
920 autre planète que par les garçons plus dégourdis qui prétendaient en fréquenter. Il dit s'être réfugié dans la compagnie d'une petite amie imaginaire appelée Claude, dont les psychiatres se demandent s'il ne l'a pas inventée après coup pour leur complaire. Il est avéré, en revanche, qu'il a décroché un 16 au bac de philo et que, sur les
925 trois sujets proposés dans son académie à la session de juin 1971, il a choisi : « La vérité existe-t-elle ? »

Pour passer le concours des Eaux et forêts, il a intégré la classe préparatoire d'Agro au prestigieux lycée du Parc, à Lyon, et là, cela s'est mal passé. Il parle d'un bizutage[2], tout en reconnaissant qu'il
930 n'était pas méchant. A-t-il été humilié ? Il a réagi en tombant malade, des sinusites à répétition qui lui ont permis de ne pas retourner à Lyon après les vacances de la Toussaint et de passer le reste de l'année scolaire claquemuré[3] chez ses parents.

Ce qu'a été cette année à Clairvaux, il est le seul à pouvoir le
935 dire et ne le dit pas. C'est un blanc dans sa vie. L'hiver, la nuit sont

---

1. **Effarouché** : effrayé, intimidé.
2. **Bizutage** : ensemble d'épreuves d'initiation que l'on fait subir aux élèves de première année.
3. **Claquemuré** : enfermé à l'étroit.

longs dans un village du Jura. On s'y calfeutre, on allume tôt, on surveille la grande rue derrière les rideaux de gaze[1] et le brouillard. Les hommes vont au café mais lui n'y allait pas. Il sortait peu, ne parlait à personne, sauf à ses parents qu'il lui fallait entretenir dans l'idée de sa maladie physique car toute forme de doute ou de mélancolie leur serait apparue comme un caprice. Il était grand, massif, avec un corps doux et mou dont les mensurations étaient déjà celles d'un adulte et la chair celle d'un enfant épouvanté. Sa chambre, qu'il n'avait pas vraiment habitée durant ses années d'internat, restait une chambre d'enfant. Elle devait le rester jusqu'au jour, vingt-deux ans plus tard, où il y a tué son père. Je l'imagine allongé sur son lit devenu trop petit, regardant le plafond, s'affolant soudain, en silence, parce qu'il fait déjà nuit, s'hébétant[2] de lecture. Ses parents n'avaient guère que des livres pratiques, sur la forêt et l'art de tenir sa maison, une étagère consacrée à la Seconde Guerre mondiale et quelques ouvrages pieux[3]. Ils se méfiaient des romans : il fallait que leur fils soit malade pour qu'ils lui donnent de quoi en acheter à la maison de la presse, dont le tourniquet de livres de poche se renouvelait peu. Ils l'avaient inscrit à un cours par correspondance. Chaque semaine – c'était un petit événement à la maison, où on ne recevait pas tant de courrier –, le facteur apportait une grosse enveloppe saumon dont le rabat collait mal et qu'il fallait réexpédier, le travail fait, en attendant la livraison suivante, les corrigés, les notes. Il respectait le rituel, mais faisait-il vraiment les devoirs ? Il y a forcément eu, en tout cas, une période où il n'a poursuivi que pour la forme son programme et, sans oser l'annoncer, mûri la décision de ne pas revenir en prépa d'Agro, donc de renoncer aux Eaux et forêts.

On le voulait forestier, il va étudier la médecine. Ce changement d'orientation témoigne à première vue d'une fermeté capable

---

1. **Gaze** : tissu léger et transparent.
2. **(S')hébétant** : (s')abêtissant, (s')abrutissant.
3. **Pieux** : religieux, pleins de piété.

d'opposer sa préférence à une contrainte. Il dit pourtant s'y être résolu à regret. Tout au long du dossier, il s'étend sur son amour de la forêt, hérité d'Aimé qui considérait chaque arbre comme un être vivant et réfléchissait longtemps avant d'en désigner un
970 pour l'abattage. La vie d'un arbre pouvant couvrir six générations humaines, c'est à cette aune[1] qu'on mesurait chez lui celle d'un homme, organiquement relié à trois générations d'ascendants et trois de descendants. Il dit qu'il n'imaginait rien de plus beau que de vivre et travailler dans la forêt comme l'avaient toujours fait les
975 siens. Pourquoi y avoir renoncé ? Je pense qu'il a effectivement rêvé d'être forestier comme son père, parce qu'il voyait son père respecté, revêtu d'une réelle autorité, en somme parce qu'il l'admirait. Puis qu'au lycée du Parc cette admiration s'est heurtée au dédain de jeunes bourgeois bien mis, fils de médecins ou d'avocats pour qui
980 un régisseur forestier était une sorte de bouseux[2] subalterne. Le métier de son père, même à un niveau plus élevé, en passant le concours d'une grande école, a cessé de lui paraître désirable et il a dû en avoir honte. Il a formé un rêve d'ascension sociale que sa qualité de bon élève rendait tout à fait raisonnable, qui pouvait très
985 bien se réaliser en devenant médecin, et éprouvé, comme toute personne sensible qui s'élève par rapport à son milieu, le déchirement de trahir les siens – tout en comblant leurs espoirs les plus chers. «Je savais quelle déception ce serait pour mon père», dit-il, mais il ne semble pas que son père ait été le moins du monde déçu : un
990 peu inquiet au début puis, vite, naïvement fier des succès de son fils. Alors il lui faut dire que ç'a été une cruelle déception *pour lui* et qu'il a choisi la médecine comme un pis-aller[3], vers quoi ne le poussait aucune vocation.

L'idée de soigner des malades, de toucher des corps souffrants le
995 rebutait, il n'en a jamais fait mystère. Il trouvait en revanche attirant d'acquérir un savoir sur les maladies. Un des psychiatres qui l'ont

---

1. **À cette aune** : d'après cet élément de mesure.
2. **Bouseux** : paysan (terme familier et péjoratif).
3. **Pis-aller** : solution à laquelle on a recours faute de mieux.

examiné, le docteur Toutenu, a dit au procès n'être pas d'accord quand il se déniait toute vocation médicale. Il y avait en lui, pense-t-il, de quoi faire un vrai et bon médecin et pour lui faire choisir cette voie une de ces puissantes motivations inconscientes sans quoi rien ne s'accomplit : le désir de comprendre la maladie de sa mère, peut-être de la guérir. Et comme il était difficile, dans cette famille, de faire le départ[1] entre la souffrance psychique interdite et ses manifestations organiques autorisées, le docteur Toutenu s'est même risqué à dire qu'il aurait pu devenir un excellent psychiatre.

Il avait une autre raison de s'inscrire en première année de médecine à Lyon, c'est que Florence, une cousine éloignée qu'il voyait quelquefois dans des fêtes de famille, s'y était inscrite aussi. Elle habitait Annecy avec ses parents et ses deux frères dont elle était l'aînée. Son père travaillait dans une entreprise fabriquant des montures de lunettes, un de ses frères est devenu opticien. C'était une grande fille sportive, bien faite, qui aimait les feux de camp, les sorties en bande, confectionner des gâteaux pour la fête de l'aumônerie[2]. Elle était catholique avec naturel. Tous ceux qui l'ont connue la décrivent franche, droite, entière, heureuse de vivre. « Une chic fille, dit Luc Ladmiral, un peu tradi[3]... » Pas sotte du tout, mais pas maligne non plus, en ce sens qu'elle ne voyait pas plus le mal qu'elle ne le faisait. Elle semblait promise à une vie sans histoires, dont un esprit négatif, du genre qu'elle ne fréquentait pas, aurait jugé la courbe d'avance décourageante : des études supérieures pas trop poussées, le temps de se trouver un mari solide et chaleureux comme elle ; deux ou trois beaux enfants qu'on élève dans de fermes principes et une humeur joyeuse ; un pavillon de banlieue résidentielle à la cuisine bien équipée ; de grandes fêtes pour Noël et les anniversaires, toutes générations confondues, des amis comme

---

1. **Faire le départ** : faire la distinction.
2. **Aumônerie** : lieu où exerce un ecclésiastique pour dispenser une instruction religieuse.
3. **Tradi** : abréviation pour « traditionnelle ».

soi ; un train de vie en progression modérée mais constante ; puis
le départ des enfants, un à un, leurs mariages, la chambre de l'aîné
qu'on transforme en salon de musique parce qu'on a le temps de se
remettre au piano ; le mari prend sa retraite, on n'a pas vu le temps
1030 passer, on se met à avoir des moments de cafard, à trouver la maison
trop grande, les jours trop longs, les visites des enfants trop rares ;
on repense à ce type avec qui on a eu une brève aventure, la seule,
dans les premières années de la quarantaine, ç'avait été terrible
alors, le secret, la griserie, la culpabilité, par la suite on a su que le
1035 mari aussi avait eu son histoire, qu'il avait même pensé à divorcer ;
on frissonne à l'approche de l'automne, c'est déjà la Toussaint et un
jour, après un examen de routine, on apprend qu'on a un cancer
et que voilà, c'est fini, dans quelques mois on sera enterrée. Une
vie ordinaire, mais elle aurait su y adhérer, l'habiter comme une
1040 bonne ménagère sait donner de l'âme à une maison et la rendre
douce aux siens. Il ne semble pas qu'elle ait jamais rêvé d'autre
chose, même en secret poursuivi de chimère[1]. Peut-être en était-
elle protégée par sa foi, qu'on dit profonde : il n'y avait pas chez
elle le moindre bovarysme[2], la moindre vocation pour les fugues,
1045 l'inconséquence ni bien sûr la tragédie.

(Avant qu'elle n'ait lieu, cela dit, tout le monde trouvait Jean-
Claude le parfait mari d'une telle femme. Au cours du procès, la
présidente s'est offusquée de ses achats de cassettes pornographiques
et lui a ingénument demandé ce qu'il en faisait. L'accusé ayant
1050 répondu qu'il les regardait, et quelquefois avec son épouse, la présidente a trouvé cela diffamatoire[3] pour la mémoire de la défunte :
« Imagine-t-on Florence regardant des cassettes pornographiques ? »
s'est-elle écriée, et lui, baissant la tête, a murmuré : « Non, je sais
bien, mais on ne m'imaginait pas moi non plus. »)

---

1. Chimère : vaine imagination, illusion.
2. Bovarysme : mot formé à partir du nom du personnage éponyme du roman de
Flaubert, *Madame Bovary*, qui avait tendance à fuir l'insatisfaction de la vie dans
l'imaginaire.
3. Diffamatoire : calomnieux, qui porte atteinte à la réputation de quelqu'un.

Cette ligne de vie droite et claire qui semblait un attribut naturel de Florence, il a voulu la partager. Il dit que depuis l'âge de quatorze ans il s'estimait promis à elle. Rien ne s'y opposait mais il n'est pas certain que cette élection ait été immédiatement réciproque. À Lyon, Florence partageait un petit appartement avec deux filles, comme elle étudiantes en médecine. À les croire, elle était plutôt agacée par la cour à la fois insistante et timide de ce cousin jurassien qui plaisait surtout à ses parents et, plus ou moins chargé par eux de veiller sur elle, ne manquait jamais de l'attendre à la gare de Perrache quand elle revenait d'Annecy le dimanche soir. Elle était très sociable, lui ne connaissait personne mais à force d'y faire tapisserie s'est agrégé à son groupe de copains. Personne n'y voyait d'inconvénient, personne non plus, s'il n'était pas là, ne songeait à l'appeler. Dans cette petite bande sagement remuante qui faisait des excursions en montagne et quelquefois, le samedi soir, sortait en boîte, il tenait le rôle du polar[1] pas très drôle, mais gentil. Luc Ladmiral, lui, était le leader naturel. Beau garçon, rejeton[2] d'une vieille famille de médecins lyonnais, sûr de lui sans frime, catholique sans bigoterie[3], préparant son avenir mais résolu à profiter de sa jeunesse, il s'entendait à merveille avec Florence, en tout bien tout honneur. Jean-Claude lui passait ses notes de cours, si nettes qu'elles semblaient prises pour être lues par d'autres. Luc appréciait son sérieux et sa loyauté. Il aimait en faisant son éloge montrer la sûreté de son jugement qui ne s'arrêtait pas aux apparences : où les autres ne voyaient qu'un campagnard placide[4], un peu lourdaud, lui devinait le travailleur qui irait loin et, mieux que cela, l'homme sûr et sans détours, digne d'une totale confiance. Cette amitié a fait beaucoup pour son intégration dans le groupe et peut-être influé sur les sentiments de Florence.

---

1. **Polar** : personne austère ne s'intéressant qu'à ses études (terme familier).
2. **Rejeton** : enfant (terme vieilli et d'emploi familier ou ironique).
3. **Bigoterie** : pratique outrée et étroite du culte religieux (terme péjoratif).
4. **Placide** : paisible.

Les méchantes langues disent qu'elle lui a cédé de guerre lasse.
1085 Qu'elle était touchée, attendrie peut-être, mais pas amoureuse. Qui
le sait? Que sait-on du mystère des couples? Ce que nous savons,
c'est que pendant dix-sept ans ils ont célébré le 1er mai, qui n'était
pas l'anniversaire de leur mariage mais celui du jour où Jean-Claude
a osé dire «je t'aime» à Florence, et qu'après cette déclaration il
1090 a eu avec elle – et elle, très probablement, avec lui – ses premières
relations sexuelles. Il avait vingt et un ans.

Le sexe est un des blancs de cette histoire. Jusqu'à Corinne, il
n'a de son propre aveu pas connu d'autre femme que la sienne et
je me trompe peut-être, mais je ne pense pas que Florence ait eu
1095 d'aventures après son mariage. La qualité d'une vie amoureuse
n'est pas liée au nombre des partenaires et il doit exister de très
heureuses relations érotiques entre gens qui se restent fidèles toute
leur vie: il est cependant difficile d'imaginer que Jean-Claude et
Florence Romand aient été unis par une très heureuse relation
1100 érotique – si ç'avait été le cas, leur histoire n'aurait pas été celle-là.
Quand au cours de l'instruction la question lui a été posée, il s'est
contenté de répondre que de ce point de vue-là tout était «normal»
et, assez curieusement, aucun des quatre couples de psychiatres
qui l'ont examiné n'a cherché à lui en faire dire plus ni à formuler
1105 d'hypothèse à ce sujet. Lors du procès, en revanche, il courait parmi
les vétérans[1] de la presse judiciaire une rumeur goguenarde[2] selon
laquelle le fond de toute cette histoire, c'est que l'accusé n'était
pas une affaire au lit. Cette rumeur ne se fondait pas seulement sur
l'impression générale qu'il produisait, mais aussi sur cette coïnci-
1110 dence: chaque fois qu'il a couché avec une femme, Florence au
printemps 1975, Corinne au printemps 1990, cette union a été suivie
d'une séparation décrétée par celle-ci, et pour lui d'une période
dépressive. Dès que Corinne a cédé à ses avances, elle lui tient un

---

1. **Vétérans** : personnes ayant de nombreuses années d'expérience.
2. **Goguenarde** : moqueuse.

petit discours affectueux et raisonnable sur le thème : arrêtons-nous
là, je tiens trop à notre amitié pour risquer de la gâcher, je t'assure,
c'est mieux ainsi, etc. Discours qu'il écoutait comme un enfant puni
qu'on essaye de consoler en lui disant que c'est pour son bien. De
même, quinze ans plus tôt, après quelques jours de ce qui était
enfin une liaison, Florence a pris prétexte de la préparation de ses
examens, du risque d'en être distraite, pour décider qu'il valait
mieux ne plus se voir. Oui, ce serait mieux ainsi.

Ainsi éconduit, il a réagi, comme au lycée du Parc, par une
dépression inavouée et par un acte manqué. Que son réveil n'ait pas
sonné ou qu'il n'ait pas voulu l'entendre, il s'est levé trop tard pour
passer une des épreuves de ses examens de fin de seconde année
et a été ajourné, pour cette épreuve, à la session de septembre. Ce
n'était pas une catastrophe : il lui manquait seulement quelques
points pour être admis. L'été a néanmoins été mélancolique car,
si Florence maintenait sa volonté de ne plus le voir pour le bien
de leurs études à tous les deux, il savait par des amis communs que
cette résolution inflexible ne l'empêchait pas de sortir en bande,
de s'amuser, et il se morfondait d'autant plus à Clairvaux. Puis la
rentrée est arrivée et la bifurcation[1] a commencé.

Entre la séparation décrétée par Florence et cette rentrée de
septembre, juste avant les vacances d'été, prend place un épisode
avant-coureur. Ils étaient dans une boîte de nuit, la bande habituelle
moins Florence, déjà partie pour Annecy. À un moment, Jean-Claude
a dit qu'il sortait chercher des cigarettes dans sa voiture. Il n'est
revenu que plusieurs heures après, sans que personne apparemment
se soit inquiété de cette absence prolongée. Sa chemise était déchirée, maculée de sang, et lui hagard. Il a raconté à Luc et aux autres
que des inconnus l'avaient agressé. Sous la menace d'un pistolet,
ils l'avaient obligé à monter dans le coffre de sa voiture et à leur

---

1. Bifurcation : division d'une voie de communication en deux branches ; au sens
figuré, fait de prendre une autre direction.

donner les clés. La voiture avait démarré. Elle roulait très vite et
1145 lui, dans le coffre, était trimballé, meurtri par les cahots, terrifié. Il
avait l'impression qu'on allait très loin et que ces types qu'il n'avait
jamais vus, qui le prenaient peut-être pour un autre, allaient le tuer.
Aussi brutalement et arbitrairement qu'ils l'y avaient jeté, ils avaient
fini par le sortir du coffre, le rouer de coups et l'abandonner au
1150 bord de la route de Bourg-en-Bresse, à 50 kilomètres de Lyon. Ils
lui avaient laissé sa voiture, au volant de laquelle il était rentré tant
bien que mal.

« Mais enfin, qu'est-ce qu'ils te voulaient ? » demandaient les
amis, stupéfaits. Il secouait la tête : « Justement, je n'en sais rien. Je
1155 n'y comprends rien. Je me pose exactement les mêmes questions
que vous. » Il fallait prévenir la police, porter plainte. Il a dit qu'il
le ferait mais les mains courantes[1] des commissariats lyonnais n'en
gardent pas trace. Pendant quelques jours, on lui a demandé s'il y
avait du nouveau, puis les vacances sont arrivées, chacun est parti de
1160 son côté, on n'en a plus reparlé. Dix-huit ans plus tard, cherchant
dans le passé de son ami quelque chose qui pourrait expliquer la
tragédie, Luc s'est rappelé cette histoire. Il en a parlé au juge d'instruction, qui la connaissait déjà. Dans un de ses premiers entretiens
avec les psychiatres, le prévenu l'avait évoquée tout à fait sponta-
1165 nément, comme un exemple de sa mythomanie[2] : de même qu'il
s'était inventé, adolescent, une amoureuse prénommée Claude,
il avait inventé cette agression pour qu'on s'intéresse à lui. « Mais
après, je ne savais plus si c'était vrai ou faux. Je n'ai bien sûr pas le
souvenir de l'agression réelle, je sais qu'elle n'a pas eu lieu, mais je
1170 n'ai pas non plus celui de la simulation, d'avoir déchiré ma chemise
ou de m'être moi-même griffé. Si je réfléchis, je me dis que je l'ai
forcément fait mais je ne me le rappelle pas. Et j'ai fini par croire
que j'ai vraiment été agressé. »

---

1. Mains courantes : registres sur lesquels sont consignés les événements, dans
un commissariat.
2. Mythomanie : tendance pathologique au mensonge et à la simulation.

Le plus étrange, dans cet aveu, c'est que rien ne l'y obligeait. L'histoire, dix-huit ans après, était parfaitement invérifiable. Elle l'était déjà quand, de retour à la boîte, il l'avait racontée à ses amis. Par ailleurs, elle ne tenait pas debout et c'est pourquoi, paradoxalement, personne n'a songé à la mettre en doute. Un menteur s'efforce en général d'être plausible : ce qu'il racontait, ne l'étant pas, devait être vrai.

Quand j'étais en seconde, au lycée, beaucoup d'élèves s'étaient mis à fumer. J'étais à quatorze ans le plus petit de la classe et, craignant de faire sourire en imitant les grands, j'avais mis au point un stratagème. Je prenais une cigarette dans la cartouche de Kent que ma mère avait achetée lors d'un voyage et gardait à la maison au cas où un invité aurait voulu fumer, je glissais cette cigarette dans la poche de mon caban et, le moment venu, au café où nous nous retrouvions après les cours, j'y plongeais la main. Fronçant les sourcils, j'examinais ma trouvaille avec étonnement. Je demandais, d'une voix qui me semblait péniblement stridente, qui avait mis ça dans ma poche. Personne, et pour cause, ne disait que c'était lui, et surtout personne ne prêtait grande attention à l'incident, que moi seul commentais. J'étais certain qu'il n'y avait pas de cigarette dans ma poche quand j'étais parti de chez moi : cela signifiait que quelqu'un y avait glissé celle-ci à mon insu. Je répétais que je n'y comprenais rien comme si cela suffisait à écarter le soupçon que j'avais pu moi-même arranger cette saynète[1] pour me rendre intéressant. Or ça ne me rendait pas intéressant. On ne refusait pas de m'écouter, mais les plus complaisants disaient « ouais, c'est bizarre » et passaient à autre chose. J'avais l'impression, moi, de les placer devant un de ces dilemmes qui tout en l'agaçant ne peuvent que mobiliser l'esprit. Soit, comme je le prétendais, quelqu'un avait mis cette cigarette dans ma poche et la question était : pourquoi ? Soit c'était moi qui l'avais fait, qui mentais, et la question était la même :

---

1. **Saynète** : petite pièce comique.

1205 pourquoi ? dans quel intérêt ? Je finissais par hausser les épaules avec une feinte désinvolture et dire que bon, puisque cette cigarette était là je n'avais plus qu'à la fumer. Ce que je faisais. Mais je restais surpris et déçu de ce qu'aux yeux des autres il ne semblait pas s'être passé autre chose que les gestes habituels d'un fumeur : sortir une

1210 cigarette et l'allumer, ce qu'ils faisaient tous et que je désirais faire sans l'oser. On aurait dit que cette contorsion par laquelle je voulais à la fois affirmer que je fumais et que si je le faisais c'était à la suite de circonstances tout à fait spéciales, en somme qu'il ne s'agissait pas de ma part d'un choix dont je redoutais qu'on se moque (ce à

1215 quoi nul ne songeait), mais d'une obligation liée à un mystère, que tout ce petit cirque n'avait été remarqué par personne. Et je me figure bien l'étonnement de Romand devant la façon dont ses amis ont pris leur parti de son invraisemblable explication. Il était sorti, revenu en racontant que des types l'avaient tabassé et voilà tout.

Le second jour, où on devait aborder le tournant décisif, j'ai pris le petit déjeuner avec Me Abad. C'est un homme de mon âge, baraqué, impérieux : un bloc d'autorité virile. J'ai pensé que Romand devait en avoir une peur bleue, en même temps que ça devait le rassurer d'être défendu par le genre de type qui à l'école lui aurait de si bon cœur cassé la gueule. Abad consacrait d'ailleurs à sa défense beaucoup de temps et d'énergie, sans espérer qu'elle lui rapporte un centime : il disait le faire en mémoire des enfants morts.

Il était troublé. Romand prétendait avoir eu pendant la nuit un éclair de mémoire et s'être tout à coup rappelé la *vraie raison* pour laquelle il n'avait pas passé son examen. J'ai demandé quelle était cette vraie raison. Tout ce qu'Abad a consenti à me dire, c'est que si elle était vérifiée, elle plaiderait sans doute en faveur de son client mais qu'elle était hélas totalement invérifiable, ou plutôt qu'il refusait de donner le nom qui permettrait de la vérifier. Par respect, assurait-il, pour les proches d'une personne disparue, et qui lui était chère.

« Ça rappelle les familles défavorisées à qui il apprenait à lire…

– Vous imaginez l'effet ? a soupiré Abad. Je lui ai dit de le garder pour lui. Au fait, il était content de vous voir sur le banc de la presse. Il vous fait ses amitiés. »

Il n'y a pas eu de coup de théâtre. Romand a sagement fait à la Cour le même récit qu'au juge d'instruction : deux jours avant

l'examen il était tombé dans son escalier et s'était fracturé le poignet
1245 droit. C'est ainsi, par ce «banal accident», que tout avait débuté.
Comme il n'en existe aucune trace et qu'aucun témoin ne peut
dire s'il avait le poignet bandé en septembre 1975, il devait craindre
qu'on le soupçonne d'avoir inventé cet accident, soit à l'époque soit
à l'instruction, et il a beaucoup insisté sur le fait qu'il avait *réellement*
1250 eu lieu. Puis, comme si, là encore, l'incohérence de son récit était le
gage de sa véracité, il a ajouté qu'en fait ça n'aurait dû rien changer
car on pouvait demander à dicter ses réponses.

Le matin de l'écrit, les aiguilles de son réveil ont marqué successivement l'heure à laquelle il aurait dû se lever, l'heure du début de
1255 l'épreuve, l'heure de sa fin. Il les a regardées tourner de son lit.

Les copies relevées, les étudiants se sont retrouvés à la sortie
de l'amphithéâtre, aux terrasses des cafés pour se demander comment ça avait marché. En début d'après-midi, ses parents lui ont
téléphoné pour le lui demander aussi et il a répondu que ça avait
1260 bien marché. Personne d'autre ne l'a appelé.

Trois semaines se sont écoulées entre le jour de l'examen et
l'annonce de son résultat. Tout était en suspens. Il pouvait encore
avouer qu'il avait menti. Bien sûr, c'était difficile. À ce jeune homme
sérieux, il devait coûter plus que tout de reconnaître une grosse
1265 bêtise d'enfant, une bêtise comme celle d'Antoine Doinel qui,
dans *Les Quatre Cents Coups*[1], se tire d'un mauvais pas scolaire en
racontant que sa mère vient de mourir et doit ensuite se dépêtrer
des conséquences inévitables de son mensonge. C'est cela, le pire :
que ces conséquences soient inévitables. À moins que par miracle
1270 sa mère meure pour de bon dans les vingt-quatre heures, l'enfant
sait parfaitement, dès que les mots tabous ont été prononcés, ce
qui va se passer : la stupeur, l'apitoiement navré, les détails qu'il va
falloir donner, qui l'enfonceront davantage, et bientôt le moment
affreux où la vérité éclatera. Ce genre de mensonge jaillit sans

---

1. ***Les Quatre Cents Coups*** : film de François Truffaut, sorti en 1959.

calcul. Sitôt lâché, on le regrette, on rêve de pouvoir revenir une minute en arrière, annuler la folie qu'on vient de commettre. Le plus déroutant, dans le cas de Romand, c'est d'avoir commis cette folie en deux temps, comme un usager d'ordinateur qui aurait par mégarde tapé l'annulation d'un fichier précieux, à qui le programme demanderait si vraiment il est sûr de vouloir le détruire, et qui après avoir mûrement pesé le pour et le contre taperait quand même la confirmation. Si la puérilité même de son mensonge le rendait inavouable à ses parents, il lui restait la ressource de leur dire qu'il avait été collé. S'il n'osait pas plus leur avouer un échec qu'une dérobade[1], celle d'aller trouver une autorité universitaire pour lui expliquer son poignet cassé, son accès de déprime, et négocier un rattrapage. D'un point de vue rationnel, tout aurait été préférable à ce qu'il a fait : attendre le jour des résultats et, ce jour-là, annoncer qu'il a réussi, qu'il est admis en troisième année de médecine.

D'un côté s'ouvrait le chemin normal, que suivaient ses amis et pour lequel il avait, tout le monde le confirme, des aptitudes légèrement supérieures à la moyenne. Sur ce chemin il vient de trébucher mais il est encore temps de se rattraper, de rattraper les autres : personne ne l'a vu. De l'autre, ce chemin tortueux du mensonge dont on ne peut même pas dire qu'il semble à son début semé de roses tandis que l'autre serait encombré de ronces et rocailleux comme le veulent les allégories[2]. Il n'y a pas besoin d'y engager le pied, d'aller jusqu'à un tournant pour voir que c'est un cul-de-sac. Ne pas passer ses examens et prétendre qu'on les a réussis, ce n'est pas une fraude hardie qui a des chances de réussir, un quitte ou double de joueur : on ne peut que se faire rapidement pincer et virer de la fac sous la honte et le ridicule, les choses au monde qui devaient lui faire le plus peur. Comment se

---

1. **Dérobade** : action de reculer, de fuir devant une difficulté ou une obligation.
2. **Allégories** : images symboliques, ici pour représenter la « bifurcation ».

1305 serait-il douté qu'il y avait pire que d'être rapidement démasqué, c'était de ne pas l'être, et que ce mensonge puéril lui ferait dix-huit ans plus tard massacrer ses parents, Florence et les enfants qu'il n'avait pas encore?

« Mais enfin, a demandé la présidente : pourquoi ? »
1310 Il a haussé les épaules.
« Je me suis posé cette question tous les jours pendant vingt ans. Je n'ai pas de réponse. »
Un temps de silence.
« Quand même, les résultats des examens sont affichés. Vous
1315 aviez des amis. Personne n'a remarqué que votre nom n'était pas sur les listes ?
– Non. Je peux vous assurer que je ne suis pas allé l'ajouter à la main. D'ailleurs, les listes étaient derrière des vitres.
– C'est une énigme.
1320 – Pour moi aussi. »
La présidente s'est penchée vers un de ses assesseurs qui lui a glissé quelque chose à l'oreille. Puis :
« On estime que vous ne répondez pas vraiment à la question. »

Son succès annoncé, il s'est enfermé dans le studio que lui avaient
1325 acheté ses parents comme, après son échec au lycée du Parc, il s'était enfermé dans sa chambre d'enfant. Il y a passé le premier trimestre sans retourner à Clairvaux, sans aller à la fac, sans revoir ses amis. Si par hasard on sonnait à sa porte, il ne répondait pas, attendait sans bouger qu'on se décourage. Il écoutait les pas s'éloigner sur le palier.
1330 Il restait prostré sur son lit, ne faisait plus le ménage, se nourrissait de boîtes de conserve. Les cours polycopiés qui traînaient sur sa table restaient ouverts à la même page. Quelquefois, la conscience de ce qu'il avait fait déchirait la torpeur où il se laissait couler. Qu'est-ce qui aurait pu le tirer d'affaire ? Un incendie à la fac, réduisant en
1335 cendres toutes les copies ? Un tremblement de terre, détruisant Lyon ? Sa propre mort ? Je suppose qu'il se demandait pourquoi,

pourquoi il avait foutu sa vie en l'air. Car de l'avoir foutue en l'air il
était persuadé. Il n'imaginait pas de persévérer dans l'imposture[1],
d'ailleurs à ce moment-là ce n'était pas une imposture, il ne faisait
pas semblant d'être étudiant, il s'était retiré du monde, enfermé
chez lui et attendait que tout cela finisse comme un criminel qui
sait bien que la police va un jour ou l'autre venir le chercher, et
il pourrait fuir, changer d'adresse, filer à l'étranger, mais non, il
préfère rester là à ne rien faire, à relire cinquante fois le même
journal vieux d'un mois, à manger froid du cassoulet en boîte, à
grossir de vingt kilos, à attendre la fin.

Dans le petit groupe d'amis dont il était une figure de second
plan, on s'étonnait un peu, sans aller plus loin que des échanges
vagues, bientôt rituels: «Tu as vu Jean-Claude, ces derniers temps?»
Non, on ne l'avait pas vu, ni aux cours ni aux T.P., on ne savait pas
trop ce qu'il fabriquait. Les mieux renseignés parlaient d'un chagrin
d'amour. Florence laissait dire. Et lui, dans son studio aux volets
clos où il se transformait peu à peu en fantôme, devait se figurer
avec une satisfaction amère cette indifférence. Peut-être, comme
un gros enfant qu'il était, trouvait-il de la volupté à l'idée de crever
au fond de sa tanière, abandonné de tous.

Mais il n'a pas été abandonné de tous. Un peu avant les vacances de Noël, quelqu'un a sonné, insisté jusqu'à ce qu'il ouvre. Ce
n'était pas Florence. C'était Luc, avec son dynamisme agaçant, son
incapacité totale à voir les choses d'un autre point de vue que le
sien, mais aussi son souci de se montrer un type bien qui lui faisait
prendre les gens en auto-stop, donner un coup de main aux copains
quand ils déménageaient et leur taper énergiquement sur l'épaule
quand ils n'avaient pas le moral. On peut compter sur lui pour avoir
secoué les puces à Jean-Claude, lui avoir remonté les bretelles et
répété qu'il filait un mauvais coton – sans que son goût pour les
expressions toutes faites choque son ami, qui avait le même. Tous
deux, à l'instruction, se sont rappelé le moment le plus fort de leur

---

1. Imposture : simulation, mensonge.

conversation. Ils roulaient dans la voiture de Luc sur les quais de
1370   la Saône, l'un conduisant et expliquant que c'est quand on touche
le fond que le moment est venu de donner un coup de pied pour
remonter à la surface, l'autre l'écoutant avec une expression morne
et découragée, comme s'il était déjà sur l'autre rive. Peut-être a-t-il
été tenté de tout avouer à Luc. Comment celui-ci aurait-il réagi ?
1375   D'abord, certainement, en disant quelque chose comme : « Eh bien,
tu as fait une belle connerie ! », puis, toujours positif, en cherchant
le moyen de la réparer, moyen qui existait, n'avait rien d'irréaliste
mais supposait de faire amende honorable[1]. Luc lui aurait dit comment s'y prendre, il aurait tout organisé, peut-être parlé pour lui
1380   au doyen de l'université. Il aurait été facile de s'en remettre à lui,
comme un petit délinquant à son avocat. D'un autre côté, lui dire
la vérité, c'était déchoir à ses yeux et, pire, devoir affronter son
incompréhension, le harcèlement de ses questions : « Mais enfin,
Jean-Claude, c'est dingue ! Est-ce que tu es capable de m'expliquer
1385   pourquoi tu as fait ça ? » Justement non, il n'en était pas capable. Il
n'en avait pas envie. Il était trop fatigué.

À un feu rouge, Luc s'est tourné vers son ami, cherchant son
regard. Il tenait pour acquis que la raison de sa dépression était la
rupture avec Florence (ce qui d'une certaine façon était vrai) et
1390   venait de faire valoir que les filles sont changeantes, que rien n'était
perdu. Alors Jean-Claude lui a dit qu'il avait un cancer.

Ce n'était pas prémédité, mais c'était une rêverie qu'il caressait
depuis deux mois. Un cancer aurait tout arrangé. Il aurait excusé
son mensonge : quand on va mourir, quelle importance d'avoir
1395   eu ou non son examen de fin de seconde année ? Il lui aurait valu
compassion et admiration de la part de Florence et de tous ces
prétendus amis qui, sans même s'en rendre compte, le tenaient
pour quantité négligeable. À peine le mot lâché, il en a éprouvé le
pouvoir magique. Il avait trouvé la solution.

---

1. **Faire amende honorable** : reconnaître ses torts.

Le cancer qu'il s'est choisi était un lymphome, c'es[t] [...] maladie capricieuse, à l'évolution imprévisible, grave s[ans] cément fatale et n'empêchant pas celui qui en souffre d[e] années durant une vie normale. En fait, elle lui a *permis* de mener une vie normale car elle a pris la place de son mensonge pour les autres et pour lui. Quelques personnes ont su qu'il vivait avec une bombe à retardement qui un jour le détruirait mais pour le moment dormait dans le secret de ses cellules – car il a bientôt parlé de rémission et à partir de là il n'en a plus été question. Lui-même, je pense, préférait se représenter ainsi la menace qui pesait sur lui et se convaincre qu'elle était à la fois imminente et lointaine, en sorte qu'après une période de crise où il s'est vu perdu, réduit à attendre l'inévitable catastrophe, il s'est installé dans l'état d'esprit d'un malade qui sait cette catastrophe inévitable, en effet, qui sait que chaque instant peut être le dernier de sa rémission, mais qui malgré cela décide de vivre, de faire des projets, suscitant par son discret courage l'admiration de ses proches. Avouer un lymphome à la place d'une imposture revenait pour lui à transposer en termes compréhensibles par les autres une réalité trop singulière et personnelle. Il aurait préféré souffrir pour de bon du cancer que du mensonge – car le mensonge était une maladie, avec son étiologie[1], ses risques de métastases, son pronostic vital réservé –, mais le destin avait voulu qu'il attrape le mensonge et ce n'était pas sa faute s'il l'avait attrapé.

La vie a repris son cours. Il est retourné à la fac, a revu ses amis et surtout Florence. Tout secoué par ce qu'il venait d'apprendre, Luc avait demandé si elle était au courant et Jean-Claude répondu avec une pudique gravité qu'il ne le voulait pour rien au monde. « Tu ne lui diras rien, n'est-ce pas ? Promets-moi de ne rien lui dire », s'est-il même risqué à ajouter, devinant ce que Luc, ami de la vérité, allait lui opposer : « Je ne peux pas te promettre ça. Florence est une chic fille. Elle a le droit de savoir. Si elle savait que je sais et que je le lui ai caché, elle m'en voudrait jusqu'à la fin de mes jours et elle aurait

---

1. **Étiologie** : discipline qui étudie les causes des maladies.

raison… » La manœuvre, si c'en était une, a réussi. Les filles avec qui habitait Florence insinuent qu'elle avait pour Jean-Claude de l'estime et de l'affection, mais qu'il ne l'attirait pas physiquement. L'une d'elles va jusqu'à dire que son corps moite la dégoûtait et qu'elle ne supportait pas qu'il la touche ni de le toucher. De là à penser qu'elle est revenue vers lui parce qu'elle le croyait gravement malade… Elle est en tout cas revenue et, deux ans plus tard, ils ont célébré leurs fiançailles.

Un document administratif étonnant figure au dossier, c'est la correspondance échangée entre l'étudiant de seconde année Jean-Claude Romand et l'UER / Faculté de médecine de Lyon-Nord, de 1975 à 1986. Deux fois, lors des examens d'entrée en troisième année, il a envoyé des lettres invoquant des raisons de santé pour ne pas s'y présenter. Ces lettres sont assorties de certificats médicaux signés de praticiens différents qui, sans dire pourquoi, lui prescrivent de garder la chambre huit ou quinze jours – tombant, hélas, pendant les épreuves. En 1978, la formulation reste la même mais le « certificat ci-joint » n'est pas joint. D'où plusieurs lettres de relance, auxquelles il répond en faisant référence au fameux certificat comme s'il l'avait envoyé. Cette façon de jouer au con porte ses fruits : on l'avise qu'il n'est pas autorisé à se représenter en septembre. Mais il n'est pas précisé qu'il lui est défendu de se réinscrire en seconde année, et c'est ce qu'il fera régulièrement jusqu'en 1985. Chaque automne, il reçoit du service des inscriptions sa nouvelle carte d'étudiant et du service des examens la même lettre, signée du doyen de l'UER, lui défendant de se représenter en septembre. C'est seulement en novembre 1986 qu'une nouvelle chef de service a voulu savoir s'il était possible d'interdire à ce M. Romand, non seulement de se représenter (ce qu'il ne faisait pas), mais encore de se réinscrire. On lui a répondu que le cas n'était pas prévu. Elle a convoqué l'étudiant fantôme qui n'est pas venu et, sans doute alarmé par ce changement de ton, n'a plus donné signe de vie.

En évoquant ces années d'études, la présidente, l'accusation et la défense se déclaraient également stupéfaits et il partageait leur stupéfaction. « J'étais moi-même, dit-il, surpris que ce soit possible. » Il pouvait à la rigueur spéculer sur la pesanteur de l'administration, se bercer de l'idée qu'il n'était dans ses registres qu'un numéro, certainement pas imaginer qu'il s'inscrirait douze ans de suite en seconde année de médecine. L'alerte, de toute façon, aurait dû venir bien avant, de ceux pour qui il n'était pas un numéro mais Jean-Claude l'ami, Jean-Claude le fiancé. Or rien ne s'est passé. Il assistait aux cours, fréquentait la bibliothèque universitaire. Il avait sur sa table, dans son studio, les mêmes manuels et polycopiés que les autres et continuait à prêter ses notes aux étudiants moins consciencieux que lui. Il déployait pour feindre de faire sa médecine la somme exacte de zèle et d'énergie qu'il lui aurait fallu pour la faire réellement. Lorsqu'il s'est remis avec Florence, ils ont pris l'habitude de bachoter ensemble, de se soumettre mutuellement à des examens blancs. Ils ne suivaient pourtant plus les mêmes études car Florence avait raté l'examen de fin de seconde année, celui qu'il était supposé avoir réussi, et, comme les deux filles avec qui elle partageait son appartement, comme leur camarade Jacques Cottin, s'était rabattue sur la pharmacie. Elle a été un peu déçue, sans en faire un drame : mieux vaut être une bonne pharmacienne qu'un mauvais médecin et Jean-Claude, lui, allait devenir un bon médecin, peut-être plus que cela. Il était ambitieux, travailleur, ses amis pensaient tous qu'il irait loin. Elle lui faisait réviser ses questions d'internat et lui son programme de pharmacie. Au total, il a bouclé le cycle complet des études de médecine, à ceci près qu'il ne passait pas les examens et ne participait pas aux stages hospitaliers. Pour les examens, il lui arrivait de se montrer dans le hall à l'entrée et à la sortie, comptant sur le nombre et le stress de chacun pour se faire oublier entre-temps. Pour les stages, leurs effectifs étaient réduits, chaque étudiant personnellement suivi par le patron, il était impossible de s'y glisser en clandestin mais, comme ils avaient lieu dans divers hôpitaux de la région lyonnaise, il pouvait prétendre faire le sien là où ne le faisait pas son interlocuteur. On voit le parti que tirerait de cet argument le moins habile des scénaristes de comédie, les situations où l'affabulateur[1] se retrouve coincé entre deux personnes à qui il a raconté des histoires différentes. Ni lui pourtant ni aucun de ses camarades d'études ne se rappelle de semblable scène et il faut bien se résoudre à ce qu'il ne s'en soit jamais produit.

Les amis commençaient à se marier. Jean-Claude et Florence étaient des témoins très demandés. Nul ne doutait que ce serait bientôt leur tour. Les parents de Florence y poussaient beaucoup : ils adoraient leur futur gendre. C'est dans leur maison près d'Annecy que le mariage a été célébré, en présence de cent cinquante invités. L'année suivante, Florence a soutenu sa thèse de pharmacie avec les félicitations du jury et Jean-Claude été reçu au concours de l'internat de Paris. D'abord chargé de recherches à l'INSERM de Lyon, il a été détaché avec le titre de maître de recherches auprès de l'OMS à Genève. Ils ont alors quitté Lyon pour s'établir à Ferney-Voltaire. Luc Ladmiral venait d'y reprendre le cabinet de son père et Jacques Cottin une pharmacie où Florence pourrait travailler à temps partiel. En une heure de route, on était à Annecy d'une part, à Clairvaux de l'autre. On avait les agréments de la campagne, de la montagne et d'une capitale à deux pas ; un aéroport international ; une société ouverte et cosmopolite. Enfin, c'était idéal pour les enfants.

Les amis commençaient à en avoir. Jean-Claude et Florence étaient des parrain et marraine très demandés et nul ne doutait que ce serait bientôt leur tour. Jean-Claude raffolait de sa filleule Sophie, l'aînée de Luc et de Cécile, qui en étaient déjà à leur second. Caroline est née le 14 mai 1985, Antoine le 2 février 1987. Leur père a rapporté de magnifiques cadeaux offerts par ses patrons de l'OMS et de l'INSERM qui, par la suite, n'ont pas oublié les anniversaires. Florence, sans les connaître, leur écrivait des lettres de remerciement qu'il se chargeait de transmettre.

---

1. **Affabulateur** : menteur, personne qui invente des faits.

Les albums de la famille Romand ont pour la plupart été détruits dans l'incendie de leur maison mais on en a sauvé quelques photos, qui ressemblent aux nôtres. Comme moi, comme Luc, comme tous les jeunes pères, Jean-Claude a acheté un appareil à la naissance de sa fille et photographié avec ferveur Caroline puis Antoine bébés, leurs biberons, leurs jeux dans le parc de bois, leurs premiers pas, le sourire de Florence penchée sur ses enfants et elle, à son tour, le photographiait, lui, tout fier de les porter, de les faire sauter dans ses bras, de leur donner leur bain. Il a sur ces photos un air d'émerveillement pataud[1] qui devait attendrir sa femme et la persuader qu'au bout du compte elle avait fait le bon choix, celui d'aimer un homme qui les aimait ainsi, elle et leurs enfants.

Leurs enfants.

Il appelait Florence Flo, Caroline Caro et Antoine Titou. Il utilisait beaucoup les prénoms possessifs : ma Flo, ma Caro, mon Titou. Souvent aussi, avec cette tendre moquerie que nous inspire le sérieux des tout-petits, il disait Monsieur Titou. Alors, monsieur Titou, a-t-on bien dormi ?

Il dit : «Le côté social était faux, mais le côté affectif était vrai.» Il dit qu'il était un faux médecin mais un vrai mari et un vrai père,

---

1. **Pataud** : maladroit, aux mouvements gauches, embarrassés.

qu'il aimait de tout son cœur sa femme et ses enfants et qu'eux
1550 l'aimaient aussi. Ceux qui les ont connus assurent, même après
coup, qu'Antoine et Caroline étaient heureux, confiants, équilibrés,
elle un peu timide, lui franchement boute-en-train[1]. Sur les photos
de classe qui figurent au dossier, on lui voit la bouille fendue par
un large sourire auquel manquent des dents de lait. On dit que
1555 les enfants savent tout, toujours, qu'on ne peut rien leur cacher,
et je suis le premier à le croire. Je regarde encore les photos. Je
ne sais pas.

Ils étaient fiers que leur père soit docteur. « Le docteur soigne
les malades », écrivait Caroline dans une rédaction. Il ne les soignait
1560 pas au sens classique du terme, ne soignait même pas sa famille –
tout le monde, lui compris, était suivi par Luc – et revendiquait de
n'avoir de sa vie signé une ordonnance. Mais, expliquait Florence,
il inventait les médicaments qui permettent de les soigner, ce qui
faisait de lui un super-docteur. Les adultes n'en savaient guère plus.
1565 Interrogés, ceux qui le connaissaient peu auraient dit qu'il avait
un poste important à l'OMS et voyageait beaucoup, ceux qui le
connaissaient bien ajouté que ses recherches portaient sur l'artériosclérose[2], qu'il donnait des cours à la faculté de Dijon, qu'il
avait des contacts avec de hauts responsables politiques comme
1570 Laurent Fabius – mais lui-même n'en parlait jamais et, si on évoquait devant lui ces relations flatteuses, en paraissait plutôt gêné.
Il était, selon l'expression de Florence, « très cloisonné », séparant
de façon stricte ses relations privées et professionnelles, n'invitant
jamais chez lui ses collègues de l'OMS, ne tolérant pas qu'on le
1575 dérange à la maison pour des questions de travail ni au bureau
pour des raisons domestiques ou amicales. D'ailleurs, personne
n'avait son numéro de téléphone au bureau, même sa femme qui le
joignait par l'intermédiaire du service *Operator* des PTT : on laissait

---

1. Boute-en-train : joyeux et dynamique, qui met de l'ambiance, qui amuse.
2. Artériosclérose : maladie caractérisée par un durcissement des artères.

un message à une boîte vocale qui le prévenait en
bip sur un petit appareil qu'il gardait toujours sur l
il rappelait. Ni elle ni personne ne trouvait ça biza
trait du caractère de Jean-Claude, comme son côté ou.,
plaisantait volontiers : « Un de ces jours, je vais apprendre que mon
mari est un espion de l'Est. »

La famille, incluant parents et beaux-parents, constituait le
centre de sa vie, autour duquel gravitait un petit cercle d'amis, les
Ladmiral, les Cottin et quelques autres couples avec qui Florence
avait sympathisé. Ces gens avaient comme eux la trentaine, des
métiers et des revenus comparables, des enfants du même âge.
Ils s'invitaient sans protocole, allaient ensemble au restaurant, au
cinéma, le plus souvent à Genève, quelquefois à Lyon ou Lausanne.
Les Ladmiral se rappellent avoir vu avec les Romand *Le Grand Bleu*,
Le père Noël est une ordure (qu'ils ont acheté par la suite en vidéo et
dont ils connaissaient par cœur les répliques : « C'est cela, oui… »
disait-on en imitant Thierry Lhermitte), des ballets de Béjart pour
lesquels Jean-Claude avait eu des places par l'OMS, le one man
show de Valérie Lemercier, mais aussi *Dans la solitude des champs de
coton*, une pièce de Bernard-Marie Koltès que Luc devait décrire
dans sa déposition comme « un dialogue interminable entre deux
personnes qui ramassent du coton sur la dureté de leur existence, à
quoi plusieurs amis qui nous accompagnaient n'ont rien compris ».
Jean-Claude, lui, avait apprécié, ce qui n'a pas étonné les autres
auprès de qui il passait pour un intellectuel. Il lisait beaucoup, avec
une prédilection pour les essais semi-philosophiques écrits par de
grands noms de la science, sur le modèle du *Hasard et la Nécessité*,
de Jacques Monod. Il se disait rationaliste et agnostique[1], tout en
respectant la foi de sa femme et en appréciant même que leurs
enfants fréquentent une école religieuse : ils seraient libres, plus
tard, de choisir. Ses admirations englobaient l'abbé Pierre et Bernard Kouchner, mère Teresa et Brigitte Bardot. Il faisait partie de

---

1. **Agnostique** : non-croyant.

important pourcentage de Français pensant que si Jésus revenait parmi nous ce serait pour être médecin humanitaire. Kouchner était son ami, Bardot lui avait dédicacé son buste en Marianne. Acquis à son combat en faveur des animaux, il était membre de sa fondation, de la SPA, de Greenpeace, de Handicap international, mais aussi du Club Perspectives et réalités de Bellegarde, du golf de Divonne-les-Bains, de l'Automobile-club médical grâce auquel il avait obtenu un caducée[1] à coller sur le pare-brise de sa voiture. Les enquêteurs ont retrouvé la trace de quelques dons et cotisations à ces organismes, dont il laissait traîner les bulletins, badges et autocollants. Il avait aussi un tampon, des cartes de visite au nom du docteur Jean-Claude Romand, ancien interne des hôpitaux de Paris, mais il ne figurait dans aucun annuaire professionnel. Il a suffi, le lendemain de l'incendie, de quelques coups de téléphone pour que s'effondre cette façade. Tout au long de l'instruction le juge n'a cessé de s'étonner que ces coups de téléphone n'aient pas été passés plus tôt, sans malice ni soupçon, simplement parce que, même quand on est « très cloisonné », travailler pendant dix ans sans que jamais votre femme ni vos amis vous appellent au bureau, cela n'existe pas. Il est impossible de penser à cette histoire sans se dire qu'il y a là un mystère et une explication cachée. Mais le mystère, c'est qu'il n'y a pas d'explication et que, si invraisemblable que cela paraisse, cela s'est passé ainsi.

Le matin, c'était lui qui conduisait les enfants à l'école Saint-Vincent. Il les accompagnait jusque dans la cour, échangeait quelques mots avec les professeurs ou des mères d'élèves qui donnaient en exemple à leurs maris ce père si proche de ses enfants, puis il prenait la route de Genève. Il y a deux kilomètres jusqu'au poste-frontière que franchissent deux fois par jour quelques milliers de résidents du pays de Gex travaillant en Suisse. Comme les habitués

---

1. Caducée : emblème des médecins, constitué d'une baguette autour de laquelle s'enroule un serpent et que surmonte un miroir symbole de prudence.

d'un train de banlieue, ils ont des horaires réguliers, se saluent entre eux et saluent les douaniers qui leur font signe de passer sans contrôle. Beaucoup sont fonctionnaires internationaux et, une fois entrés en ville, au lieu de tourner à droite vers le centre et la gare Cornavin, prennent à gauche vers le jardin botanique et le quartier résidentiel où se trouvent les sièges de leurs organisations. Il se mêlait à ce flux, roulait à petite allure dans les grandes avenues vertes et calmes et le plus souvent finissait par se garer sur le parking de l'OMS. Entré avec un badge de visiteur, une serviette à la main, il circulait en habitué de la bibliothèque du rez-de-chaussée aux salles de conférence et au bureau des publications où il raflait systématiquement tout ce qui était à la fois imprimé et gratuit : sa voiture et sa maison débordaient de paperasses portant l'en-tête ou le tampon de l'organisation. Il usait de tous les services qu'offre celle-ci – une poste d'où il expédiait son courrier, une banque où il effectuait la plupart de ses retraits, une agence de voyages par l'intermédiaire de laquelle il organisait les vacances familiales –, mais ne se risquait pas dans les étages supérieurs où des agents de sécurité auraient pu lui demander ce qu'il cherchait. Est-ce qu'une fois au moins, profitant d'une heure creuse, il a visité le bureau dont il avait marqué la fenêtre d'une croix, sur la photo de l'immeuble offerte à ses parents ? Est-ce qu'il a regardé, le front contre la vitre, ce qu'on voyait de cette fenêtre ? Est-ce qu'il s'est assis à *sa* place, est-ce qu'il a croisé le type qui revenait l'occuper, est-ce qu'il l'a appelé sur son poste ? Il dit que non, qu'il n'y a même pas songé. Sa belle-mère se rappelle qu'un dimanche où toute la famille était allée en Suisse les enfants ont voulu voir le bureau de papa et papa consenti au détour. On s'est garé sur le parking, il a montré du doigt la fenêtre. L'histoire s'arrête là.

Les premiers temps, il allait tous les jours à l'OMS, ensuite plus irrégulièrement. Au lieu de la route de Genève, il prenait celle de Gex et Divonne, ou celle de Bellegarde par laquelle on rejoint l'autoroute et Lyon. Il s'arrêtait dans une maison de la presse et achetait une brassée de journaux : quotidiens, magazines, revues

1675 scientifiques. Puis il allait les lire, soit dans un café – il prenait soin d'en changer souvent et de les choisir suffisamment loin de chez lui –, soit dans sa voiture. Il se garait sur un parking, sur une aire d'autoroute, et restait là des heures, lisant, prenant des notes, somnolant. Il déjeunait d'un sandwich et continuait à lire l'après-midi
1680 dans un autre café, sur une autre aire de stationnement. Quand ce programme devenait trop monotone, il flânait en ville : à Bourg-en-Bresse, à Bellegarde, à Gex, à Nantua, surtout à Lyon où se trouvaient ses librairies préférées, la FNAC et Flammarion, place Bellecour. D'autres jours, il avait besoin de nature, d'espace, et
1685 allait dans le Jura. Il suivait la route en lacets qui mène au col de la Faucille où se trouve une auberge appelée «Le Grand Tétras». Florence et les enfants aimaient y venir le dimanche pour skier et manger des frites. En semaine, il n'y avait personne. Il prenait un verre, marchait dans les bois. Du chemin de crête se découvrent le
1690 pays de Gex, le Léman et, par temps clair, les Alpes. Il avait devant lui la plaine civilisée où vivaient le docteur Romand et ses pareils, derrière lui le pays de combes et de sombres forêts où s'était déroulée son enfance solitaire. Le jeudi, jour de son cours à Dijon, il passait rendre visite à ses parents qui étaient tout heureux de montrer aux
1695 voisins leur grand fils si important, si occupé, mais toujours prêt à un détour pour les embrasser. La vue de son père baissait, vers la fin il était presque aveugle et ne pouvait plus aller seul en forêt. Il l'emmenait en le guidant par le bras, l'écoutait parler des arbres et de sa captivité en Allemagne. Au retour, il parcourait avec lui les
1700 agendas sur lesquels depuis quarante ans, comme d'autres tiennent un journal intime, Aimé qui avait été correspondant d'une station météorologique notait tous les jours les températures minimale et maximale.

Enfin, il y avait les voyages : congrès, séminaires, colloques, partout
1705 dans le monde. Il achetait un guide du pays, Florence lui préparait sa valise. Il partait au volant de sa voiture qu'il était supposé laisser au parking de Genève-Cointrin. Dans une chambre d'hôtel moderne, souvent près de l'aéroport, il ôtait ses chaussures, s'allongeait sur

le lit et restait trois, quatre jours à regarder la télévision, les avions
qui derrière la vitre décollaient et atterrissaient. Il étudiait le guide
touristique pour ne pas se tromper dans les récits qu'il ferait à son
retour. Chaque jour, il téléphonait aux siens pour dire l'heure qu'il
était et le temps qu'il faisait à São Paulo ou Tokyo. Il demandait
si tout se passait bien en son absence. Il disait à sa femme, à ses
enfants, à ses parents qu'ils lui manquaient, qu'il pensait à eux,
qu'il les embrassait fort. Il n'appelait personne d'autre : qui aurait-il
appelé ? Au bout de quelques jours, il rentrait avec des cadeaux
achetés dans une boutique de l'aéroport. On lui faisait fête. Il était
fatigué à cause du décalage horaire.

Divonne est une petite station thermale proche de la frontière
suisse, réputée surtout pour son casino. J'y ai situé autrefois quelques
pages d'un roman[1] sur une femme qui menait une double vie en
cherchant à se perdre dans le monde du jeu. Ce roman se voulait
réaliste et documenté mais, faute d'avoir visité tous les casinos dont
je parlais, j'ai écrit que Divonne est au bord du lac Léman, distant
en réalité d'une dizaine de kilomètres. Il y a bien quelque chose
qu'on appelle un lac, mais ce n'est qu'un petit plan d'eau devant
lequel se trouve un parking où il stationnait souvent. J'y ai stationné,
moi aussi. C'est le souvenir le plus net que je garde de mon premier
voyage sur les lieux de sa vie. Il n'y avait que deux autres voitures,
inoccupées. Il ventait. J'ai relu la lettre qu'il m'avait écrite pour me
guider, regardé le plan d'eau, suivi dans le ciel gris le vol d'oiseaux
dont je ne connaissais pas les noms – je ne sais reconnaître ni les
oiseaux ni les arbres et je trouve ça triste. Il faisait froid. J'ai remis
le contact pour avoir du chauffage. La soufflerie m'engourdissait.
Je pensais au studio où je vais chaque matin après avoir conduit
les enfants à l'école. Ce studio existe, on peut m'y rendre visite et
m'y téléphoner. J'y écris et rafistole des scénarios qui en général
sont tournés. Mais je sais ce que c'est de passer toutes ses journées

---

1. Il s'agit de *Hors d'atteinte ?*, publié en 1988.

1740 sans témoin : les heures couché à regarder le plafond, la peur de
ne plus exister. Je me demandais ce qu'il ressentait dans sa voiture.
De la jouissance ? une jubilation[1] ricanante à l'idée de tromper si
magistralement son monde ? J'étais certain que non. De l'angoisse ?
Est-ce qu'il imaginait comment tout cela se terminerait, de quelle
1745 façon éclaterait la vérité et ce qui se passerait ensuite ? Est-ce qu'il
pleurait, le front contre le volant ? Ou bien est-ce qu'il ne ressentait
rien du tout ? Est-ce que, seul, il devenait une machine à conduire, à
marcher, à lire, sans vraiment penser ni sentir, un docteur Romand
résiduel et anesthésié ? Un mensonge, normalement, sert à recouvrir
1750 une vérité, quelque chose de honteux peut-être mais de réel. Le
sien ne recouvrait rien. Sous le faux docteur Romand il n'y avait
pas de vrai Jean-Claude Romand.

Je me suis rappelé un film qui a eu, à cette époque, un grand
succès[2]. Il racontait l'histoire, une légende pour temps de crise, du
1755 cadre licencié qui n'ose pas l'avouer à sa femme et à ses enfants.
Il pensait retrouver rapidement du travail et le voilà déjà en fin de
droits. Chaque matin il sort, chaque soir il rentre en prétendant
aller au bureau et en revenir. Il passe ses journées à traîner, en
évitant son quartier. Il ne parle à personne, chaque visage lui fait
1760 peur car il pourrait être celui d'un ancien collègue, d'un ami qui se
demanderait ce qu'il fiche sur un banc au milieu de l'après-midi…
Mais un jour il rencontre des types dans la même situation que lui,
des grandes gueules de la galère et de la cloche[3]. Il découvre avec
eux un monde plus âpre, mais plus chaleureux et vivant que celui
1765 où il végétait douillettement avant sa plongée. Il sort de l'expérience
mûri et plus humain : le film finit bien.

Il m'a dit l'avoir vu à la télévision avec Florence, qui l'a apprécié
sans en être troublée. Il savait que son histoire à lui ne pouvait pas
bien finir. Jamais il n'a confié ou essayé de confier son secret. Ni à
1770 sa femme, ni à son meilleur ami, ni à un inconnu sur un banc, ni

---

1. Jubilation : joie intense et exubérante.
2. Il s'agit de *Une époque formidable*, de et avec Gérard Jugnot, sorti en 1991.
3. Cloche : situation des clochards.

à une prostituée, ni à aucune des bonnes âmes qui font profession d'écouter et de comprendre : prêtre, psychothérapeute, oreille anonyme de SOS Amitié. En quinze ans de double vie, il n'a fait aucune rencontre, parlé à personne, il ne s'est mêlé à aucune de ces sociétés parallèles, comme le monde du jeu, de la drogue ou de la nuit, où il aurait pu se sentir moins seul. Jamais non plus il n'a cherché à donner le change à l'extérieur. Quand il faisait son entrée sur la scène domestique de sa vie, chacun pensait qu'il venait d'une autre scène où il tenait un autre rôle, celui de l'important qui court le monde, fréquente les ministres, dîne sous des lambris officiels, et qu'il le reprendrait en sortant. Mais il n'y avait pas d'autre scène, pas d'autre public devant qui jouer l'autre rôle. Dehors, il se retrouvait nu. Il retournait à l'absence, au vide, au blanc, qui n'étaient pas un accident de parcours mais l'unique expérience de sa vie. Il n'en a jamais connu d'autre, je crois, même avant la bifurcation.

Jusqu'à la fin de ses études, il était entretenu par ses parents qui lui avaient acheté un studio à Lyon, une voiture, et préféraient réaliser quelques coupes de bois plutôt que de voir leur fils perdre son temps à faire du baby-sitting ou donner des leçons particulières pour compléter son argent de poche. L'heure de vérité aurait dû sonner quand, ayant terminé sa médecine et pris femme, il est entré dans la vie active comme chercheur à l'INSERM. Rien ne s'est passé. Il a continué à puiser dans les comptes bancaires de ses parents, sur lesquels il avait une procuration. Il considérait leur bien comme le sien et eux l'y encourageaient, ne s'étonnaient pas de ces ponctions régulièrement opérées par un fils qui pourtant gagnait bien sa vie. En quittant Lyon pour le pays de Gex, il a vendu le studio 300 000 F, qu'il a gardés. Une fois à l'OMS, il a dit ou laissé entendre que son statut de fonctionnaire international lui ouvrait droit à des placements extrêmement avantageux, au taux de 18 %, dont il pouvait faire bénéficier sa famille. Patriotes et ennemis de toute combine, les Romand n'étaient pas le genre de gens à placer leurs économies dans des banques suisses, mais il suffisait que l'idée vienne de leur fils pour qu'ils n'y trouvent rien à redire. En voyant leur pécule diminuer d'un relevé à l'autre, au lieu de s'inquiéter ils bénissaient Jean-Claude de gérer, malgré ses nombreuses occupations, leur petit portefeuille de retraités. Cette confiance était partagée par l'oncle Claude qui, outre son garage, avait des parts dans la société forestière administrée par son frère et qui a lui aussi confié à son neveu quelques dizaines de milliers de francs, persuadé qu'à condition de ne pas y toucher ils lui rapporteraient dix fois plus.

Il a vécu de cela au début de son mariage. Florence déclarait au fisc les salaires très modestes qu'elle touchait en faisant des remplacements dans des pharmacies de la région, et lui 0,00 F car, travaillant en Suisse, il n'avait, disait-il, pas d'impôts à payer. Une fois qu'elle l'avait signée, il ajoutait sur leur déclaration commune : profession, étudiant, et envoyait copie de sa carte. Ils roulaient dans une vieille Volvo, passaient leurs vacances chez les parents, quelquefois dix jours en Espagne ou en Italie. Leur appartement, un deux-pièces de 50 m² à 2 000 F par mois, allait bien pour un jeune couple, déjà moins pour un jeune couple avec un enfant et plus du tout pour une famille de quatre à laquelle de surcroît il arrivait que la mère de Florence rende des visites de plusieurs semaines. C'est devenu pour leurs amis un motif de plaisanterie. Les uns après les autres ils achetaient ou faisaient bâtir des maisons tandis que les Romand s'obstinaient à camper dans leurs canapés convertibles comme des étudiants attardés. « Tu gagnes combien ? lui a lancé un jour Luc. 30, 40 000 balles par mois, quelque chose comme ça ? (il avait lancé ce chiffre comme une évidence, et Jean-Claude hoché la tête pour confirmer). Tu pourrais tout de même t'offrir mieux. Sinon, on va finir par croire que tu es radin ou alors que tu as une maîtresse qui te coûte cher ! » Tout le monde a ri, Florence la première, et lui haussé les épaules en marmonnant qu'ils n'étaient pas certains de rester longtemps dans la région, qu'il risquait de partir en poste à l'étranger et que ça lui cassait les pieds de déménager deux fois de suite. Il se déclarait aussi écœuré par l'argent trop facile qui circule dans le pays de Gex : il n'avait pas envie de suivre le mouvement, d'élever ses enfants dans ces valeurs-là, il mettait un point d'honneur à vivre modestement. Les deux explications, indolence[1] et vertu, ne se contredisaient pas, au contraire concouraient à l'image du savant détaché des choses matérielles. On se demandait seulement

---

1. Indolence : nonchalance, comportement de quelqu'un qui évite l'effort.

si Florence l'était autant que lui. De fait, malgré la simplicité de ses goûts et sa confiance dans son mari, elle trouvait à la longue les remarques des amis raisonnables et pesait pour qu'ils s'agrandissent. Lui éludait[1], reportait, n'avait pas le temps d'y penser. Il avait déjà du mal à régler les dépenses courantes.

L'année de la naissance d'Antoine, le père de Florence a pris sa retraite de l'entreprise de lunetterie où il travaillait à Annecy. C'était un licenciement économique déguisé, qui lui a valu une prime de 400 000 F. Il est peu probable que Jean-Claude se soit directement offert à les placer : il a dû en parler à Florence qui en a parlé à sa mère qui en a parlé à son mari, en sorte qu'il s'est retrouvé dans la position confortable du sollicité et non du solliciteur. Il a accepté de rendre service à son beau-père et de placer pour lui 378 000 F à l'UOB, banque genevoise dont le siège se trouve quai des Bergues. Cette somme a évidemment été versée sur un compte à son nom, puisque seul son statut lui permettait de faire un tel placement. Celui de Pierre Crolet ne figurait sur aucun papier. D'une façon générale, ni les Crolet ni les Romand, ses principaux actionnaires, n'ont jamais vu un document bancaire témoignant du dépôt du capital ou du cumul des intérêts. Mais quoi de plus fiable au monde qu'une banque suisse si ce n'est une banque suisse où on est introduit par Jean-Claude Romand ? Ils pensaient que leur argent travaillait tranquillement quai des Bergues et n'avaient nulle envie d'interrompre ce travail. C'est du moins ce qu'il escomptait jusqu'au jour où son beau-père lui a dit qu'il voulait acheter une Mercedes et pour cela retirer une partie de son capital. Sa femme était à l'abri du besoin, ses enfants volaient de leurs propres ailes, pourquoi se priver de ce plaisir ?

Quelques semaines après, le 23 octobre 1988, Pierre Crolet est tombé dans l'escalier de sa maison où il se trouvait seul avec son gendre, et mort à l'hôpital sans avoir repris connaissance.

---

1. **Éludait** : esquivait, se dérobait.

Après la tragédie, un complément d'enquête a été ordonné à
la demande de la famille Crolet. Il n'a évidemment rien donné. Au
procès, l'avocat général a estimé ne pouvoir taire ce doute terrible
avec lequel les Crolet, qui n'avaient pas besoin de ça, continuent à
vivre. Abad s'est dressé, accusant l'accusation de sortir du dossier
pour charger son client qui n'en avait pas besoin non plus. À la fin,
avant que la Cour se retire pour délibérer, celui-ci a tenu à dire à
la famille Crolet et à prendre Dieu à témoin qu'il n'était pour rien
dans cette mort. Il a ajouté qu'il n'y avait selon lui pas de pardon
pour les péchés inavoués. Sauf aveu ultérieur de sa part, on n'en
saura jamais plus et je n'ai aucune thèse sur cette question. Je veux
seulement ajouter que lors d'un de ses premiers interrogatoires il
a répondu au juge : « Si je l'avais tué, je le dirais. On n'en est plus
à un près. »

En disant simplement que non, il n'a pas tué son beau-père, il
bénéficie de la présomption d'innocence. En le jurant devant Dieu,
il introduit une dimension qui peut convaincre ou non, c'est affaire
de sensibilité. Mais dire qu'un mort de plus ne change rien et que s'il
l'avait fait il l'avouerait, c'est ignorer ou feindre d'ignorer l'énorme
différence entre des crimes monstrueux mais irrationnels et un crime
crapuleux. Il est vrai que pénalement ça ne change pas grand-chose
puisque la peine de mort n'existe plus. Mais moralement ou, si on
préfère, pour l'image qu'il donne de lui et qui lui importe, ce n'est
pas du tout pareil d'être le héros d'une tragédie, poussé par une
fatalité obscure à commettre des actes suscitant terreur et pitié, et
un petit escroc qui par prudence choisit ses dupes, des personnes
âgées et crédules, dans le cercle familial, et qui pour préserver
son impunité pousse son beau-père dans l'escalier. Or, si ce crime
n'est pas prouvé, le reste est vrai : Romand est *aussi* ce petit escroc
et il lui est beaucoup plus difficile d'avouer cela, qui est sordide et
honteux, que des crimes dont la démesure lui confère une stature
tragique. D'une certaine manière, ceci a servi à cacher cela, sans
y réussir tout à fait.

Une autre histoire embarrassante prend place à peu près au même moment. La sœur de Pierre Crolet, la tante de Florence donc, avait un mari qui souffrait d'un cancer incurable. Elle a témoigné au procès. D'après sa version des faits, Jean-Claude aurait un jour parlé d'un remède qu'il mettait au point avec son patron de l'OMS, à base de cellules fraîches d'embryons récupérés dans une clinique où se pratiquaient des avortements. Ce remède pouvait enrayer, peut-être renverser le processus morbide, malheureusement il n'était pas encore commercialisé, en sorte que l'oncle avait de fortes chances de mourir avant qu'il le guérisse. La tante ainsi ferrée[1], il aurait expliqué qu'il pouvait peut-être s'en procurer une ou deux doses, mais que la fabrication, à ce stade des recherches, revenait très cher : 15 000 F la gélule, et il en faudrait deux pour commencer le traitement. On s'est tout de même décidé. Quelques mois plus tard, après que l'oncle eut subi une grave intervention chirurgicale, il a fallu encore une double dose, ce qui portait le coût de la cure à 60 000 F, en liquide. Le malade a d'abord refusé que pour un résultat si incertain on écorne[2] le compte d'épargne qu'il réservait à sa veuve, puis s'est laissé fléchir. Il est mort l'année suivante.

Confronté à ce témoignage accablant et qui, chose rare dans ce procès, émanait d'une personne encore vivante, présente physiquement et capable de le contredire, Romand a répondu, dans un affolement croissant : 1) que l'idée de ce traitement-miracle ne venait pas de lui, mais de Florence qui en avait entendu parler (où ? par qui ?) ; 2) qu'il ne l'a pas présenté comme un traitement-miracle, mais comme un placebo qui, s'il ne faisait pas de bien, ne ferait pas de mal (pourquoi alors coûtait-il si cher ?) ; 3) qu'il n'a jamais prétendu être associé à son élaboration, jamais invoqué l'autorité de son patron à l'OMS, et que d'ailleurs une femme aussi informée que Florence n'aurait pas cru une seconde qu'un scientifique de haut niveau commercialisait à la sauvette des recherches en cours

---

1. **Ferrée** : attrapée, piégée.
2. **Écorne** : entame, mette à mal.

sur le cancer (cette femme informée a cru des choses encore moins croyables) ; 4) qu'il a seulement servi d'intermédiaire avec un chercheur qu'il rencontrait à la gare Cornavin, à qui il remettait l'argent en échange des gélules, et, quand on lui demande des précisions sur ce chercheur, qu'il ne se rappelle pas son nom, qu'il a dû le noter sur son agenda de l'époque mais que malheureusement il a brûlé dans l'incendie. Face à l'évidence, il s'est défendu comme l'emprunteur de chaudron à qui, dans une histoire qu'aimait Freud[1], le prêteur reproche de le lui avoir rendu percé et qui fait valoir, d'abord que le chaudron n'était pas encore percé quand il l'a rendu, ensuite qu'il l'était déjà quand on le lui a prêté, enfin qu'il n'a jamais emprunté de chaudron à personne.

Ce qui est sûr, c'est que la mort de son beau-père a été pour lui providentielle[2]. D'abord il n'était plus question de toucher aux sommes placées en Suisse. Ensuite Mme Crolet a décidé de vendre la maison, devenue trop grande pour elle seule, et lui a confié le produit de cette vente qui s'élevait à 1 300 000 F. Dans les mois suivant l'accident, il a été un soutien admirable pour la famille, qui le considérait désormais comme son chef. Il n'avait que trente-quatre ans, mais sa maturité paisible et réfléchie l'avait préparé à ce moment où on cesse d'être un fils pour devenir un père, et pas seulement celui de ses propres enfants mais aussi celui de ses parents qui tout doucement glissent vers l'enfance dernière. Il tenait ce rôle pour les siens et maintenant pour sa belle-mère, que le deuil avait plongée dans la dépression. Florence aussi était très affectée. Espérant la distraire, il a décidé de quitter leur petit appartement pour louer à Prévessin, tout près de Ferney, une ferme restaurée, plus conforme à leur statut social et qu'elle aurait plaisir à aménager.

Tout s'est accéléré. Il est tombé amoureux.

---

1. **Sigmund Freud** (1856-1939) : médecin autrichien qui a fondé la psychanalyse.
2. **Providentielle** : qui arrive par une chance inespérée, un heureux hasard.

Rémi Hourtin était psychiatre, sa femme Corinne psychologue pour enfants. Ils avaient ouvert à Genève un cabinet commun et loué à Ferney un appartement au-dessus de chez les Ladmiral, qui les ont introduits dans leur cercle d'amis. Au début, on les a trouvés drôles, vivants, un peu frimeurs. Jolie, probablement peu sûre d'elle et en tout cas très avide de séduire, Corinne manifestait des admirations naïves ou de cruels mépris, conformes aux décrets des magazines féminins sur ce qui est chic ou plouc. Rémi avait le goût des grands restaurants, des cigares et des alcools blancs à la fin du repas, des propos lestes, de la vie à grandes guides[1]. Les Ladmiral ont porté et portent toujours à ce gai compagnon l'amitié indulgente des gens rangés pour les noceurs[2] qui s'en tiennent loyalement à leur rôle. Romand devait envier et peut-être haïr en secret son bagout[3], son succès auprès des femmes, sa familiarité sans états d'âme avec la vie.

Assez vite, on s'est aperçu que le ménage battait de l'aile et que chacun y prenait des libertés peu en faveur dans le pays de Gex. Il flottait autour d'eux un parfum de libertinage qui choquait. Luc, bel homme et pas insensible au charme de Corinne, a su se reprendre à temps, mais cette aventure avortée, d'autres sans doute allées plus loin ont valu à la jeune femme une réputation de mangeuse d'hommes et de voleuse de maris. Quand elle a quitté Rémi pour

---

1. Vie à grandes guides : grand train de vie, grandes dépenses.
2. Noceurs : fêtards (terme familier).
3. Bagout : grande facilité de parole.

s'installer à Paris avec leurs deux petites filles, le cercle des amis a pris le parti du mari abandonné. Seule Florence Romand faisait valoir que Rémi avait dû largement autant tromper sa femme que l'inverse, que s'ils avaient des torts c'était leur affaire et qu'elle, Florence, n'en ayant jamais personnellement pâti, ne voulait juger ni l'un ni l'autre, leur gardait à tous deux son amitié. Elle téléphonait souvent à Corinne et, quand Jean-Claude et elle sont montés quelques jours à Paris, ils ont dîné ensemble. Les Romand ont visité l'appartement qu'elle avait trouvé près de l'église d'Auteuil, lui ont montré des photos de la maison où eux-mêmes se préparaient à emménager. Corinne a été touchée de leur gentillesse et de leur fidélité. En même temps, cette grande fille sportive et son gros nounours de mari appartenaient à une page tournée de sa vie, elle avait fait une croix sur la province, ses ragots, ses petits accommodements, elle se battait pour vivre avec ses enfants à Paris : ils n'avaient plus grand-chose à se dire. Elle a été très étonnée, trois semaines plus tard, de recevoir un imposant bouquet de fleurs avec la carte de Jean-Claude disant qu'il était à Paris pour une conférence et serait ravi de l'inviter le soir même. Il était à l'hôtel Royal Monceau. Ce détail aussi a étonné Corinne, et favorablement : elle n'aurait pas imaginé qu'il avait l'habitude de descendre dans un hôtel quatre étoiles. Il a continué de la surprendre, d'abord en la traitant[1] dans un grand restaurant et non dans une simple brasserie, ensuite en lui parlant de lui-même, de sa carrière, de ses recherches. Elle le savait très réservé à ce sujet – c'était un trait aussi proverbial que la drôlerie de Rémi –, mais, ne voyant en lui qu'un scientifique sérieux et un peu terne comme il y en a des quantités dans le pays de Gex, n'avait jamais cherché à secouer cette réserve. Tout à coup, elle découvrait un autre homme : un chercheur d'envergure et de renommée internationale, qui tutoyait Bernard Kouchner et allait bientôt prendre la direction de l'INSERM – il en a dit un mot, incidemment, en précisant qu'il hésitait à cause du poids de travail

---

1. **Traitant** : conviant, invitant.

supplémentaire que cela représenterait pour lui. ~~~
cette réalité nouvelle et l'image jusqu'alors san~~~
de lui le rendait d'autant plus sympathique. ~~~
hommes les plus remarquables sont aussi les p~~~
moins soucieux de l'opinion qu'on a d'eux. C'était la ~~~
fois que Corinne, qui avait surtout connu de séduisants jouisse~~~
comme son ex-mari, se liait avec un de ces hommes remarquables,
savants austères ou créateurs tourmentés qu'elle avait jusqu'alors
admirés de loin, comme s'ils vivaient seulement dans les pages
culturelles des journaux.

Il est revenu, l'a de nouveau invitée à dîner, lui a de nouveau
parlé de ses recherches et de ses congrès. Mais la seconde fois, avant
de la quitter, il lui a dit qu'il avait quelque chose d'un peu délicat
à lui annoncer : il l'aimait.

Habituée au désir des hommes, Corinne était flattée qu'il l'ait
élue pour amie, sans l'arrière-pensée d'en faire sa maîtresse : cela
voulait dire qu'il s'intéressait vraiment à elle. En découvrant qu'elle
s'était trompée, elle a été d'abord stupéfaite – malgré toute son
expérience, elle ne l'avait pas vu venir –, puis déçue – lui aussi,
comme les autres –, un peu dégoûtée – il ne l'attirait pas du tout,
physiquement – et enfin émue par ce que l'aveu de ce désir avait
de suppliant. Elle n'a eu aucun mal à le repousser gentiment.

Le lendemain, il lui a téléphoné pour s'excuser de cette déclaration
intempestive[2] et, avant qu'elle rentre de son travail, a déposé chez
elle un paquet contenant une bague en or jaune avec une émeraude
entourée de petits diamants (19 200 F chez le bijoutier Victoroff).
Elle l'a rappelé pour lui dire qu'il était fou, qu'elle n'accepterait
jamais un tel cadeau. Il a insisté. Elle l'a gardé.

Il a pris l'habitude, ce printemps-là, de venir un jour par semaine
à Paris. Arrivé de Genève par le vol de 12 h 15, il descendait au Royal
Monceau ou au Concorde La Fayette et, le soir, invitait Corinne dans

---

1. Notoire : connu d'un très grand nombre de personnes.
2. Intempestive : inopportune, déplacée.

grand restaurant. Il expliquait ces voyages par une importante
xpérience en cours à l'Institut Pasteur. Le prétexte servait aussi
pour Florence. Mentant aux deux, il pouvait leur faire le même
mensonge.

Ces dîners hebdomadaires avec Corinne sont devenus la grande
affaire de sa vie. C'était comme une source qui jaillit dans le désert,
quelque chose d'inespéré et de miraculeux. Il ne pensait plus qu'à
cela, à ce qu'il allait lui dire, à ce qu'elle lui répondrait. Les phrases qui depuis si longtemps tournaient dans sa tête, il les adressait
enfin à quelqu'un. Avant, lorsqu'il partait de chez lui au volant de
sa voiture, il savait que jusqu'à son retour s'étendait une longue
plage de temps vide et mort où il ne parlerait à personne, n'exis-
terait pour personne. Maintenant, ce temps précédait et suivait le
moment de retrouver Corinne. Il l'en séparait et l'en rapprochait.
Il était vivant, riche d'attente, d'inquiétude et d'espoir. Arrivant à
l'hôtel, il savait qu'il allait lui téléphoner, lui donner rendez-vous
le soir, lui faire envoyer des fleurs. Se rasant devant la glace, dans
sa luxueuse salle de bains du Royal Monceau, il voyait le visage
qu'elle allait voir.

Il avait connu Corinne dans le monde partagé mais par un coup
d'audace, en l'invitant et en instaurant l'habitude de ces tête-à-tête,
il l'avait introduite dans l'autre monde, celui où il avait toujours été
seul, où pour la première fois il ne l'était plus, où pour la première
fois il existait sous le regard de quelqu'un. Mais il restait seul à le
savoir. Il se faisait penser au malheureux monstre de *La Belle et la
Bête*, avec ce raffinement supplémentaire que la belle ne se doutait
pas qu'elle dînait avec lui dans un château où personne avant elle
n'avait pénétré. Elle se croyait en face d'un habitant normal du
monde normal, auquel il semblait remarquablement intégré, et
ne pouvait imaginer, toute psychologue qu'elle fût, qu'on puisse y
être aussi radicalement et secrètement étranger.

A-t-il failli lui dire la vérité ? Loin d'elle, il caressait l'espoir que
les mots de l'aveu, le prochain soir, un autre soir, finiraient par être

prononcés. Et que cela se passerait bien, c'est-à-dire qu'un certain enchaînement de confidences, une certaine entente mystérieuse entre eux rendraient ces mots dicibles[1]. Des heures durant, il en répétait les préliminaires. Peut-être pourrait-il raconter cette étrange histoire comme si elle était arrivée à un autre : un personnage complexe et tourmenté, un cas psychologique, un héros de roman. Au fil des phrases, sa voix serait de plus en plus grave (il craignait qu'en réalité elle soit de plus en plus aiguë). Elle caresserait Corinne, l'envelopperait de son émotion. Jusqu'alors maître de lui, dominant en virtuose toutes les situations, l'affabulateur devenait humain, fragile. Le défaut de la cuirasse se révélait. Il avait rencontré une femme. Il l'aimait. Il n'osait pas lui avouer la vérité, il aimait mieux mourir que de la décevoir, il aimait mieux aussi mourir que de continuer à lui mentir. Corinne le regardait avec intensité. Elle prenait sa main. Des larmes coulaient sur leurs joues. Ils montaient en silence jusqu'à la chambre, ils étaient nus, ils faisaient l'amour en pleurant tous les deux et ces pleurs partagés avaient le goût de la délivrance. Il pouvait mourir désormais, ça n'avait plus d'importance, plus rien n'avait d'importance, il était pardonné, sauvé.

Ces rêves éveillés peuplaient sa solitude. Le jour dans sa voiture, la nuit près de Florence endormie, il créait une Corinne qui le comprenait, le pardonnait, le consolait. Mais il savait bien qu'en face d'elle les choses ne pourraient pas prendre ce tour. Il aurait fallu, pour l'émouvoir et l'impressionner, que son histoire soit différente, qu'elle ressemble à ce que devaient imaginer les enquêteurs trois ans plus tard. Faux médecin mais vrai espion, vrai trafiquant d'armes, vrai terroriste, il l'aurait sans doute séduite. Faux médecin seulement, englué dans la peur et la routine, escroquant de petits retraités cancéreux, il n'avait aucune chance et ce n'était pas la faute de Corinne. Elle était peut-être superficielle et pleine de préjugés, mais il n'aurait rien changé qu'elle ne le soit pas. Aucune femme n'accepterait d'embrasser cette Bête-là, qui jamais

---

1. **Dicibles** : exprimables, qui peuvent être dits.

ne se transformerait en prince charmant. Aucune femme ne pouvait aimer ce qu'il était en vérité. Il se demandait s'il existait au monde une vérité plus inavouable, si d'autres hommes avaient à ce point honte d'eux-mêmes. Peut-être certains pervers sexuels, ceux que dans les prisons on appelle les pointeurs et que les autres criminels méprisent et maltraitent.

Comme il travaillait et voyageait beaucoup, Florence s'occupait seule de leur emménagement à Prévessin. Elle a tout installé, décoré dans le style chaleureux et sans prétention qui était le sien : étagères en bois blanc, fauteuils en rotin, couettes de couleurs gaies, et accroché une balançoire pour les enfants dans le jardin. Lui, jusqu'alors plus regardant, signait les chèques sans même écouter ses explications. Il s'est acheté une Range Rover. Elle ne se doutait ni que l'argent provenait de la maison de sa mère ni qu'il le dépensait, à Paris, avec plus de largesse encore. On s'en est beaucoup étonné au procès mais, alors qu'ils avaient un compte commun, il semble qu'elle n'ait jamais jeté un coup d'œil à leurs relevés bancaires.

Les Ladmiral, eux, faisaient bâtir à quelques kilomètres de là, en pleine campagne. Ils vivaient au milieu des travaux, moitié dans leur ancienne maison, moitié dans la nouvelle. Cécile, encore enceinte, devait rester couchée. Luc se rappelle une visite impromptue de Jean-Claude, au début de l'été. Les ouvriers venaient de partir après avoir coulé la dalle en béton de la terrasse. Ils ont bu une bière, tous les deux, dans le jardin plein de gravats. Luc avait en tête les soucis d'un homme qui a affaire à un entrepreneur. Il inspectait le chantier en parlant de délais, de dépassements, de l'orientation du barbecue. Visiblement, ces sujets ennuyaient Jean-Claude. Les circonstances de son propre emménagement, sur lesquelles Luc s'est cru obligé de le questionner pour ne pas parler que du sien, ne l'intéressaient pas davantage, ni les huit jours de vacances qu'il venait de passer en Grèce avec Florence et les enfants. Il répondait à côté, souriait d'un air lointain, évasif, comme s'il poursuivait une rêverie intérieure infiniment séduisante. Luc s'est tout à coup avisé qu'il avait maigri, rajeuni, et au lieu de son habituelle veste de tweed sur pantalon de velours côtelé portait un costume bien coupé qui avait de toute évidence coûté cher. Il a vaguement soupçonné ce que Cécile, si elle avait été là, aurait compris d'un regard. Comme pour confirmer ce soupçon, Jean-Claude a lâché qu'il n'excluait pas de s'installer bientôt à Paris. Pour des raisons professionnelles, bien sûr. Luc a fait observer qu'il venait de s'installer à Prévessin. Bien sûr, bien sûr, mais cela n'empêchait pas de louer un pied-à-terre et de revenir à la maison pour les week-ends. Luc a haussé les épaules : « J'espère que tu n'es pas en train de faire des conneries. »

Un soir de la semaine suivante, tard, Jean-Claude lui a téléphoné de l'aéroport de Genève. Sa voix était oppressée. Il se sentait très mal, il craignait de faire un infarctus, mais il ne voulait pas aller à l'hôpital. Il pouvait conduire, il arrivait. Une demi-heure plus tard, blême, très agité, la respiration forte et sifflante, il poussait la porte de la maison, laissée entrouverte pour qu'il ne réveille pas tout le monde. Luc l'a examiné et a diagnostiqué seulement une crise d'angoisse. Ils se sont assis face à face, comme de vieux amis qu'ils étaient, dans le salon faiblement éclairé. La nuit était calme, à l'étage Cécile et les enfants dormaient. « Bon, alors, a dit Luc, qu'est-ce qui se passe ? »

Si Jean-Claude, comme il l'a raconté, était sur le point cette nuit-là de lâcher toute la vérité, la première réaction de son confident l'a fait battre en retraite. Déjà, une maîtresse le rendait fou. Que ce soit Corinne l'indignait. Il n'avait jamais eu d'elle une très haute opinion, ce qu'il apprenait confirmait sa méfiance. Mais Jean-Claude ! Jean-Claude ! Jean-Claude, tromper Florence ! C'était une cathédrale qui s'effondrait. De façon assez peu flatteuse pour son ami, il considérait comme allant de soi une distribution des rôles où lui était le brave type guère expérimenté en amour et elle la sirène qui par pure malice, pour s'assurer de son pouvoir et détruire un foyer qu'elle enviait, l'enserrait dans ses filets. Voilà ce qui arrivait quand on n'avait pas fait les cent coups à vingt ans, on se retrouvait à bientôt quarante en pleine crise d'adolescence. Jean-Claude essayait de protester, de ne pas sembler penaud mais fier de cette aventure, d'y jouer aux yeux de Luc le rôle de ce séduisant docteur Romand dont le reflet flottait dans les miroirs du Royal Monceau. Peine perdue. Luc lui a fait promettre, à la fin, de rompre au plus vite et une fois que ce serait fait de tout dire à Florence, car le silence est le pire ennemi des couples. Au contraire, une crise surmontée en commun peut se révéler leur meilleur allié. S'il ne le faisait pas ou tardait à le faire, c'est lui, Luc, qui en parlerait à Florence, pour leur bien à tous deux.

Il n'a pas eu besoin de montrer son dévouement en dénonçant son ami à sa femme. À la mi-août, Jean-Claude et Corinne ont passé ensemble trois jours à Rome. Il avait insisté pour qu'elle lui accorde ce voyage qui a été pour elle un cauchemar. Leurs versions, également elliptiques[1], s'accordent sur ceci : le dernier jour, elle lui a dit qu'elle ne l'aimait pas parce qu'elle le trouvait trop triste. « Trop triste », ce sont les mots qu'ils emploient tous les deux. Il a pleuré, supplié comme il l'avait fait quinze ans plus tôt avec Florence et, comme Florence, elle a été gentille. Ils se sont quittés en se promettant de rester toujours amis.

Il a retrouvé les siens, en vacances à Clairvaux. Un matin, tôt, il est parti en voiture dans la forêt de Saint-Maurice. Son père, qui la gérait autrefois, lui avait montré un gouffre où une chute serait fatale. Il dit qu'il a voulu s'y jeter, qu'il s'y est jeté mais a été retenu par des branchages qui ont écorché son visage et déchiré ses vêtements. Il n'a pas réussi à mourir mais ne sait pas non plus comment il s'en est sorti vivant. Il a roulé jusqu'à Lyon, pris une chambre d'hôtel et téléphoné à Florence pour lui dire qu'il venait d'avoir un accident, sur l'autoroute entre Genève et Lausanne. Il avait été éjecté de la voiture, une Mercedes de fonction de l'OMS qui était complètement écrabouillée. On l'avait transporté en hélicoptère à l'hôpital de Lausanne, d'où il appelait. Affolée, Florence a voulu

---

1. Elliptiques : qui comportent des raccourcis et des sous-entendus.

accourir et, s'affolant à son tour, il a commencé à minimiser. Il est rentré le soir même à Prévessin, au volant de sa propre voiture. Les écorchures causées par les ronces n'évoquaient que d'assez loin un accident de la route, mais Florence était trop bouleversée pour y faire attention. Il s'est jeté en travers de leur lit en pleurant. Elle le serrait contre elle pour le consoler, lui demandait doucement ce qui se passait, ce qui le faisait souffrir. Elle avait bien senti que quelque chose n'allait pas, les derniers temps. Sans cesser de pleurer, il lui a expliqué que s'il avait perdu le contrôle de la voiture, c'est qu'il avait subi un choc terrible. Son patron, à l'OMS, venait de mourir d'un cancer qui le rongeait depuis plusieurs années. Au cours de l'été, les métastases s'étaient multipliées, il savait bien que tout espoir était perdu, mais le voir mort… Il a continué à sangloter toute la nuit. Florence, très émue, était en même temps surprise d'un tel attachement à ce patron dont il ne lui avait jamais parlé.

Lui aussi a dû penser que cela ne suffisait pas. Au début de l'automne, le lymphome endormi depuis quinze ans s'est réveillé sous forme de maladie de Hodgkin[1]. Sachant que ce serait mieux vu qu'une maîtresse, il en a fait la confidence à Luc. En l'écoutant, bouffi et morne, tassé dans son fauteuil, dire qu'il était condamné, celui-ci se rappelait le Jean-Claude exalté qui lui avait rendu visite sur le chantier. Il portait le même costume, mais terni à présent, le col couvert de pellicules. La passion l'avait dévasté. Elle s'en prenait maintenant à ses cellules. Sans aller jusqu'à se sentir coupable d'avoir si fermement plaidé pour la rupture, Luc éprouvait une profonde pitié pour l'âme de son ami, qu'il devinait aussi malade que son corps. Mais, toujours positif, il voulait penser que cette épreuve le ramènerait à Florence et serait l'occasion d'une communion plus profonde entre les époux : «Vous en parlez beaucoup, bien sûr… » À sa grande surprise, Jean-Claude a répondu que non, ils n'en parlaient pas beaucoup. Il avait mis Florence au courant en dramatisant le moins possible et ils étaient convenus de faire comme si de rien

---

1. **Maladie de Hodgkin** : forme particulière de lymphome.

n'était, pour ne pas assombrir l'ambiance de la maison. Elle avait proposé de l'accompagner à Paris où il était suivi par le professeur Schwartzenberg (cela aussi étonnait Luc : il n'imaginait pas que ce 2250 médecin trop célèbre soignât encore de patients, à supposer qu'il en eût jamais soigné), mais il avait refusé. C'était son cancer, contre lequel il se battrait seul, sans embêter personne. Il prenait sur lui, elle respectait sa décision.

La maladie et le traitement l'épuisaient. Il n'allait plus travailler 2255 tous les jours. Florence levait les enfants, leur disait de ne pas faire de bruit parce que papa était fatigué. Après les avoir conduits à l'école, elle allait chez une autre mère d'élève prendre le café, à son cours de danse ou de yoga, faire des courses. Seul à la maison, il passait la journée dans son lit humide, la couette relevée jusqu'au-dessus 2260 de la tête. Il avait toujours beaucoup transpiré, maintenant il fallait changer ses draps tous les jours. Baignant dans sa sueur mauvaise, il somnolait, lisait sans comprendre, hébété. C'était comme à Clairvaux, l'année où il s'y était réfugié après l'échec au lycée du Parc : la même torpeur[1] grise, secouée de frissons.

2265 Malgré la déclaration d'amitié sur laquelle ils s'étaient quittés, il n'avait pas reparlé à Corinne depuis le catastrophique voyage à Rome. Dès que Florence sortait, il tournait autour du téléphone, formait son numéro en raccrochant dès qu'elle décrochait tant il avait peur qu'elle le traite en importun. Il a été étonné, le jour où 2270 il a osé parler, de la sentir heureuse de l'entendre. Elle vivait une période de grand désarroi : difficultés professionnelles, aventures sans lendemain. Sa solitude, ses enfants, son inquiète disponibilité faisaient peur aux hommes et elle avait assez souffert de leur goujaterie[2] pour faire bon accueil à ce docteur Romand qui était si triste, 2275 si maladroit, mais qui la traitait comme une reine. Elle s'est mise à lui raconter ses déceptions et ses ressentiments. Il l'écoutait, la

---

1. **Torpeur** : engourdissement, abattement, léthargie.
2. **Goujaterie** : comportement d'homme grossier.

réconfortait. Au fond, disait-il, au-delà des apparences, ils se ressemblaient beaucoup, tous les deux. Elle était sa petite sœur. Il est retourné à Paris en décembre, et tout a recommencé : les dîners, les sorties, les cadeaux et, après le Nouvel An, cinq jours en amoureux à Leningrad.

Ce voyage, qui a beaucoup stimulé l'imagination au début de l'enquête, était organisé par le *Quotidien du médecin*, auquel il était abonné. Il y avait, s'il y tenait, des dizaines de formules pour passer quelques jours en Russie, mais il ne lui est pas venu à l'idée de le faire autrement qu'avec un groupe de médecins dont beaucoup se connaissaient entre eux, alors que lui ne connaissait personne. Corinne s'en étonnait, ainsi que du soin qu'il prenait à éviter leurs compagnons de voyage, couper court aux conversations, faire bande à part. Elle aurait bien voulu, elle, se faire des amis. S'il les trouvait si peu fréquentables ou si, comme elle l'a pensé, il craignait des ragots qui auraient pu revenir à sa femme, pourquoi être partis avec eux ? Décidément, il l'exaspérait. Au bout de trois jours, elle lui a tenu le même discours qu'à Rome : ils avaient fait une erreur, mieux valait rester amis, petite sœur et grand frère. Il s'est remis à pleurer et, dans l'avion du retour, lui a dit que de toute façon il avait un cancer. Bientôt, il serait mort.

Que répondre à cela ? Corinne était très embêtée. Il l'a suppliée, si elle lui gardait un peu de tendresse, de lui téléphoner de temps à autre, mais pas à la maison : sur sa boîte vocale. Leur code secret serait : 222 pour « je pense à toi, mais rien d'urgent », 221 pour « rappelle-moi », et 111 pour « je t'aime ». (Il avait un code du même genre avec Florence, qui laissait à la messagerie un chiffre entre 1 et 9 selon le degré d'urgence de l'appel.) Pressée d'en finir, Corinne a noté les chiffres, promis d'en faire usage. Il a rapporté des chapkas[1] à ses enfants et des poupées russes à sa filleule.

---

1. **Chapkas** : bonnets de fourrure à rabats.

Cette seconde chance manquée, il est retombé dans la routine et le désespoir. Pour expliquer sa présence à la maison, Florence avait parlé de son cancer à la plupart de leurs amis mais en leur demandant de le garder pour eux, en sorte que chacun se croyait le seul au courant. On l'entourait de sollicitude discrète et de jovialité forcée.

À un dîner chez les Ladmiral, Rémi qui était allé voir ses filles à Paris a donné des nouvelles de son ex-femme. Toujours instable, elle avait balancé entre deux hommes pour refaire sa vie : un gentil, qui était quelque chose comme cardiologue, un type très fort dans sa partie mais pas très drôle, et un autre nettement plus déluré, un dentiste parisien qui, lui, ne se laissait pas mener par le bout du nez. Rémi, sans le connaître, aurait plutôt été partisan du premier, estimant que Corinne avait besoin d'équilibre et de protection, malheureusement elle préférait l'amour vache et avait choisi le second. La tête de Jean-Claude entendant cela faisait vraiment pitié, se rappelle Luc.

Comme elle l'avait promis, elle téléphonait quelquefois et, pour lui montrer quelle confiance elle lui faisait, lui racontait ses relations passionnées avec le dentiste qui ne se laissait pas mener par le bout du nez. Il la faisait souffrir mais c'était plus fort qu'elle, elle l'avait dans la peau. Jean-Claude acquiesçait d'une voix morne. Il toussait, expliquait que le lymphome réduisait ses défenses immunitaires.

Un jour, elle lui a demandé conseil. Le cabinet qu'elle possédait avec Rémi à Genève avait été vendu. Sa part, qu'elle venait de toucher, se montait à 900 000 F. Elle pensait les réinvestir dans un nouveau cabinet, sans doute s'associer avec quelqu'un, mais préférait ne pas se précipiter et, plutôt que de laisser cet argent sur son compte courant, le placer. Les quelques SICAV qu'elle avait rapportaient bien peu. Le grand frère avait-il une meilleure idée ? Bien sûr, il en avait une. UOB, quai des Bergues, Genève, 18 % par an. Il a pris l'avion de Paris, est allé avec elle au siège de sa banque où elle a retiré les 900 000 F en liquide, puis a repris l'avion, comme dans les films, avec une mallette bourrée de billets. Pas de reçu, pas de trace. Il se rappelle avoir observé : « S'il m'arrivait quelque chose, tout ton argent serait perdu. » À quoi elle aurait tendrement répondu (c'est sa version à lui) : « S'il t'arrivait quelque chose, ce n'est pas l'argent que je regretterais. »

C'était la première fois qu'il trompait, non pas de vieilles personnes de sa famille, soucieuses seulement de faire fructifier leur bien pour leurs héritiers, mais une jeune femme déterminée qui avait besoin du sien et comptait le récupérer vite. Elle avait insisté pour être sûre que ce serait possible dès qu'elle voudrait, et il le lui avait garanti. Or il était aux abois[1]. Du pactole que lui avait confié sa belle-mère il ne restait plus rien. Les deux dernières années, ses dépenses avaient flambé. Il s'était, à Prévessin, aligné sur le train de vie des gens de son milieu, payant 8 000 F de loyer, s'achetant une Range Rover à 200 000 F, la remplaçant par une BMW à 250 000 F, et à Paris ruiné en grands hôtels, dîners fins et cadeaux pour Corinne. Il avait pour continuer besoin de cet argent qu'à peine rentré chez lui il est allé répartir sur ses trois comptes : à la BNP de Ferney-Voltaire, à celle de Lons-le-Saunier et à celle de Genève. Le directeur de l'agence de Ferney, sans oser lui poser de questions sur ses sources de revenus, s'étonnait de ces rentrées irrégulières. Il lui avait plusieurs fois téléphoné pour lui proposer des placements, des formules de gestion plus rationnelles. Lui éludait. Il craignait plus que tout l'interdiction bancaire à côté de laquelle, cette fois encore, il n'était pas passé loin. Mais il savait n'avoir obtenu qu'un sursis et, en touchant à l'argent de Corinne, rendre la catastrophe inévitable.

---

1. **Aux abois** : dans une situation matérielle désespérée, sans ressources.

La dernière année s'est déroulée sous cette menace. Elle pesait jusqu'alors sur sa vie de façon diffuse. Chaque fois qu'il croisait quelqu'un, qu'on lui adressait la parole ou que le téléphone sonnait à la maison, l'appréhension lui nouait le ventre : l'heure était arrivée, son imposture allait être percée à jour. Le danger pouvait venir de partout, le plus infime événement de la vie quotidienne mettre en marche le scénario-catastrophe que rien n'arrêterait. Mais à présent une version de ce scénario avait acquis plus de vraisemblance que les autres et il avait beau se dire ce qu'on dit aux grands malades, qu'on peut parfaitement être atteint d'un cancer et mourir de la grippe ou d'une piqûre de guêpe, c'est cette version-là qu'il ne cessait d'imaginer. Plus le coup tardait à venir, plus il viendrait sûrement, et sans échappatoire. Si Corinne avait redemandé son argent une semaine après le lui avoir confié, il aurait pu encore le lui rendre et chercher un autre moyen – mais lequel ? – de vivre sans revenu comme s'il en avait un. Les semaines, les mois passant, la somme supposée être placée diminuait. Pris de vertige, il n'essayait même pas de la faire durer, au contraire dépensait avec frénésie. Quand elle la lui réclamerait, que ferait-il ? Quelques années plus tôt, il aurait pu tenter de la reconstituer en faisant appel à ses donateurs habituels : ses parents, son oncle Claude, sa belle-famille. Mais il connaissait, et pour cause, leur situation de fortune à tous. Il leur avait tout pris, avait tout dépensé. Il n'avait plus personne vers qui se tourner.

Alors quoi ? Raconter à Corinne qu'il s'était fait agresser et voler la mallette de billets ? Lui avouer la vérité ? Une partie de la vérité : qu'il était dans une situation financière inextricable et l'y avait entraînée ? Toute la vérité : dix-sept ans de mensonge ? Ou alors ramasser
2395 ce qui restait et prendre un avion pour l'autre bout du monde ? Ne plus revenir, disparaître. Le scandale éclaterait en quelques heures, mais il ne serait plus là pour assister à l'effondrement des siens et affronter leurs regards. Peut-être pourrait-il passer pour mort, faire croire qu'il s'était suicidé. Il n'y aurait pas de cadavre, mais s'il laissait
2400 la voiture, avec un mot d'adieu, près d'un gouffre de montagne… Déclaré mort, il serait vraiment hors d'atteinte. Le problème, c'est qu'il serait en vie et que seul, même avec de l'argent, il ne saurait que faire de cette vie. Sortir de la peau du docteur Romand voudrait dire se retrouver sans peau, plus que nu : écorché.
2405 Il savait depuis le début que la conclusion logique de son histoire était le suicide. Il y avait souvent pensé sans jamais en trouver le courage et, d'une certaine façon, la certitude qu'il le ferait un jour l'en dispensait. Sa vie s'était passée à attendre ce jour où il ne pourrait plus différer. Il aurait dû cent fois arriver et cent fois un
2410 miracle, ou le hasard, l'y avait fait échapper. Sans douter de l'issue, il était curieux de savoir jusqu'où le destin la repousserait.

Lui qui avait tant supplié Corinne de lui téléphoner et rappelait dix fois sa boîte vocale pour réentendre sa voix quand par hasard elle lui avait laissé un message, il préférait maintenant laisser l'*operator*
2415 débranché. Il faisait le mort. Craignant de tomber sur Florence, Corinne de son côté n'osait pas l'appeler à Prévessin. Sa meilleure amie lui répétait qu'elle était folle d'avoir confié tout son argent, sans garantie, sans procuration, sans rien, à un cancéreux en phase terminale. S'il venait à mourir, qui la préviendrait ? Qu'est-ce qui
2420 prouvait qu'il n'était pas déjà mort et enterré ? Le compte en Suisse était à son nom à lui, elle pourrait toujours courir pour se faire rembourser par sa veuve. Corinne s'inquiétant de plus en plus, le mari de la meilleure amie a laissé, sous son nom, des messages

pressants au répondeur de Prévessin. Pas de réponse. On était déjà au début de l'été. Corinne s'est souvenue que chaque année en juillet Florence remplaçait la pharmacienne d'un village du Jura et que la famille séjournait chez les parents de Jean-Claude. On les a cherchés par minitel et fini de la sorte par le coincer. S'il n'avait pas rappelé, c'est qu'il avait été longuement hospitalisé. On lui avait fait des rayons, il était très fatigué. Corinne a compati, puis est venue au fait : elle voulait récupérer au moins une partie de son argent. Ce n'était pas si simple, a-t-il objecté, il y avait des délais à respecter... «Tu m'avais dit que non, que je pouvais reprendre ce que je voulais, quand je voulais... » Oui, en principe, mais en principe seulement. Si elle voulait toucher des intérêts au lieu de payer des agios, l'argent devait rester bloqué jusqu'en septembre, en fait il était bloqué de toute façon et d'ailleurs lui-même était bloqué aussi : malade, cloué au lit, dans l'incapacité de se rendre à Genève. Tout ce qu'il pouvait faire dans l'immédiat, c'était vendre sa voiture pour la dépanner. Corinne s'énervait : elle lui demandait de reprendre son argent à la banque, pas de vendre sa voiture et de le lui présenter comme un grand sacrifice. Il est quand même parvenu à l'apaiser.

Cette année-là, ses relevés de carte Premier font apparaître des achats réguliers de romans-photos et de cassettes pornographiques dans des sex-shops et, environ deux fois par mois, des massages au *Marylin Center* et au club *Only you* de Lyon. Les employées de ces établissements se rappellent un client calme, courtois, parlant peu. Lui dit qu'en allant se faire masser il avait l'impression d'exister, d'avoir un corps.

À l'automne, Florence a cessé de prendre la pilule. On peut interpréter ce fait de deux façons mais, d'après le témoignage de sa gynécologue, elle envisageait d'avoir un troisième enfant.

En tant que vice-présidente de l'association de parents d'élèves de Saint-Vincent, elle s'occupait du catéchisme, de l'organisation de la fête de l'école, de trouver des parents volontaires pour accompagner les enfants à la piscine ou au ski. Luc, lui, faisait partie de l'association de gestion. Pour le distraire de ses idées noires, il a proposé de s'y joindre à Jean-Claude qui, poussé par sa femme, a 2460 accepté. Ce n'était pas seulement pour lui une distraction, mais une forme d'insertion dans la vie réelle : une fois par mois, il se rendait à un rendez-vous qui n'était pas fictif, retrouvait des gens, parlait avec eux et, tout en jouant à l'homme occupé, il aurait volontiers réclamé des réunions supplémentaires.

2465 Il s'est passé que le directeur de l'école, un homme marié et père de quatre enfants, a noué une liaison avec une des institutrices, mariée aussi. Cela s'est su et a déplu. Certains parents d'élèves se sont mis à dire que ce n'était pas la peine de confier leurs enfants à une école catholique pour qu'ils y reçoivent l'exemple d'un couple 2470 de libertins. L'association de gestion a décidé d'intervenir. Une réunion a eu lieu chez Luc, au début des vacances d'été. L'idée était de demander au directeur fautif sa démission et à la direction diocésaine de le remplacer par une institutrice, elle au-dessus de tout soupçon. Pour éviter le scandale, tout devait être arrangé à la 2475 prochaine rentrée et d'ailleurs l'a été. Mais sur ce qui s'est dit au cours de cette réunion les témoignages des participants divergent. Luc et les autres assurent que la décision a été prise à l'unanimité, c'est-à-dire que Jean-Claude était d'accord avec eux. Lui dit que non, il n'était pas d'accord, que le ton a monté, qu'on s'est quittés 2480 fâchés. Il insiste sur le fait qu'une telle attitude ne lui ressemblait pas : il aurait été beaucoup plus simple, et plus conforme à sa manière, de se ranger à l'avis de ses amis.

Comme il n'y a aucune raison de penser que les autres aient menti, j'imagine qu'il a bien manifesté son désaccord, mais de façon 2485 si peu assurée que non seulement ils ne s'en sont pas souvenus ensuite, mais ils ne l'ont, sur le moment, même pas enregistré. On était si habitué à ce qu'il approuve tout qu'on ne l'a littéralement pas entendu, et lui avait si peu l'habitude de se faire entendre qu'il se rappelle, non pas le volume réel de son intervention – un bredouillis, l'ombre murmurée d'une réserve –, mais celui de la rumeur indignée qui bouillonnait en lui et à laquelle il a vainement tenté de donner voix. Il s'est entendu dire, avec tout l'éclat nécessaire, ce qu'il aurait voulu dire et non ce qu'ont entendu les autres. Il est possible aussi qu'il n'ait rien dit du tout, seulement pensé à dire, rêvé de dire, regretté de n'avoir pas dit et pour finir imaginé qu'il avait dit. De retour à la maison, il a tout raconté à sa femme, la conjuration contre le directeur et la façon chevaleresque dont il avait pris son parti. Florence était vertueuse mais pas prude et n'aimait pas qu'on se mêle de la vie privée des gens. Elle a été touchée que son mari, conciliant de nature, fatigué par la maladie, occupé d'affaires infiniment plus importantes, ait préféré sacrifier son confort plutôt que de couvrir une injustice. Et quand, à la rentrée, elle a trouvé le coup d'État consommé, le directeur déchu au rang de simple instituteur et remplacé par une institutrice dont la sèche bigoterie l'avait toujours exaspérée, elle a pris avec son dynamisme habituel la tête d'une croisade en faveur du persécuté, menant campagne auprès des mères d'élèves et ralliant bientôt à ses vues une partie de l'association de parents. La démarche de l'association de gestion s'est trouvée contestée. L'APE et l'OGEC, qui jusqu'alors avaient fonctionné en bonne intelligence, sont devenus des camps ennemis, respectivement conduits par Florence Romand et Luc Ladmiral, pourtant amis de toujours. Le trimestre en a été envenimé.

Non content de soutenir sa femme, Jean-Claude en rajoutait. On entendait cet homme paisible, à la sortie de l'école, dire haut et fort qu'il militait pour le respect des droits de l'homme au Maroc et qu'il n'allait pas accepter de les voir bafoués à Ferney-Voltaire. Ennuyés de passer pour des pères-la-pudeur, les partisans de l'OGEC et de la nouvelle directrice faisaient valoir que le problème n'était pas tant l'immoralité de l'ancien directeur que la mollesse de sa gestion : il n'était pas à la hauteur, voilà tout. À quoi Jean-Claude répondait qu'on n'est pas toujours à la hauteur, qu'on ne fait pas toujours ce qu'on veut et que mieux vaut comprendre et aider plutôt que de juger et condamner. Contre les grands principes, il défendait

l'homme nu et faillible, celui dont saint Paul dit qu'il voudrait faire
2525 le bien et ne peut s'empêcher de faire le mal. Était-il conscient de
plaider pour lui-même ? Il l'était, en tout cas, de risquer gros.

Pour la première fois, dans leur petite communauté, on s'intéressait
à lui. Le bruit se répandait qu'il était à l'origine de l'affaire, les uns
disant qu'il avait retourné sa veste, les autres qu'il était très ami avec
2530 le directeur sans principes, l'impression générale étant qu'il avait
joué un rôle peu clair. Luc, tout en lui en voulant, essayait de calmer
les esprits : Jean-Claude avait de sérieux problèmes de santé, c'est
pour ça qu'il pédalait dans la choucroute. Mais les autres conjurés
de l'OGEC réclamaient une confrontation dont le principe même
2535 constituait pour lui un danger de mort. Depuis dix-huit ans, il avait
peur de cela. Un miracle de chaque instant le lui avait épargné et
maintenant cela allait arriver, non par un hasard contre lequel il ne
pouvait rien, mais par sa faute, parce que pour la première fois de sa
vie il avait dit ce qu'il pensait. Une nouvelle colportée par un voisin
2540 a mis le comble à son angoisse : Serge Bidon, un autre membre de
l'association de gestion, aurait parlé de lui casser la gueule.

Le témoignage le plus impressionnant du procès a été celui
de l'oncle Claude Romand. Il est entré, sanguin, trapu, serré dans
un costume que faisaient craquer ses puissantes épaules, et, une
2545 fois à la barre, au lieu de faire face à la Cour comme les autres, il
s'est tourné vers son neveu. Les poings aux hanches, certain que
personne n'oserait rien lui dire, il l'a toisé. Il a pris son temps,
peut-être trente secondes, ce qui est très long. Lui était liquéfié et
tout le monde dans la salle a pensé la même chose : ce n'était pas
2550 seulement le remords et la honte : malgré la distance, la vitre, les
gendarmes, il avait peur d'être frappé.

Ce qui se lisait à cet instant, c'était sa peur panique de la violence
physique. Il avait choisi de vivre parmi des gens chez qui l'instinct
de se battre s'est atrophié, mais chaque fois qu'il revenait dans
2555 son village il devait le sentir plus proche de la surface. Adolescent,
il lisait dans les petits yeux bleu pâle de l'oncle Claude le mépris

goguenard de l'homme qui habite sans façon son corps et sa place sur la terre pour le puceau qu'il était, toujours plongé dans ses livres. Plus tard, derrière l'admiration que portait le clan à son brillant rejeton, il a détecté une violence qui ne demandait qu'une occasion pour exploser. L'oncle Claude le blaguait, lui envoyait des bourrades affectueuses, comme les autres lui confiait son argent à placer, mais il était le seul à en demander quelquefois des nouvelles : si quelqu'un parmi eux avait un jour un soupçon, ce serait lui. Il suffirait que ce soupçon l'effleure pour qu'il comprenne très vite et mette son neveu au pied du mur. Alors il le battrait. Avant de porter plainte, avant tout, il le rouerait de coups avec ses poings énormes. Il lui ferait mal.

Serge Bidon, d'après ceux qui le connaissent, est le type le plus doux de la terre. La menace, si elle a bien été prononcée, était certainement rhétorique. Pourtant il crevait de peur. Il n'osait plus rentrer chez lui ni prendre ses itinéraires habituels. Tout son corps se dérobait. Seul dans sa voiture, il sanglotait et marmottait : « On veut me casser la gueule… on veut me casser la gueule… »

Le dernier dimanche de l'Avent, à la sortie de la messe, Luc a quitté un moment Cécile et leurs enfants pour aller parler à Florence, qui était venue avec les siens mais sans Jean-Claude. On avait échangé des signes de paix avant la communion, lu l'évangile où Jésus dit qu'il ne sert à rien de prier si on ne se met pas en paix avec son prochain, alors il venait faire la paix, mettre fin avant Noël à cette brouille ridicule entre eux. « O.K., tu n'es pas d'accord avec nous pour limoger[1] l'autre zouave, c'est ton droit, on n'est pas forcé d'être d'accord sur tout avec ses amis, mais on ne va pas se faire la gueule cent sept ans à cause de ça. » Florence a souri, ils se sont embrassés, heureux de se réconcilier. Tout de même, n'a pu s'empêcher d'ajouter Luc, si Jean-Claude n'était pas d'accord, il aurait pu le dire tout de suite, on en aurait discuté…

---

1. Limoger : renvoyer, destituer.

Florence a froncé les sourcils : c'est bien ce qu'il avait fait, non ?
Non, a dit Luc, ce n'est pas ce qu'il avait fait et c'est justement ce
2590 qu'on lui reprochait. Pas d'avoir pris le parti de l'ancien directeur,
encore une fois c'était son droit le plus strict, mais d'avoir comme
les autres voté son éviction et ensuite seulement, sans consulter
personne, mené campagne contre ce qu'il avait lui-même approuvé
et fait passer l'OGEC pour une bande de mariolles. À mesure qu'il
2595 parlait, revenant par pur souci d'exactitude historique sur des griefs
qu'il avait sincèrement décidé d'effacer, Luc a vu le visage de Florence se décomposer. « Tu peux me jurer que Jean-Claude a voté la
démission ? » Bien sûr qu'il pouvait le jurer, et les autres aussi, mais
ça n'avait aucune importance, la hache de guerre était enterrée,
2600 on allait tous fêter Noël ensemble. Plus il répétait que l'incident
était clos, plus il se rendait compte que pour Florence il ne l'était
pas, qu'au contraire ses paroles qu'il croyait anodines ouvraient
en elle un gouffre. « Il m'a toujours dit qu'il avait voté contre... »
Luc n'osait même plus dire que ce n'était pas grave. Il sentait que
2605 c'était grave au contraire, que quelque chose d'extrêmement grave
et qui lui échappait se jouait à cet instant. Il avait l'impression de
voir Florence imploser, là, devant lui, à la porte de l'église, et de ne
rien pouvoir faire. Elle touchait nerveusement ses enfants, retenait
de la main Caroline qui s'impatientait, arrangeait la capuche d'An-
2610 toine, ses doigts s'étaient mis à bouger comme des guêpes ivres et
ses lèvres d'où le sang s'était retiré répétaient doucement : « Alors
il m'a menti... il m'a menti... »

À la sortie de l'école, le lendemain, elle a échangé quelques
mots avec une dame dont le mari travaillait aussi à l'OMS. La dame
2615 comptait emmener sa fille à l'arbre de Noël du personnel et voulait
savoir si Antoine et Caroline y seraient. À ces mots Florence est
devenue pâle et a murmuré : « Cette fois, je dois être fâchée avec
mon mari. »

Au procès, où on essayait d'interpréter ce témoignage, il a dit
2620 que Florence était au courant, depuis des années, de l'existence

d'un arbre de Noël de l'OMS. Ils en avaient plusieurs fois discuté, lui refusant d'y emmener les enfants parce qu'il n'aimait pas profiter de ce genre d'avantages, elle regrettant que ces principes trop stricts les privent d'une sortie agréable. La question de la dame avait pu réveiller chez Florence un certain agacement, mais pas produire sur elle l'effet d'une révélation. D'ailleurs, a-t-il souligné, si elle avait eu le moindre doute, il lui suffisait de décrocher le téléphone et d'appeler l'OMS.

«Et qui nous dit qu'elle ne l'a pas fait?» a demandé la présidente.

Juste avant les vacances de Noël, le président de l'OGEC a voulu lui parler, toujours au sujet de l'affaire du directeur. Il n'était pas assez lié avec lui pour savoir qu'on ne le joignait pas à son bureau et, travaillant lui-même à Genève pour une organisation internationale, il l'a fait chercher par sa secrétaire dans le répertoire téléphonique de l'OMS. Puis dans la banque de données de la caisse de pensions des organismes internationaux. Intrigué de ne le trouver nulle part, il s'est dit qu'il devait y avoir une explication et, comme cela n'avait pas grande importance, n'y a plus repensé jusqu'au jour, au retour des vacances, où il a rencontré Florence dans la rue principale de Ferney et le lui a raconté. Son ton n'était pas celui d'un homme qui a des soupçons mais d'un homme qui aimerait bien avoir le fin mot d'une bizarrerie, et Florence a réagi dans le même registre bénin. C'était bizarre, oui, il y avait forcément une raison, elle en parlerait à Jean-Claude. Ils ne se sont pas revus, une semaine plus tard elle était morte et personne ne saura jamais si elle en a parlé à Jean-Claude. Lui dit que non.

Sans savoir d'où le premier coup allait venir, il savait que la curée[1] approchait. Ses divers comptes en banque allaient bientôt être à découvert et il n'avait aucun espoir de les renflouer. On parlait de lui, on le prenait à partie. Un type se promenait dans

---

1. **Curée** : après la chasse, distribution à la meute de portions de la bête tuée.

Ferney en menaçant de lui casser la gueule. Des mains feuilletaient des annuaires. Le regard de Florence avait changé. Il avait peur. Il a appelé Corinne. Elle venait de rompre avec le dentiste qui ne se laissait pas mener par le bout du nez, elle était déprimée. Quelques mois plus tôt, cela lui aurait redonné espoir. Maintenant, cela ne changeait plus grand-chose, mais il se conduisait comme un roi de jeu d'échecs qui, menacé de toutes parts, n'a qu'une case où aller : objectivement, la partie est perdue, on devrait abandonner mais on va quand même sur cette case, ne serait-ce que pour voir comment l'adversaire va la piéger. Le jour même, il a pris l'avion pour Paris et emmené Corinne dîner au restaurant Michel Rostang, où il lui a offert un porte-photos en ronce d'orme et un range-lettres en cuir achetés chez Lancel pour 2 120 F. Pendant deux heures, dans le cercle de lumière douce qui isolait leur table, il s'est senti à l'abri. Il a joué le docteur Romand en pensant que c'était la dernière fois, mais qu'il serait bientôt mort et que plus rien n'avait d'importance. À la fin du dîner, Corinne lui a dit que cette fois, c'était décidé, elle voulait récupérer son argent. Au lieu de chercher une échappatoire, il a sorti son agenda pour fixer un prochain rendez-vous où il le rapporterait. En tournant les pages, une idée lui est venue : il était convenu de dîner au début de l'année avec son ami Bernard Kouchner ; cela ferait-il plaisir à Corinne de se joindre à eux ? Bien sûr, cela faisait plaisir à Corinne. Un samedi de préférence, le 9 ou le 16 janvier, Kouchner lui avait laissé le choix. Alors le 9, a décidé Corinne, c'était plus près. Il aurait préféré le 16, c'était plus loin, mais n'a rien dit. Les dés étaient jetés. D'ici le 9 janvier, il serait mort. Pendant le voyage de retour, il a continué à étudier son agenda, comme un homme d'affaires occupé. Noël n'était pas une bonne date, ce serait trop cruel pour les enfants. Caroline devait faire Marie et Antoine un des bergers dans la crèche vivante de l'église. Juste après le Nouvel An, alors ?

Il est allé chercher ses parents à Clairvaux pour qu'ils fêtent Noël avec eux. Dans le coffre, sous le sapin, il rapportait un carton de papiers rassemblés dans son ancienne chambre : de vieilles lettres, des bloc-notes, un cahier relié en velours dans lequel, assure-t-il, Florence avait écrit pour lui des poèmes d'amour au moment de leurs fiançailles. Il les a brûlés au fond du jardin, avec d'autres cartons qui se trouvaient au grenier et contenaient ses carnets personnels. Il dit qu'au fil des années il avait rempli sans prendre vraiment la peine de les dissimuler des dizaines de carnets de textes plus ou moins autobiographiques, qui avaient l'apparence de la fiction pour égarer Florence si elle tombait dessus et en même temps serraient la réalité d'assez près pour valoir un aveu. Mais elle n'est jamais tombée dessus, ou n'a pas eu la curiosité de les ouvrir, ou ne lui en a pas parlé – ou encore, dernière hypothèse, ces carnets n'existaient pas.

Il dit aussi qu'il voulait laisser un message pour que Florence le trouve après sa mort et que pendant ces journées d'entre Noël et le Nouvel An il n'a cessé de faire des brouillons. De lettre mais aussi de cassette qu'il enregistrait, seul dans sa voiture, sur un petit magnétophone : « Pardon, je ne suis pas digne de vivre, je t'ai menti mais mon amour pour toi et nos enfants n'était pas un mensonge… » Il n'a pas pu. « Chaque fois que je commençais, je me mettais à sa place en train de lire ou d'écouter cela et… »

Il s'étrangle, baisse la tête.

Pour comprendre l'essentiel

Le procès de Romand

❶ Carrère retranscrit à la fois le procès et la vie de Romand. Montrez quelles en sont les incidences sur la chronologie du récit.

❷ S'il n'y a pas de « vrai Jean-Claude Romand » (p. 78), plusieurs facettes du personnage sont tout de même évoquées dans la partie centrale du texte (p. 70 à 99). Précisez-les.

❸ L'attitude de Romand pendant son procès dévoile un nouveau visage de l'homme. Indiquez lequel.

La vie d'un menteur énigmatique

❹ L'évocation de l'enfance de Romand est précédée par sa généalogie. Dites de quel genre littéraire s'inspire Carrère pour débuter cette partie du texte et comment il s'en éloigne.

❺ À travers le procès, Carrère cherche ce qui a pu faire basculer Romand dans la mythomanie. Montrez comment le rapport au mensonge est esquissé dès l'enfance, puis au fil de sa vie.

❻ Romand s'invente à deux reprises un cancer. En vous appuyant notamment sur les pages 66-67 et 95-96, déterminez l'intérêt de ce mensonge pour Romand et l'interprétation symbolique possible de cette maladie ici.

Le regard de l'écrivain

❼ L'histoire de Romand présente un certain nombre de blancs que Carrère tente de combler. Relevez des passages qui manifestent le travail d'imagination de Carrère en précisant ses moyens et, si possible, le regard qu'il pose sur les différents protagonistes de l'histoire.

❽ Carrère est fasciné par le thème de la « bifurcation » (p. 57 et 79). Étudiez la figure littéraire qu'emploie Carrère pour la symboliser page 63.

❾ Jean-Claude Romand paraît avoir un nom de famille prédestiné, mais Carrère ne le souligne à aucun moment. Toutefois, pour évoquer l'aventure de Romand avec Corinne, il exploite une référence littéraire (intertextuelle) qui n'est pas anodine (p. 90-92). Analysez-la.

Rappelez-vous !

• Dans un récit, les événements ne sont pas toujours racontés de manière linéaire : le narrateur peut introduire des **analepses**, en évoquant des événements qui se sont produits avant l'action racontée, ou des **prolepses**, en anticipant sur des faits à venir. La structure de *L'Adversaire* est complexe, du fait de la **superposition de plusieurs chronologies** : la vie de Romand, son procès, le processus d'écriture du texte par Carrère et quelques éléments de la propre vie de l'écrivain. Les analepses sont très fréquentes et quelques prolepses contribuent à dramatiser l'itinéraire du personnage (par exemple, p. 64, l. 1306-1308).

• Écrire une **biographie** consiste à prendre pour objet l'histoire d'une vie particulière, ce qui nécessite un travail de recherche. Le regard porté par le biographe sur son sujet pose le **problème de l'objectivité** du récit et de l'interprétation éventuelle des faits. L'accès à la vérité intime est un obstacle majeur, auquel se heurte particulièrement Carrère en voulant comprendre « ce qui se passait dans [la] tête de [Romand] » (p. 28).

Vers l'oral du Bac

Analyse des lignes 1720-1752, pages 77-78

☞ Montrer comment ce texte manifeste la méthode d'Emmanuel Carrère et la difficulté de son entreprise

Conseils pour la lecture à voix haute

– Cet extrait est marqué par la première personne du singulier : Carrère se dévoile, fait part de ses réflexions. Faites apparaître le caractère personnel du texte.

– Dans ce passage, Carrère est au plus près de son personnage et s'interroge sur ses pensées intimes. Toute la fin de l'extrait est rédigée sous forme de questions : manifestez bien le fait qu'elles restent sans réponse.

Analyse du texte

▇ *Introduction rédigée*

En assistant au procès, Carrère dispose du matériau pour reconstituer précisément les éléments de la vie de Romand. Mais son but premier est d'« essayer de comprendre ce qui s'est passé » (p. 28). Ainsi, dans ce passage situé au cœur de *L'Adversaire*, Carrère prend un peu de distance avec les éléments factuels pour affronter les pensées du personnage dans ses moments d'errance et de solitude. La première personne du singulier fait irruption après plusieurs pages rédigées à la troisième personne. Carrère se rapproche de son personnage physiquement et mentalement, mais ses interrogations restent sans réponses et il conclut sur l'impossibilité d'atteindre l'intériorité de Romand.

■ *Analyse guidée*

I. Le biographe sur les traces de son personnage

a. Dans cet extrait, Carrère se met en scène dans une voiture en stationnement. Dites quelle phase originale de son travail est ainsi mise en lumière.

b. Le lieu que découvre Carrère est particulièrement désolé. Analysez dans le texte les éléments qui donnent ce sentiment.

c. Comme à d'autres moments du texte, Carrère établit un parallèle entre Romand et lui. Relevez les éléments sur lesquels il s'appuie ici.

II. Le réel et la fiction

a. Si Carrère souligne ce qui le rapproche de Romand, il met cependant entre eux une distance nette. Montrez ce qui les sépare.

b. Carrère a déjà utilisé Divonne comme cadre d'un de ses romans. Montrez comment à travers ce lieu et son évocation, les limites entre la réalité et la fiction sont perturbées.

c. Carrère observe le décor qui l'environne et déclare : « je ne sais reconnaître ni les oiseaux ni les arbres et je trouve ça triste. ». Expliquez l'intérêt de cette phrase si on la met en parallèle avec l'art du romancier.

III. Une insaisissable intériorité

a. Carrère a voulu comprendre Romand mais toute une partie du personnage demeure inaccessible. Relevez les procédés d'écriture qui le traduisent dans cet extrait.

b. L'ambiguïté du personnage est notamment évoquée par un ensemble d'oppositions. Relevez-les et analysez-les avec précision.

c. La vérité intérieure de Romand est difficile à cerner. Montrez comment Carrère en vient finalement à formuler l'impossibilité de l'atteindre.

■ *Conclusion rédigée*

Ce passage mêle première et troisième personne du singulier : on y voit le biographe sur les traces de son personnage, en quête d'osmose. En soulignant qu'il a déjà évoqué dans un roman la ville dans laquelle il se rend en réalité pour la première fois et qu'il avait en fait mal située, Carrère joue avec les plans de la réalité, de la vérité, de la fiction et du mensonge. Il semble annoncer que la vérité sur Romand est impossible à cerner, parce que l'intériorité lui fait défaut : celui-ci ne ment pas pour cacher quelque chose mais pour être quelqu'un. L'absence est caractéristique de l'homme comme du paysage. Quelques lignes plus loin, Carrère écrit : « Dehors, il se retrouvait nu. Il retournait à l'absence, au vide, au blanc, qui n'étaient pas un accident de parcours mais l'unique expérience de sa vie. »

Les trois questions de l'examinateur

Question 1. À quel genre littéraire pourrait appartenir cet extrait ?

Question 2. Dans la biographie de Philip K. Dick sous-titrée *Je suis vivant et vous êtes morts*, Carrère écrit : « ces deux semaines sont un trou dans la biographie de mon héros, et je ne crois pas qu'on puisse être romancier sans rêver de faire son nid dans un tel trou. [...] Une magie puissamment romanesque s'attache au temps écoulé sans témoins ». Expliquez en quoi cela pourrait s'appliquer à cet extrait et à l'œuvre de manière plus générale.

Question 3. Mettez en relation cet extrait avec les deux documents reproduits au verso de la couverture, en début d'ouvrage : comment chacun manifeste-t-il le caractère insaisissable du personnage ?

[Suite de la page 111]

Il s'est senti lourd, fatigué, la dernière semaine. Il s'assoupissait sur le canapé, dans sa voiture, à n'importe quelle heure. Ses oreilles bourdonnaient comme s'il avait été au fond de la mer. Son cerveau lui faisait mal, il aurait voulu pouvoir le retirer de son crâne et le donner au lavage. En rentrant de Strasbourg, où ils avaient fêté la Saint-Sylvestre chez des amis médecins, Florence a fait une lessive et il est resté dans la salle de bains où se trouvait la machine à regarder derrière le hublot le linge qui se tordait mollement dans l'eau très chaude. Il y avait des chemises et des sous-vêtements à lui, imprégnés de sa sueur mauvaise, il y avait ceux de Florence et des enfants, les tee-shirts, les pyjamas ornés de bestioles de dessins animés, les petites chaussettes d'Antoine et Caroline qu'il était difficile de distinguer au moment du rangement. Leurs vêtements mélangés à tous les quatre, leurs souffles mélangés, paisibles, sous le toit bien calfeutré qui les abritait de la nuit d'hiver… Ç'aurait dû être bon de rentrer ensemble un jour de l'An, une famille unie dans la Renault Espace qui ronronnait sur la route enneigée ; d'arriver tard, de porter les enfants endormis dans leur chambre, de les aider à se déshabiller et hop ! au lit ! ; de chercher dans les sacs le lapin en peluche avec lequel Antoine aimait dormir et d'être soulagé parce qu'on ne l'avait pas, comme on le craignait, oublié à Strasbourg ; d'entendre Florence plaisanter là-dessus en se démaquillant : tu l'as échappé belle, tu étais bon pour y retourner ; d'être le dernier debout dans la salle de bains qui séparait la chambre où dormaient les enfants de la chambre où Florence l'attendait sous la couette. La tête tournée pour n'être pas gênée par la lumière, elle lui tiendrait la main pendant qu'il lirait. Ç'aurait dû être doux et chaud, cette vie de famille. Ils croyaient que c'était doux et chaud. Mais lui savait que c'était pourri de l'intérieur, que pas un instant, pas un geste, 2735 pas même leur sommeil n'échappaient à cette pourriture. Elle avait grandi en lui, petit à petit elle avait tout dévoré de l'intérieur sans que de l'extérieur on voie rien, et maintenant il ne restait plus rien d'autre, il n'y avait plus qu'elle qui allait faire éclater la coquille et paraître au grand jour. Ils allaient se retrouver nus, sans défense, 2740 dans le froid et l'horreur, et ce serait la seule réalité. C'était déjà, même s'ils ne le savaient pas, la seule réalité. Il entrouvrait la porte, sur la pointe des pieds s'approchait des enfants. Ils dormaient. Il les regardait dormir. Il ne pouvait pas leur faire ça. Ils ne pouvaient pas savoir que c'était lui, leur papa, qui leur faisait ça.

2745   Ils ont passé le dimanche au «Grand Tétras», le chalet du col de la Faucille où ils avaient leurs habitudes. Très bonne skieuse, Florence a entraîné les enfants. Sous sa surveillance, ils passaient pratiquement partout. Lui est resté lire dans la salle du restaurant où ils l'ont rejoint pour déjeuner. Antoine a raconté fièrement qu'il 2750 avait été sur une piste rouge et qu'à un moment, dans un virage difficile, il avait failli tomber mais n'était pas tombé. Les enfants avaient le droit de commander d'énormes assiettes de frites avec du ketchup, c'était une de leurs raisons d'adorer le «Grand Tétras». Dans la voiture, en y allant, ils répétaient comme une litanie[1] : «On 2755 pourra avoir des frites? on pourra avoir des frites?», Florence disait que oui et ils en rajoutaient: «On pourra en reprendre? on pourra en avoir deux assiettes chacun? trois assiettes chacun?»

   Le lundi matin, sa mère lui a téléphoné, très inquiète. Elle venait de recevoir de la banque un relevé indiquant un découvert

---

1. Litanie : prières formées d'une suite de courtes invocations récitées par les fidèles; au sens figuré, longue et ennuyeuse énumération.

de 40 000 F. C'était la première fois que cela arrivait, elle n'avait pas osé en parler à son mari pour qu'il ne se tourmente pas. Il a dit qu'il allait arranger ça, faire un virement, et elle a raccroché rassurée, comme toujours après avoir parlé à son fils. (La lettre lui signifiant l'interdiction bancaire est arrivée la semaine suivante.)

Il a sorti de la bibliothèque son exemplaire du livre de Bernard Kouchner, *Le Malheur des autres*, dédicacé lors d'une séance de signatures dans une librairie de Genève (« Pour Jean-Claude, mon collègue de cœur et de l'OMS. Bernard »), puis roulé jusqu'à l'aéroport de Cointrin, acheté un flacon de parfum et pris l'avion de 12 h 15 pour Paris. Dans la cabine, où il a reconnu parmi les passagers le ministre Jacques Barrot, il a écrit une courte lettre à Corinne (« … Je dois prendre des décisions cette semaine. Je suis heureux de passer la soirée de samedi avec toi. Ce sera peut-être un adieu ou un nouveau sursis : tu en décideras ») et recherché dans le livre de Kouchner un passage qui l'avait bouleversé, sur le suicide d'un ami de jeunesse. Cet ami était anesthésiste. Tout en absorbant, dans un ordre soigneusement établi, les produits composant un cocktail létal[1] imparable, il avait téléphoné à une femme aimée pour la tenir au courant, minute par minute, des progrès de son agonie. Elle n'avait qu'une seule ligne et savait que si elle raccrochait pour appeler au secours il s'injecterait sur-le-champ la dose fatale. Elle a dû suivre sa mort en direct.

Espérant que Corinne lirait et comprendrait, il a glissé sa lettre à cette page et déposé livre et parfum à son cabinet. Il ne se rappelle pas autre chose de son passage à Paris et, compte tenu des trajets en taxi, n'a guère eu le temps de faire autre chose puisqu'il a repris l'avion de 16 h 30 pour être avant la fermeture à un rendez-vous avec son garagiste, à Ferney. Depuis la vente de la BMW, il avait loué une R 21, puis l'Espace dont il estimait, ce sont ses mots, « avoir fait le tour ». Il voulait reprendre une berline. Après hésitation, son choix s'est arrêté sur une BMW vert métal, munie

---

1. **Létal** : qui entraîne la mort.

de nombreux équipements optionnels, au volant de laquelle il est rentré à la maison.

Il n'est pas allé travailler le mardi. Florence et lui ont fait des courses à Ferney. Elle insistait pour qu'il achète un costume neuf, il s'est laissé tenter par une parka à 3 200 F. La vendeuse leur a trouvé l'air d'un couple qui a du temps, de l'argent, et s'entend bien. Ils sont allés chercher les enfants à l'école, ainsi que Sophie Ladmiral qui devait dormir à la maison. Florence les a ramenés tous les trois pour goûter, en déposant Jean-Claude à la pharmacie Cottin. Il avait passé la matinée à étudier *Suicide mode d'emploi* et le dictionnaire Vidal des médicaments, écartant ceux qui provoquent une mort instantanée – sels de cyanure, curarisants –, au profit de barbituriques à pic sérique rapide qui, complétés par un antivomi-tif, étaient recommandés pour un endormissement confortable. Il en avait besoin, a-t-il expliqué à Cottin, dans ses recherches sur les cultures cellulaires. Cottin aurait pu s'étonner qu'un chercheur achète en pharmacie des produits qui devaient normalement lui être fournis par son laboratoire, mais il ne s'est pas étonné. En hommes de métier, ils ont examiné ensemble ses microfiches et choisi deux barbituriques, à quoi pour plus de sûreté Cottin a proposé d'ajouter une solution qu'il préparerait lui-même, à base de phénobarbital. Le tout serait prêt pour vendredi, ça irait ? Ça irait.

Le soir, sa filleule sur les genoux, il a lu une histoire aux trois enfants. Comme ils n'avaient pas classe le mercredi matin et beau-coup chahuté la veille, ils se sont levés tard et ont joué en pyjama jusqu'au déjeuner. Il est parti pour Lyon. À 14 h 8 il a retiré 1 000 F au distributeur BNP de la place Bellecour, et encore 1 000 F à 14 h 45. Entre les deux, il dit avoir donné un billet de 500 F à un sans-abri. Puis, dans une armurerie, il a acheté un boîtier électrique servant à neutraliser un agresseur, deux bombes lacrymogènes, une boîte de cartouches et un silencieux pour une carabine 22 long rifle.

« Donc, a souligné la présidente, vous ne pensiez pas seulement à vous suicider. Vous viviez avec votre épouse et vos enfants en pensant que vous alliez les tuer.

– Cette idée est apparue... mais elle était aussitôt masquée par d'autres faux projets, d'autres fausses idées. C'était comme si elle n'existait pas... Je faisais comme si... Je me disais que je faisais autre chose, que c'était pour une autre raison, et en même temps... en même temps j'achetais les balles qui allaient traverser le cœur de mes enfants... »

Il sanglote.

Il s'est fait faire deux paquets-cadeaux en se racontant que le matériel d'autodéfense était pour Corinne qui avait peur en rentrant chez elle le soir, les cartouches et le silencieux pour son père qui, presque aveugle, ne pouvait plus depuis des années se servir de sa carabine.

Pendant qu'il faisait ces achats, Florence avait convié à prendre le thé deux amies, mères d'élèves aussi. Elle ne leur a pas fait de confidence, seulement, à une occasion qu'elles ne se rappellent pas, montré sur le manteau de la cheminée la photo encadrée d'un petit garçon de six ou sept ans et dit : « Regardez comme il est mignon. Regardez ce regard. Il ne peut rien y avoir de mauvais derrière ce regard. » Un peu interloquées, les deux femmes se sont approchées de la photo et ont reconnu qu'en effet Jean-Claude enfant était très mignon. Florence est passée à autre chose.

Il partait toujours tôt le jeudi, jour de son cours à Dijon, pour avoir le temps de passer à Clairvaux voir ses parents. Leur médecin, qui l'a croisé devant la maison, l'a aidé à décharger de sa voiture un carton d'eau minérale acheté pour eux. Il a encore feuilleté, dans son ancienne chambre, de vieux cours de toxicologie et répété à sa mère des paroles rassurantes sur leur situation bancaire. L'avocat général s'est demandé si le but réel de sa visite n'était pas de prendre la carabine de son père, pour laquelle il avait acheté la

2855 veille des munitions et un silencieux, mais il dit que non : il l'avait
rapportée à Prévessin l'été précédent pour faire des cartons[1] dans
le jardin (aucun témoignage ne fait état de ce passe-temps). Sur
la route du retour, il a téléphoné à Corinne et lui a rappelé avec
insistance le dîner Kouchner du samedi. Puis il est passé chez
2860 les Ladmiral rapporter une paire de chaussons que Sophie avait
oubliés à la maison. Il dit qu'il espérait voir Luc et lui avouer la
vérité, qu'il considérait cette visite comme sa dernière chance et
que malheureusement il est tombé sur Cécile, débordée : une de
leurs amies venait d'accoucher, elle devait garder ses enfants. Il
2865 savait qu'à cinq heures de l'après-midi Luc n'avait aucune chance
d'être chez lui, mais à son cabinet, et il n'y est pas allé. Le soir,
comme tous les soirs, il a rappelé ses parents pour leur souhaiter
bonne nuit.

Le vendredi, il a conduit les enfants à l'école, acheté journaux et
2870 croissants, attendu avec un voisin qui l'a trouvé souriant l'ouverture
de la pharmacie. Il a pris ses flacons de barbituriques et un paquet
de chewing-gums supposés être bons pour les dents, puis rejoint
Florence chez la fleuriste de Ferney. Ils ont fait envoyer à la dame
qui venait d'accoucher une azalée accompagnée d'un mot qu'ils
2875 ont tous deux signé. Tandis qu'elle filait à son cours de peinture
sur porcelaine, il est allé au supermarché Continent où il a acheté
deux jerrycans ainsi qu'un objet qui, d'après le ticket de caisse, coû-
tait 40 F. (L'accusation a établi qu'on pouvait pour ce prix acheter
un rouleau à pâtisserie. Lui croit se rappeler une barre métalli-
2880 que destinée à remplacer un barreau d'échelle cassé, mais on n'a
retrouvé ni cette barre ni l'échelle cassée.) Il a rempli les jerrycans
d'essence à la station-service du Continent. En rentrant déjeuner, il
a trouvé une invitée, une jeune femme blonde et décontractée qui
était l'institutrice de Caroline. La discussion portait sur une petite
2885 pièce qu'elle voulait faire jouer par ses élèves et sur le moyen de se

---

1. **Faire des cartons** : tirer sur des cibles.

procurer de grandes quantités de bandages pour des déguisements de momies. Toujours serviable, il a dit qu'il pouvait en avoir tant qu'il voulait à l'hôpital de Genève et promis d'y penser. Les enfants étant invités le lendemain au goûter d'anniversaire de leur amie Nina, la fille d'un diplomate africain, il fallait acheter un cadeau. Toute la famille, à la sortie de l'école, est allée choisir une boîte de Lego dans un centre commercial en Suisse. On a dîné à la cafétéria, on est rentré de bonne heure. Antoine et Caroline, en pyjama, ont fait des dessins pour accompagner le cadeau. Après leur coucher, Florence a eu une longue conversation téléphonique avec sa mère, blessée de n'avoir pas été invitée au mariage d'une cousine. Elle se plaignait amèrement d'être veuve, de vieillir, d'être délaissée par ses enfants. Sa tristesse a gagné Florence qui, ayant raccroché, s'est mise à pleurer. Il l'a rejointe sur le canapé. C'est la dernière image, pour lui. Il est assis à côté d'elle, il l'a prise dans ses bras, il essaye de la consoler.

« Je ne me souviens pas, dit-il, de ses dernières paroles. »

À l'autopsie, on a retrouvé 0,20 g d'alcool dans le sang de Florence, ce qui implique, si elle a eu une nuit de sommeil complète, qu'elle se serait endormie en état de quasi-ivresse. Or elle ne buvait jamais – au plus un verre de vin à table, dans les grandes occasions. On imagine une querelle commençant par ces mots : « Je sais que tu me mens. » Il se dérobe, elle insiste : pourquoi lui avoir dit qu'il a voté contre le limogeage du directeur ? pourquoi ne figure-t-il pas dans l'annuaire de l'OMS ? La discussion devient orageuse, elle boit un verre pour se calmer, puis un autre, un troisième. L'alcool aidant, dont elle n'a pas l'habitude, elle finit par s'endormir. Lui reste éveillé, passe la nuit à se demander comment se tirer de cette situation et, au matin, lui défonce le crâne.

Quand on lui soumet ce scénario, il répond : « S'il y avait eu une scène de ménage, pourquoi la cacher ? Je ne me sentirais pas moins coupable mais ce serait une explication… ce serait peut-être plus acceptable… Je ne peux pas dire avec certitude qu'elle n'a pas eu

lieu, mais je ne me la rappelle pas. Je me rappelle les autres scènes
2920 de meurtre, qui sont tout aussi horribles, mais pas celle-là. Je suis
incapable de dire ce qui s'est passé entre le moment où je consolais
Florence sur le canapé et celui où je me suis réveillé avec le rouleau
à pâtisserie taché de sang entre les mains. »

L'accusation voudrait qu'il l'ait acheté la veille au supermarché,
2925 lui dit qu'il traînait dans la chambre où les enfants s'en étaient servis
pour aplatir de la pâte à modeler. Après s'en être servi à son tour, il
l'a lavé dans la salle de bains, assez soigneusement pour qu'aucune
trace de sang ne soit visible à l'œil nu, puis rangé.

Le téléphone a sonné. Il l'a pris dans la salle de bains. C'était
2930 une amie, psychologue à Prévessin, qui voulait savoir si Florence
animerait avec elle la messe du catéchisme, ce samedi soir. Il lui a
répondu que non, probablement pas, car ils comptaient passer la
nuit chez ses parents dans le Jura. Il s'est excusé de parler bas : les
enfants dormaient et Florence aussi. Il a proposé d'aller la cher-
2935 cher si c'était urgent, mais la psychologue a dit que ce n'était pas
la peine : elle animerait la messe toute seule.

La sonnerie avait réveillé les enfants, qui ont déboulé dans la
salle de bains. Ils se levaient toujours plus facilement les jours où
ils n'avaient pas classe. À eux aussi, il a dit que maman dormait
2940 encore et ils sont descendus tous les trois au salon. Il a mis la cassette des *Trois Petits Cochons* dans le magnétoscope, préparé des
bols de choco pops avec du lait. Ils se sont installés sur le canapé
pour regarder le dessin animé en mangeant leurs céréales, et lui
entre eux.

2945 « Je savais, après avoir tué Florence, que j'allais tuer aussi Antoine
et Caroline et que ce moment, devant la télévision, était le dernier
que nous passions ensemble. Je les ai câlinés. J'ai dû leur dire des
mots tendres, comme : "Je vous aime." Cela m'arrivait souvent, et ils
y répondaient souvent par des dessins. Même Antoine qui ne savait
2950 pas encore bien écrire savait écrire : "Je t'aime." »

Un très long silence. La présidente, d'une voix altérée[1], a proposé une suspension de cinq minutes, mais il a secoué la tête, on l'a entendu déglutir avant de continuer :

« Nous sommes restés comme ça peut-être une demi-heure... Caroline a vu que j'avais froid, elle a voulu monter chercher ma robe de chambre... J'ai dit que je les trouvais chauds, eux, qu'ils avaient peut-être de la fièvre et que j'allais prendre leur température. Caroline est montée avec moi, je l'ai fait coucher sur son lit... Je suis allé chercher la carabine... »

La scène du chien a recommencé. Il s'est mis à trembler, son corps s'est affaissé. Il s'est jeté au sol. On ne le voyait plus, les gendarmes étaient penchés sur lui. D'une voix aiguë de petit garçon, il a gémi : « Mon papa ! mon papa ! » Une femme, sortie du public, a couru vers le box et s'est mise à taper sur la vitre en suppliant « Jean-Claude ! Jean-Claude ! », comme une mère. Personne n'a eu le cœur de l'écarter.

« Qu'avez-vous dit à Caroline ? a repris la présidente après une demi-heure de suspension.

– Je ne sais plus... Elle s'était allongée sur le ventre... C'est là que j'ai tiré.

– Courage...

– J'ai déjà dû le dire au juge d'instruction, de nombreuses fois, mais ici... ici, *ils* sont là... (sanglot). J'ai tiré une première fois sur Caroline... elle avait un oreiller sur la tête... j'avais dû faire comme si c'était un jeu... (il gémit, les yeux fermés). J'ai tiré... j'ai posé la carabine quelque part dans la chambre... j'ai appelé Antoine... et j'ai recommencé.

– Il faut peut-être que je vous aide un peu, car les jurés ont besoin de détails et vous n'êtes pas assez précis.

– ... Caroline, quand elle est née, c'était le plus beau jour de

---

1. **Altérée** : changée, troublée.

ma vie… Elle était belle… (gémissement)… dans mes bras… pour son premier bain… (spasme). C'est moi qui l'ai tuée… C'est moi qui l'ai tuée.

(Les gendarmes le tiennent par les bras, avec une douceur épouvantée.)

– Vous ne pensez pas qu'Antoine a pu entendre les coups de feu ? Aviez-vous mis le silencieux ? L'avez-vous appelé sous le même prétexte ? Prendre sa température ? Il n'a pas trouvé ça bizarre ?

– Je n'ai pas d'image de ce moment précis. C'était encore eux, mais ça ne pouvait pas être Caroline… ça ne pouvait pas être Antoine…

– Est-ce qu'il ne s'est pas approché du lit de Caroline ? Vous l'aviez recouverte de sa couette pour qu'il ne se doute de rien…

(Il sanglote.)

– Vous avez dit à l'instruction que vous aviez voulu faire prendre à Antoine du phénobarbital dilué dans un verre d'eau et qu'il avait refusé en disant que ce n'était pas bon…

– C'était plutôt une déduction… Je n'ai pas d'image d'Antoine disant que ce n'était pas bon.

– Pas d'autre explication ?

– J'aurais peut-être voulu qu'il dorme déjà. »

L'avocat général est intervenu :

« Vous êtes sorti ensuite acheter *L'Équipe* et *Le Dauphiné libéré*, et la marchande de journaux vous a trouvé l'air tout à fait normal. Était-ce pour faire comme si rien ne s'était passé, comme si la vie continuait ?

– Je n'ai pas pu acheter *L'Équipe*. Je ne le lis jamais.

– Des voisins vous ont vu traverser la rue pour relever votre boîte à lettres.

– Est-ce que je l'ai fait pour nier la réalité, pour faire comme si ?

– Pourquoi avoir emballé et rangé avec soin la carabine avant de partir pour Clairvaux ?

– En réalité, pour les tuer, bien sûr, mais je devais me dire que c'était pour la rendre à mon père. »

Habitué à ce que le labrador de ses parents salisse ses vêtements en lui faisant fête, il a passé une vieille veste et un jean, mais accroché au portemanteau de la voiture un costume de ville en prévision du dîner à Paris. Il a mis dans son sac une chemise de rechange et sa trousse de toilette.

Il ne se rappelle pas le trajet.

Il se rappelle s'être garé devant la statue de la Vierge que son père entretenait et fleurissait chaque semaine. Il le revoit lui ouvrant le portail. Ensuite, il n'y a plus d'images jusqu'à sa mort.

On sait qu'ils ont déjeuné tous les trois. Il restait des couverts sur la table quand l'oncle Claude est entré dans la maison le surlendemain, et l'autopsie a révélé que les estomacs d'Aimé et Anne-Marie étaient pleins. A-t-il mangé, lui? Sa mère a-t-elle insisté pour qu'il le fasse? De quoi ont-ils parlé?

Il avait fait monter ses enfants à l'étage, chacun à son tour, il a fait la même chose avec ses parents. D'abord son père, qu'il a entraîné dans son ancienne chambre sous prétexte d'examiner avec lui une gaine d'aération qui diffusait de mauvaises odeurs. À moins qu'il ne l'ait fait en arrivant, il a dû monter l'escalier la carabine à la main. Le râtelier[1] ne se trouvait pas en haut, il a peut-être annoncé qu'il allait, de la fenêtre, faire un carton dans le jardin, plus probablement rien dit du tout. Pourquoi Aimé Romand se serait-il inquiété de voir son fils porter la carabine qu'il était allé acheter avec lui le jour de ses seize ans? Le vieil homme, qui ne pouvait se pencher en raison de problèmes lombaires, a dû s'agenouiller pour montrer la gaine défectueuse, à hauteur de plinthe. C'est alors qu'il a reçu les deux balles dans le dos. Il est tombé vers l'avant. Son fils l'a recouvert d'un dessus-de-lit en velours côtelé lie-de-vin qui n'avait pas changé depuis son enfance.

Ensuite, il est allé chercher sa mère. Elle n'avait pas entendu les coups de feu, tirés avec le silencieux. Il l'a fait venir dans le salon

---

1. Râtelier : support servant à ranger des objets (outils ou armes).

dont on ne se servait pas. Elle seule a reçu les balles de face. Il a dû essayer, en lui montrant quelque chose, de lui faire tourner le dos. S'est-elle retournée plus tôt que prévu pour voir son fils braquer la carabine sur elle ? A-t-elle dit : « Jean-Claude, qu'est-ce qui m'arrive ? » ou « qu'est-ce qui t'arrive ? », comme il se l'est rappelé lors d'un des interrogatoires pour dire ensuite qu'il n'en avait plus le souvenir et le savait seulement par le dossier d'instruction ? De la même façon incertaine, en essayant comme nous de reconstituer les faits, il dit que dans sa chute elle a perdu son dentier et qu'il le lui a remis, avant de la recouvrir d'un dessus-de-lit vert.

Le chien, monté avec sa mère, courait d'un corps à l'autre sans comprendre, en poussant de petits gémissements. « J'ai pensé qu'il fallait que Caroline l'ait avec elle, dit-il. Elle l'adorait. » Lui aussi l'adorait, au point de garder en permanence sa photo dans son portefeuille. Après l'avoir abattu, il l'a recouvert d'un édredon bleu.

Il est redescendu au rez-de-chaussée avec la carabine qu'il a nettoyée à l'eau froide, car le sang part mieux à l'eau froide, puis rangée au râtelier. Il a troqué le jean et la vieille veste contre le costume, mais pas changé de chemise : il transpirait, mieux valait le faire en arrivant à Paris. Il a téléphoné à Corinne, et ils sont convenus de se retrouver à l'église d'Auteuil où elle accompagnerait ses filles pour la messe des jeannettes. Il a soigneusement fermé la maison et pris la route vers deux heures.

« En quittant Clairvaux, j'ai eu le même geste que d'habitude : je me suis retourné pour regarder le portail et la maison. Je le faisais toujours car mes parents étaient âgés et malades et je me disais que c'était peut-être la dernière fois que je les voyais. »

Ayant dit à Corinne qu'il ferait son possible pour assister à la messe avec elle et ses filles, il n'a cessé pendant le voyage de regarder sa montre et le nombre de kilomètres restant jusqu'à Paris. Avant l'autoroute, sur la départementale de Lons-le-Saunier où il y a beaucoup de dos-d'âne, il se rappelle avoir conduit un peu imprudemment, ce qu'il ne faisait jamais. On était samedi soir : il s'est énervé au péage

où la file avançait lentement, puis sur le périphérique. Alors qu'il
pensait mettre un quart d'heure entre la porte d'Orléans et la porte
d'Auteuil, il lui en a fallu trois. La messe n'avait pas lieu dans la nef
de l'église mais dans une chapelle souterraine dont il a eu du mal
à trouver l'entrée. Arrivé en retard, il est resté au fond et n'est pas
allé communier : de cela il est certain, car s'il l'avait fait il serait allé
s'asseoir ensuite à côté de Corinne. Au lieu de quoi, sorti le premier,
il les a attendues dehors. Il a embrassé les deux petites filles qu'il
n'avait pas vues depuis plus d'un an et tous les quatre sont montés
chez Corinne. Il a bavardé avec la baby-sitter. Léa et Chloé lui ont
montré les cadeaux qu'elles avaient reçus pour Noël pendant que
leur mère se maquillait et se changeait. Quand elle est ressortie, elle
portait un tailleur rose et la bague qu'il lui avait offerte pour se faire
pardonner sa première déclaration. Sur le périphérique, qu'ils ont
repris en sens inverse, elle lui a demandé l'argent. Il s'est excusé de
n'avoir pas eu le temps de passer à Genève, mais il irait lundi matin
sans faute, puis prendrait l'avion de 12 h 15, elle aurait tout en début
d'après-midi. Elle était un peu contrariée, mais la perspective du dîner
brillant qui les attendait le lui a fait oublier. Ils ont quitté l'autoroute
à Fontainebleau et, à partir de là, elle l'a guidé en se servant d'une
carte sur laquelle il avait, au hasard, marqué d'une croix l'emplace-
ment de la maison de Kouchner. Ils cherchaient « une petite route
sur la gauche ». La carte n'était pas très détaillée, ce qui justifiait
au début qu'ils aient du mal à se repérer. Au bout d'une heure à
tourner en rond dans la forêt, il s'est arrêté pour chercher dans le
coffre un papier sur lequel il avait noté le numéro de téléphone de
Kouchner, mais ne l'a pas trouvé. Corinne commençant à s'inquiéter
de leur retard, il l'a rassurée : d'autres invités, des chercheurs aussi,
devaient venir de Genève et n'arriveraient pas avant 22 h 30. Pour
l'occuper, il s'est mis à lui parler de sa prochaine mutation à Paris,
de la direction de l'INSERM qu'il avait finalement acceptée, de son
appartement de fonction à Saint-Germain-des-Prés. Il lui en a décrit
la disposition, en précisant qu'il comptait s'y installer seul. La veille
au soir, Florence et lui avaient longuement discuté de l'orientation

de leurs vies et, d'un commun accord, décidé que ce serait mieux ainsi. Le plus dur, soupirait-il, serait de ne plus voir les enfants tous les jours. Ils devaient être à Annecy chez leur grand-mère, ils avaient passé l'après-midi à un anniversaire... Corinne s'impatientait. Lui dit qu'il ne pensait alors qu'à gagner du temps et à trouver une raison plausible pour annuler le dîner. Il s'est arrêté de nouveau sur une aire de pique-nique, décidé à mettre le coffre sens dessus dessous jusqu'à ce qu'il trouve le numéro de Kouchner. Il a passé quelques minutes à fouiller dans de vieux cartons contenant des livres, des revues, mais aussi une cassette sur laquelle il avait filmé avec sa caméra vidéo des moments de leur voyage à Leningrad, deux ans plus tôt. Un coup d'œil à Corinne, de plus en plus crispée à l'avant de la voiture, a suffi à le convaincre que ce n'était pas le moment d'évoquer ces tendres souvenirs. Il est revenu, penaud, en disant qu'il ne trouvait pas le papier. Il avait trouvé, en revanche, un collier qu'il s'était promis de lui offrir. Corinne a haussé les épaules : cela n'avait pas de sens. Mais il a insisté et pour finir l'a persuadée de le porter, au moins ce soir. Elle est descendue de la voiture pour qu'il puisse le lui mettre comme il lui avait mis tous les bijoux qu'il lui offrait : en lui faisant fermer les yeux.

Elle a senti d'abord, sur son visage et sur son cou, la brûlure mousseuse de la bombe lacrymogène. Elle a entrouvert les yeux, les a refermés tout de suite parce que cela brûlait encore plus et, tandis qu'il continuait à l'asperger, s'est mise à se débattre, à lutter de toutes ses forces contre lui, en sorte qu'il a eu l'impression que c'était elle qui l'agressait. Ils ont roulé le long de la voiture. Contre le ventre de Corinne, une barre cylindrique et dure envoyait des décharges électriques : c'était le boîtier de défense qu'il avait prévu de lui offrir. Certaine de mourir, elle a crié : « Je ne veux pas ! Ne me tue pas ! Pense à Léa et Chloé ! » et ouvert les yeux.

Croiser les siens lui a sauvé la vie. D'un coup, tout s'est arrêté.

Il se tenait en face d'elle, interdit, le visage bouleversé, les mains tendues : ce n'était plus le geste d'un assassin, plutôt celui d'un homme essayant d'apaiser quelqu'un qui a une crise de nerfs.

«Mais Corinne, répétait-il doucement, mais Corinne… calme-toi…»

Il l'a fait asseoir dans la voiture, où tous deux ont repris leurs esprits comme s'ils venaient d'échapper à l'agression d'un tiers. Ils se sont essuyé le visage avec des serviettes en papier et de l'eau minérale. Il avait dû retourner la bombe contre lui-même, car il avait la peau et les yeux irrités lui aussi. Au bout d'un moment, elle a demandé si on allait quand même dîner chez Kouchner. Ils ont décidé que non et il a remis le contact, quitté l'aire de pique-nique, repris à faible allure la route en sens inverse. Ce qui venait de se passer semblait aussi incompréhensible pour lui que pour elle et, dans l'état de stupeur où elle se trouvait, elle n'a pas été loin de se laisser convaincre que c'était elle qui avait commencé. Mais elle est parvenue à résister. Elle lui a patiemment expliqué que non, c'était lui. Elle lui a raconté comment cela s'était déroulé. Lui l'écoutait en secouant la tête, effaré.

Au premier village, il a voulu appeler Kouchner pour les excuser et elle ne s'est même pas étonnée qu'il ait maintenant son numéro. Elle est restée dans la voiture dont il avait, machinalement ou non, empoché la clé de contact avant de se diriger vers la cabine téléphonique. Elle l'a regardé, sous l'éclairage au néon, parler ou faire semblant de parler. Le juge a essayé de savoir s'il avait formé un numéro : il ne s'en souvient pas mais pense qu'il a peut-être appelé chez lui, à Prévessin, et écouté l'annonce du répondeur.

Quand il est revenu, elle lui a demandé s'il avait ramassé le collier et il a répondu que non, mais que cela n'avait pas d'importance : il avait gardé la facture, l'assurance le rembourserait. Elle s'est avisée qu'à aucun moment elle n'avait vu ce collier, alors qu'elle avait vu, tombé dans les feuilles mortes à côté de la voiture, un cordon en plastique souple semblant tout à fait propre à étrangler quelqu'un. Pendant tout le voyage de retour, qui a duré plus de deux heures car il conduisait très lentement, elle a eu peur que sa crise meurtrière le reprenne et, pour l'occuper à son tour, discuté avec lui à la fois en amie dévouée et en professionnelle de la psychologie. Il accusait sa maladie. Ce cancer ne se contentait pas de le tuer, il le rendait fou. Souvent, ces derniers temps, il avait eu des moments d'absence, des blancs dont il ne gardait aucun souvenir. Il pleurait. Elle hochait la tête d'un air compétent et compréhensif alors qu'en réalité elle mourait de peur. Il fallait absolument, disait-elle, qu'il voie quelqu'un. Quelqu'un? Un psychiatre? Oui, ou un psychothérapeute, elle pourrait lui recommander des gens très bien. Ou alors il pouvait demander à Kouchner. C'était un ami proche, il le lui avait souvent dit, un type profondément sensible et humain, ce serait une bonne idée de lui parler de tout cela. Elle a même proposé d'appeler Kouchner, elle, pour lui raconter sans dramatiser ce qui s'était passé. Oui, approuvait-il, c'était une bonne idée. Cette conjuration affectueuse de Kouchner et de Corinne pour le sauver de ses démons le touchait jusqu'aux larmes. Il s'est remis à pleurer, elle aussi. Ils pleuraient tous les deux quand il l'a déposée en bas de chez elle, à une heure du matin. Il lui a fait promettre de ne rien dire à personne, et elle de récupérer son argent, tout son argent, dès le lundi. Cinq minutes plus tard, il l'a rappelée d'une cabine d'où on voyait les fenêtres encore éclairées de son appartement: «Promets-moi, a-t-il dit, de ne pas croire que c'était prémédité. Si j'avais voulu te tuer, je l'aurais fait dans ton appartement, et j'aurais tué tes filles avec toi.»

Le soleil était levé quand il est arrivé à Prévessin. Il avait fait un somme sur une aire de repos, vers Dijon, car la fatigue lui faisait mordre la ligne blanche et il craignait d'avoir un accident. Il s'est garé devant la maison dont il avait tiré les volets avant de partir. À l'intérieur, il faisait bon, le salon était un peu en désordre mais de façon chaleureuse, exactement comme ils l'auraient retrouvé au retour d'un week-end à Clairvaux ou au col de la Faucille. Les dessins que les enfants avaient faits pour l'anniversaire de Nina traînaient sur la table ainsi que des couronnes de galette des rois. Le sapin avait perdu la plupart de ses aiguilles mais ils protestaient chaque fois qu'il parlait de le jeter, réclamaient un sursis, c'était un petit jeu rituel que l'année précédente ils avaient réussi à faire durer jusqu'à la mi-février. Comme il le faisait toujours en rentrant à la maison, il a tourné la page de l'éphéméride et consulté le répondeur. Soit il n'y avait pas de messages, soit il les a effacés. Il s'est assoupi un moment sur le canapé.

Vers onze heures, il a eu peur qu'en voyant la voiture des amis aient l'idée d'une visite impromptue et il est ressorti pour la garer au parking du centre de Prévessin. C'est sans doute à ce moment qu'il a écrit, au dos d'une enveloppe, le mot qui a tant intrigué les enquêteurs. En revenant, il a croisé Cottin et ils se sont salués. Le pharmacien lui a demandé s'il faisait du jogging. Une petite marche, a-t-il répondu.

Allez, bon dimanche.

On dispose de deux éléments pour reconstituer le reste de sa journée.

Le premier est une cassette vidéo qu'il a enclenchée dans le magnétoscope à la place des *Trois Petits Cochons*. Pendant 180 minutes, il a enregistré dessus des fragments d'émissions diffusées sur la dizaine de chaînes qu'il captait par satellite : des variétés et du sport, l'ordinaire d'un dimanche après-midi télévisuel, mais haché par un zapping frénétique, une seconde sur une chaîne, deux secondes sur une autre. L'ensemble constitue un chaos morne et irregardable que les enquêteurs se sont néanmoins astreints à regarder. Ils ont poussé le scrupule jusqu'à identifier chacune de ces microséquences et, en visionnant les programmes de chacune des chaînes émettrices, à établir l'heure exacte de leur enregistrement. Il en ressort qu'il est resté sur le canapé à jouer de la télécommande de 13 h 10 à 16 h 10, mais aussi qu'il a commencé alors que la cassette était à mi-course. Une fois arrivé à la fin, il a pris soin de la rembobiner et de recouvrir de son zapping toute la première partie, ce qui tend à indiquer qu'il voulait effacer un enregistrement antérieur. Comme il dit n'en avoir aucun souvenir, on est réduit aux conjectures[1].

---

1. Conjectures : suppositions.

3245 La plus probable est qu'il s'agissait d'images de Florence et des enfants : vacances, anniversaires, bonheur familial. Cependant, au cours d'un interrogatoire portant sur ses achats dans les sex-shops et les cassettes pornographiques qu'il regardait parfois, dit-il, avec sa femme, il ajoute qu'il lui est même arrivé de filmer avec sa caméra
3250 vidéo leurs ébats amoureux. Il ne reste pas trace de la cassette, si elle a jamais existé, et le juge s'est demandé si ce n'étaient pas ces images qu'il avait, le dernier jour, si méthodiquement détruites. Lui dit que non, il ne pense pas.

D'autre part, les relevés détaillés de France Télécom montrent
3255 qu'entre 16 h 13 et 18 h 49 il a appelé neuf fois le numéro de Corinne. La durée de ces appels, égale et brève, confirme qu'il s'est neuf fois contenté d'écouter l'annonce de son répondeur. À la dixième, elle a décroché et ils ont parlé 13 minutes. Leurs souvenirs de cette conversation se recoupent. Elle avait passé une journée épouvan-
3260 table, se disait très choquée, souffrait encore de ses brûlures, et lui sympathisait, comprenait, s'excusait, parlait de son propre état dépressif. Compte tenu de cet état et de sa maladie, elle voulait bien ne pas prévenir la police comme l'aurait fait, soulignait-elle, n'importe quelle personne sensée, mais il fallait qu'il voie quelqu'un
3265 d'urgence, qu'il en parle à Kouchner ou à qui il voulait, et surtout qu'il tienne sa promesse d'aller, dès le lendemain matin, chercher son argent à la banque. Il a juré d'y être à l'heure d'ouverture.

Il n'était pas monté à l'étage depuis son retour, mais il savait ce qu'il y verrait. Il avait soigneusement tiré les couettes, mais il savait
3270 ce qu'il y avait dessous. À la tombée de la nuit, il a compris que l'heure de mourir, si longtemps différée, était venue. Il dit avoir commencé les préparatifs séance tenante, mais il se trompe : il a encore tardé. Ce n'est pas avant minuit et plutôt, d'après l'expertise, vers trois heures du matin qu'il a répandu le contenu des jerrycans
3275 achetés et remplis d'essence chez Continent, d'abord dans le grenier, ensuite sur les enfants, sur Florence et dans l'escalier. Plus tard, il s'est déshabillé, mis en pyjama. Un peu avant quatre heures, il a mis le feu, d'abord dans le grenier, ensuite dans l'escalier, enfin

dans la chambre des enfants, et il est entré dans la sienne. Il aurait
été plus sûr de prendre les barbituriques à l'avance mais il a dû les
oublier ou les égarer car il s'est rabattu sur un flacon de Nembutal
qu'il gardait depuis dix ans au fond de l'armoire à pharmacie. Il
avait pensé à l'époque s'en servir pour adoucir l'agonie d'un de
ses chiens, mais cela n'avait pas été nécessaire. Il avait pensé plus
tard le jeter car la date de péremption était largement dépassée. Il
a dû penser que cela ferait quand même l'affaire et, tandis que les
éboueurs qui avaient repéré l'incendie du toit pendant leur tournée
matinale commençaient à tambouriner en bas, il en a avalé une
vingtaine de gélules. L'électricité a sauté, la fumée commencé à
envahir la pièce. Il a poussé quelques vêtements contre le bas de la
porte pour la calfeutrer, puis voulu s'allonger à côté de Florence qui,
sous la couette, avait l'air de dormir. Mais il y voyait mal, les yeux lui
piquaient, il n'avait pas encore mis le feu dans leur chambre et les
pompiers, dont il assure n'avoir pas entendu la sirène, étaient déjà
là. N'arrivant plus à respirer, il s'est traîné jusqu'à la fenêtre et l'a
ouverte. Les pompiers ont entendu claquer le volet. Ils ont déployé
leur échelle pour lui porter secours. Il a perdu connaissance.

En sortant du coma, il a commencé par tout nier. Un homme vêtu de noir, entré dans sa maison par effraction, avait tiré sur les enfants et mis le feu. Lui était paralysé, impuissant, cela s'était déroulé sous ses yeux comme un cauchemar. Quand le juge l'a accusé du massacre de Clairvaux, il s'est indigné : « On ne tue pas son père et sa mère, c'est le deuxième commandement de Dieu. » Quand il lui a prouvé qu'il n'était pas chercheur à l'OMS, il a dit travailler comme consultant scientifique pour une société appelée South Arab United quelque chose, quai des Bergues à Genève. On a vérifié, il n'y avait pas de South Arab United quelque chose quai des Bergues, il a cédé sur ce terrain et aussitôt inventé autre chose. Pendant sept heures d'interrogatoire, il a lutté pied à pied contre l'évidence. Enfin, soit par fatigue, soit parce que son avocat lui a fait comprendre que ce système de défense absurde lui nuirait par la suite, il a avoué.

Des psychiatres ont été chargés de l'examiner. Ils ont été frappés par la précision de ses propos et son souci constant de donner de lui-même une opinion favorable. Sans doute minimisait-il la difficulté de donner de soi une opinion favorable quand on vient de massacrer sa famille après avoir dix-huit ans durant trompé et escroqué son entourage. Sans doute aussi avait-il du mal à se détacher du personnage qu'il avait joué pendant toutes ces années, car il employait encore pour se concilier[1] la sympathie les techniques

---

1. **Se concilier** : s'attirer.

3320 qui avaient fait le succès du docteur Romand : calme, pondération, attention presque obséquieuse aux attentes de l'interlocuteur. Tant de contrôle témoignait d'une grave confusion car le docteur Romand, dans son état normal, était assez intelligent pour comprendre que la prostration, l'incohérence ou des hurlements de bête blessée à

3325 mort auraient davantage plaidé en sa faveur, vu les circonstances, que cette attitude mondaine. Croyant bien faire, il ne se rendait pas compte qu'il sidérait les psychiatres en leur fournissant de son imposture un récit parfaitement articulé, en évoquant sa femme et ses enfants sans émotion particulière, comme un veuf bien élevé

3330 met un point d'honneur à ne pas laisser son deuil assombrir ses commensaux[1], en ne manifestant un peu de trouble, pour finir, qu'à propos des somnifères qu'on lui donnait et dont il s'inquiétait de savoir s'ils ne risquaient pas de créer chez lui une accoutumance – souci que les psychiatres ont jugé « déplacé ».

3335 Au cours des entretiens suivants, ils l'ont vu sangloter et produire des signes emphatiques de souffrance sans pouvoir dire s'il l'éprouvait vraiment ou non. Ils avaient l'impression troublante de se trouver devant un robot privé de toute capacité de ressentir, mais programmé pour analyser des stimuli extérieurs et y ajuster

3340 ses réactions. Habitué à fonctionner selon le programme « docteur Romand », il lui avait fallu un temps d'adaptation pour établir un nouveau programme, « Romand l'assassin », et apprendre à le faire tourner.

Luc a eu un choc, deux semaines après l'incendie, en ouvrant sa

3345 boîte à lettres et en reconnaissant sur une enveloppe l'écriture du mort-vivant. Il l'a ouverte avec effroi, lu son contenu en diagonale et aussitôt envoyée au juge d'instruction parce qu'il ne voulait pas qu'elle reste sous son toit. C'était une lettre folle, où il se plaignait des soupçons monstrueux qui pesaient sur lui et demandait qu'on

3350 lui trouve un bon avocat. Quelques jours plus tôt, Luc aurait essayé

---

1. Commensaux : personnes qui mangent à la même table qu'une autre.

de croire que la vérité gisait dans ces lignes tremblées et non dans l'impressionnant ensemble de preuves rassemblé par les enquêteurs. Mais les journaux avaient rapporté, après ses dénégations[1], les aveux de l'assassin. Le temps que la lettre arrive, elle n'avait plus de sens.

Au retour de l'enterrement de Florence et des enfants, il lui a envoyé un mot bref, disant que la cérémonie s'était déroulée dignement et qu'ils avaient prié pour eux et pour lui. Il a bientôt reçu une autre lettre où le prisonnier évoquait «la rencontre d'un aumônier qui m'a beaucoup aidé à faire retour à la Vérité. Mais cette réalité est tellement horrible et difficile à supporter que j'ai peur de me réfugier dans un nouveau monde imaginaire et de reperdre une identité bien précaire[2]. La souffrance d'avoir perdu toute ma famille et tous mes amis est tellement grande que j'ai l'impression d'être sous anesthésie morale... Merci pour vos prières. Elles m'aideront à garder la foi et à supporter ce deuil et cette immense détresse. Je vous embrasse! Je vous aime!... Si vous rencontrez des amis de Florence ou des membres de la famille, dites-leur pardon de ma part».

Luc, malgré un élan de pitié, a pensé que cette dévotion était un refuge un peu facile. D'un autre côté, qui sait? Sa propre foi lui défendait de juger. Il n'a pas répondu, mais fait lire la lettre à Jean-Noël Crolet, le frère de Florence qu'il connaissait le mieux. Les deux hommes en ont longuement discuté, trouvant qu'il parlait beaucoup de ses propres souffrances et guère de ceux qu'il avait «perdus». Quant à la dernière phrase, elle laissait Jean-Noël pantois: «Qu'est-ce qu'il croit? Que le pardon peut se transmettre comme ça? Comme on dirait: passe-leur le bonjour de ma part?»

Les psychiatres l'ont revu au début de l'été, très en forme: il avait récupéré ses lunettes, qui lui manquaient beaucoup les premiers

---

1. **Dénégations** : paroles niant les faits.
2. **Précaire** : incertaine, fragile.

temps, et quelques effets personnels. Spontanément, il leur a expliqué qu'il avait voulu se suicider le 1er mai, date de sa déclaration d'amour à Florence qu'ils célébraient ensemble chaque année. Il s'était procuré de quoi se pendre, décidé cette fois à ne pas se
3385 rater. Mais il avait un peu traîné le matin du jour fatidique, le temps d'apprendre par la radio que Pierre Bérégovoy[1] venait de se suicider aussi. Troublé de s'être laissé couper l'herbe sous le pied, devinant là un signe qui demandait à être interprété, il avait repoussé l'accomplissement de son projet puis, après un entretien avec l'aumônier
3390 – entretien selon lui décisif, même s'il y avait peu de chances qu'un prêtre l'encourage à se pendre –, pris la résolution solennelle d'y renoncer. À dater de ce jour, il dit s'être «condamné à vivre», pour dédier ses souffrances à la mémoire des siens. Tout en restant, selon les psychiatres, extrêmement soucieux de savoir ce qu'on pense de
3395 lui, il est entré dans une période de prière et de méditation, assortie de longs jeûnes pour se préparer à l'eucharistie[2]. Amaigri de 25 kg, il s'estime sorti du labyrinthe des faux-semblants, habitant d'un monde douloureux mais «vrai». «La vérité vous rendra libres», a dit le Christ. Et lui: «Je n'ai jamais été aussi libre, jamais la vie
3400 n'a été aussi belle. Je suis un assassin, j'ai l'image la plus basse qui puisse exister dans la société, mais c'est plus facile à supporter que les vingt ans de mensonge d'avant.» Après quelques tâtonnements, le changement de programme semble avoir réussi. Au personnage du chercheur respecté se substitue celui, non moins gratifiant, du
3405 grand criminel sur le chemin de la rédemption mystique.

Une autre équipe de psychiatres a pris le relais de la première et formulé le même diagnostic: le roman narcissique se poursuit en prison, ce qui permet à son protagoniste d'éviter une fois de plus la dépression massive avec laquelle il a joué à cache-cache toute sa
3410 vie. En même temps, il a conscience que tout effort de compréhension de sa part est perçu comme une récupération complaisante et

---

1. **Pierre Bérégovoy** (1925-1993) : Premier Ministre d'avril 1992 à mars 1993.
2. **Eucharistie** : communion par le vin et le pain pendant la messe.

que les dés sont pipés. «Il lui sera à tout jamais impossible, conclut le rapport, d'être perçu comme authentique et lui-même a peur de ne jamais savoir s'il l'est. Avant on croyait tout ce qu'il disait, maintenant on ne croit plus rien et lui-même ne sait que croire, car il n'a pas accès à sa propre vérité mais la reconstitue à l'aide des interprétations que lui tendent les psychiatres, le juge, les médias. Dans la mesure où il ne peut être décrit actuellement comme en état de grande souffrance psychique, il paraît difficile de lui imposer un traitement psychothérapeutique dont il n'est pas demandeur, se contentant d'échanges de réalité avec une visiteuse. On peut seulement souhaiter qu'il accède, même au prix d'une dépression mélancolique dont le risque reste sérieux, à des défenses moins systématiques, à davantage d'ambivalence et d'authenticité.»

En le quittant, un des psychiatres a dit à son confrère : «S'il n'était pas en prison, il serait déjà passé chez Mireille Dumas[1] !»

Les Ladmiral ont reçu d'autres lettres, pour Pâques, pour les anniversaires des enfants. Ils ne les leur ont pas montrées. Luc, à qui elles inspiraient un violent malaise, les lisait très vite, puis les rangeait dans le dossier médical d'un patient fictif, sur l'étagère la plus haute de son cabinet où il est allé les chercher pour moi. La dernière lettre date de la fin décembre :

«... Je laisse mes pensées et mes prières s'envoler librement vers vous, elles finiront bien par vous parvenir, ici ou d'ailleurs. Malgré tout ce qui nous sépare et tes "meurtrissures définitives", que je comprends et qui sont légitimes, tout ce qui nous a rapprochés dans le passé nous réunira peut-être au-delà du temps, dans la communion des vivants et des morts. Que Noël qui pour nous chrétiens est le symbole du monde sauvé par la Parole devenue homme, devenue enfant, soit pour vous tous une source de joie. Je vous souhaite mille bonheurs.

---

1. Mireille Dumas : animatrice d'émissions de télévision dans lesquelles les invités dévoilent leur vie privée.

PS : Peut-être ai-je été maladroit en vous écrivant à l'occasion des anniversaires de Sophie et Jérôme. Comme aujourd'hui, j'avais prié avant de prendre le stylo, et ces mots m'ont été dictés par un élan du cœur en communion avec Florence, Caroline et Antoine. »

« Merci des mille bonheurs que tu nous souhaites. Quelques-uns nous suffiraient », s'est forcé à répondre Luc, parce que c'était Noël. Leur correspondance s'est arrêtée là.

Cette année et les deux suivantes ont été celles du deuil et de la préparation au procès. Les Ladmiral vivaient comme des gens qui ont failli périr dans un tremblement de terre et ne peuvent plus faire un pas sans appréhension. On dit « la terre ferme », mais on sait que c'est un leurre. Plus rien n'est ferme ni fiable. Il leur a fallu longtemps pour pouvoir de nouveau faire confiance à quelqu'un. Les enfants, comme beaucoup de leurs camarades, ont été suivis par une psychologue, celle qui avait téléphoné juste après la mort de Florence pour savoir si elle animerait la messe du soir. Sophie se sentait coupable : si elle avait été là, sa présence aurait peut-être arrêté son parrain. Cécile, elle, pensait qu'il l'aurait tuée aussi et remerciait le ciel que sa fille n'ait pas passé cette nuit, comme tant d'autres nuits, chez les Romand. Elle avait de brusques accès de sanglots en retrouvant, dans des livres où on les avait glissées comme signets, des cartes postales de leurs amis. Elle ne supportait plus la danse, que Florence et elle aimaient tant. Quant à Luc, la perspective de son témoignage l'obsédait. Il a été deux fois convoqué par le juge d'instruction, à Bourg-en-Bresse. Le magistrat lui a d'abord paru glacial, mais il s'est peu à peu détendu et Luc a essayé de lui faire comprendre qu'il est facile de considérer Romand comme un monstre et ses amis comme une bande de bourgeois de province ridiculement naïfs quand on connaît la fin de l'histoire, mais qu'avant c'était différent. « Ça a l'air idiot de dire ça, mais vous savez, c'était un type profondément *gentil*. Ça ne change rien à ce qu'il a fait, ça le rend encore plus terrible, mais il était gentil. » Malgré la longueur des interrogatoires, huit et dix heures, il en est sorti tenaillé par l'angoisse d'être passé à côté de l'essentiel. Il s'est mis à se réveiller la nuit pour noter les souvenirs qui lui revenaient: un séjour en Italie avec Jean-Claude quand ils avaient dix-huit ans, une conversation autour d'un barbecue, un rêve qui rétrospectivement lui paraissait prémonitoire… Le souci de construire, pour l'énoncer à la barre, un récit complet et cohérent lui a fait petit à petit relire sa vie entière à la lumière de cette amitié qui s'était engloutie dans un gouffre et avait failli engloutir avec elle tout ce à quoi il croyait.

Son témoignage a été mal perçu et il en a souffert. Sur les bancs de la presse, on en venait à plaindre l'accusé d'avoir eu pour meilleur ami ce type content de soi, imbu de morale étroite. J'ai compris ensuite qu'il avait bûché comme pour un oral d'examen et que cet examen était le plus important de sa vie. C'est elle qu'il venait justifier. Il y avait de quoi raidir la nuque.

C'est fini maintenant. L'homme que je suis allé voir après le procès estime que lui et les siens sont «passés dans la fumée et ressortis indemnes de l'autre côté». Il reste des traces, le pas tremble parfois, mais ils ont retrouvé la terre ferme. Pendant que nous parlions, Sophie est rentrée du collège et il a continué en sa présence, sans baisser la voix, à évoquer celui qui a été son parrain. Elle avait douze ans, elle nous écoutait avec attention et gravité. Elle est même intervenue pour préciser certains détails et j'ai pensé que c'était une grande victoire pour cette famille d'en parler désormais librement.

Luc, certains jours de grâce, peut prier pour le prisonnier mais pas lui écrire ni lui rendre visite. C'est une question de survie. Il pense qu'il a «choisi l'enfer sur terre». En tant que chrétien, ça le trouble profondément mais le christianisme, dit-il, fait place au mystère. Il s'incline. Il accepte de ne pas tout comprendre.

Il vient d'être élu président de l'association de gestion de Saint-Vincent.

Les sacs de plastique gris continuent à hanter ses rêves.

La femme qui, à sa seconde crise, quand il a raconté la mort des enfants, s'est précipitée vers l'accusé en répétant son prénom s'appelle Marie-France. Visiteuse de prison, elle a commencé à le voir à Lyon, peu de temps après sa sortie du coma, et elle a continué chaque semaine à Bourg-en-Bresse. C'est elle qui lui a offert *La Classe de neige*. Au premier abord, elle a l'aspect banal d'une petite dame en bleu marine approchant la soixantaine. Au second, elle frappe par quelque chose d'à la fois vif et paisible qui met immédiatement à l'aise. Mon projet d'écrire l'histoire de Jean-Claude lui inspirait une confiance qui m'a surpris et que je n'étais pas certain de mériter.

Tout au long du récit des meurtres, elle n'avait cessé de penser à cet autre moment terrible qu'avait été pour lui la série des reconstitutions, en décembre 1994. Elle avait peur qu'il n'y survive pas. Lui-même, à Prévessin, a d'abord refusé de quitter le fourgon de la gendarmerie. Finalement, il est entré dans la maison et même monté à l'étage. Au moment de franchir la porte de sa chambre, il pensait qu'il allait se passer quelque chose de surnaturel : peut-être qu'il serait foudroyé sur place. Il n'a pas pu faire les gestes correspondant à ses déclarations. Un gendarme s'est allongé sur le lit et un autre, armé d'un rouleau à pâtisserie, a fait mine de l'en frapper, dans diverses postures. Lui devait indiquer, corriger, comme un metteur en scène. J'avais vu les photos de ces reconstitutions, c'était sinistre et en même temps faisait un peu guignol. Il a fallu ensuite passer dans la chambre des enfants où on avait placé sur ce qui restait

des lits deux petits mannequins revêtus de pyjamas achetés pour la circonstance, et dont les factures figurent au dossier. Le juge a voulu qu'il prenne la carabine mais il n'a pas pu : il s'est évanoui. Il a passé le reste de la journée, tandis qu'un gendarme jouait son
3535 rôle, assis sur un fauteuil au rez-de-chaussée. L'étage avait été ravagé par l'incendie mais le salon était exactement comme à son retour de Paris, le dimanche matin, y compris les dessins des enfants et les couronnes de galettes des rois. Le juge a fait mettre sous scellés la cassette glissée dans le magnétoscope et celle du répondeur, qu'il
3540 lui a fait entendre quelques jours plus tard. C'est à ce moment que la foudre lui est tombée dessus. Le premier message datait de l'été précédent. C'était la voix de Florence, très gaie, très tendre, qui disait : «Coucou, c'est nous, on est bien arrivés, on attend que tu nous rejoignes, sois prudent sur la route, on t'aime. » Et Antoine,
3545 derrière elle : «Je t'embrasse, papa, je t'aime, je t'aime, je t'aime, viens vite. » Le juge, en écoutant cela et en le regardant l'écouter, s'est mis à pleurer. Et lui, depuis, n'arrêtait plus d'entendre ce message. Il se répétait sans cesse ces mots qui lui déchiraient le cœur et en même temps le consolaient. Ils sont bien arrivés. Ils
3550 m'attendent. Ils m'aiment. Il faut que je sois prudent sur la route qui me conduit vers eux.

Comme elle avait obtenu l'autorisation de le voir entre les audiences, j'ai demandé à Marie-France si elle était au courant de cette histoire dont m'avait parlé son avocat : le premier jour du procès,
3555 il se serait rappelé par une sorte d'illumination la vraie raison de sa dérobade initiale.

«Oh, oui ! Abad n'a pas voulu qu'il le dise parce que ce n'était pas au dossier et que d'après lui ça aurait perturbé les jurés. Je pense qu'il a eu tort, c'était important qu'ils le sachent. Le matin
3560 de l'examen, alors qu'il sortait pour y aller, Jean-Claude a trouvé une lettre dans sa boîte. Elle venait d'une jeune femme qui était amoureuse de lui et qu'il avait repoussée parce qu'il aimait Florence. Elle lui disait que quand il ouvrirait cette lettre elle serait morte.

Elle s'était suicidée. C'est pour cela, parce qu'il s'est senti tellement coupable de cette mort qu'il n'est pas allé passer l'examen. C'est comme cela que tout a commencé. »

J'étais abasourdi.

« Attendez. Vous y croyez, à cette histoire ? »

Marie-France m'a regardé avec étonnement.

« Pourquoi mentirait-il ?

– Je ne sais pas. Enfin, si, je sais. Parce qu'il ment. C'est sa manière d'être, il ne peut pas faire autrement et je pense qu'il le fait plus pour se tromper lui-même que pour tromper les autres. Si cette histoire est vraie, on doit pouvoir la vérifier. Peut-être pas vérifier qu'une fille qu'il connaissait s'est suicidée pour lui, mais au moins qu'une fille qu'il connaissait s'est suicidée à cette époque-là. Il suffirait qu'il donne son nom.

– Il ne veut pas. Par égard pour sa famille.

– Bien sûr. Il ne veut pas non plus dire qui était le chercheur à qui il achetait des gélules contre le cancer. Eh bien, contrairement à vous, je pense qu'Abad a eu mille fois raison de lui dire de garder cette histoire pour lui. »

Mon incrédulité troublait Marie-France. Elle était si incapable de mensonge que l'idée que cette histoire à dormir debout puisse en être un ne l'avait tout simplement pas effleurée.

Abad, qui l'avait fait citer comme témoin de la défense, comptait sur elle pour corriger l'impression qu'allait faire le témoin précédent, cité par l'accusation : celle-là, m'a-t-il confié avec un soupir accablé, il aurait donné cher pour être ailleurs quand elle se présenterait à la barre.

Mme Milo, une petite blonde plus toute jeune mais coquette, était l'institutrice dont la liaison avec le directeur avait fait scandale à l'école Saint-Vincent. Elle a commencé par évoquer les « moments difficiles » qu'ils avaient tous les deux vécus, et le soutien que leur avaient apporté les Romand. Quelques mois après le drame, l'ex-directeur a reçu de la prison de Bourg-en-Bresse une lettre qui était

un appel au secours. Il la lui a montrée, elle a été émue. Puis ils se
sont séparés, il est allé diriger une école dans le Midi et Mme Milo
s'est mise à écrire au détenu. Elle avait été l'institutrice d'Antoine,
3600 dont la mort a terriblement traumatisé les élèves de sa classe de
grande maternelle : ils en parlaient sans cesse, l'enseignement se
transformait en thérapie de groupe. Un jour, elle a demandé aux
enfants de faire, ensemble, un beau dessin «pour donner du courage
à une personne en difficulté» et, sans leur dire que la personne
3605 en difficulté était le père et l'assassin d'Antoine, le lui a envoyé de
leur part à tous. Il a répondu avec effusion, elle a lu sa réponse en
classe.

Abad a brusquement plongé la tête dans son dossier, l'avocat
général hochait la sienne d'un air pensif. Mme Milo, sentant le
3610 malaise, s'est tue. Il a fallu que la présidente la relance :

«Vous avez rendu visite à Jean-Claude Romand en prison, et
noué avec lui une relation amoureuse.

– C'est beaucoup dire…

– Les gardiens font état d'"embrassades voluptueuses" au
3615 parloir.

– C'est beaucoup dire…

– Dans le courrier qui a été saisi figure ce poème que vous a
adressé Jean-Claude Romand :

«Je voulais t'écrire
3620 un "je ne sais quoi"
de doux, de paisible
quelque chose de l'invisible,
un "je ne sais quoi"
d'aimable
3625 d'agréable
un "je ne sais quoi"
qui calme
qui charme
un "je ne sais quoi"

30   qui donne confiance
         même dans le silence
         alors je viens te dire
         un "je t'aime" »

35   Dans le silence consterné qui a suivi cette lecture (j'ai rarement vécu un moment plus *gênant* et je retrouve cette gêne, intacte, en transcrivant mes notes aujourd'hui), le témoin a bredouillé que c'était pour elle une page tournée, qu'elle avait maintenant un autre compagnon et ne voyait plus Jean-Claude Romand. On a cru le supplice fini, mais il lui avait, outre ce poème, envoyé une lettre contenant des extraits du roman de Camus, *La Chute*, qui exprimaient bien, disait-il, ses réflexions. L'avocat général s'est mis à lire :

« Si j'avais pu me suicider et ensuite voir leur tête, alors oui, le jeu en eût valu la chandelle. Les hommes ne sont convaincus de vos raisons, de votre sincérité et de la gravité de vos peines que par votre mort. Tant que vous êtes en vie, votre cas est douteux, vous n'avez droit qu'à leur scepticisme[1]. Alors s'il y avait une certitude qu'on puisse jouir du spectacle, cela vaudrait la peine de leur prouver ce qu'ils ne veulent pas croire et de les étonner. Mais vous vous tuez et qu'importe qu'ils vous croient ou non : vous n'êtes pas là pour recueillir leur étonnement et leur contrition[2] d'ailleurs fugace, pour assister enfin, selon le rêve de chaque homme, à vos propres funérailles… »

Il avait recopié huit grandes pages de ce style dont l'avocat général s'est délecté, terminant ses morceaux choisis par ce qu'il présentait comme une profession de foi : « Surtout ne croyez pas vos amis quand ils vous demanderont d'être sincère avec eux. Si vous vous trouvez dans ce cas, n'hésitez pas : promettez d'être vrai et mentez le mieux possible. »

L'accusé a essayé de s'expliquer :

---

1. **Scepticisme** : doute, incrédulité, manque de confiance.
2. **Contrition** : regret d'une faute, d'un péché (terme religieux).

3660 « Tout cela évoque ma vie d'avant… Je sais maintenant que c'est le contraire, que seule la vérité est libératrice… »

L'effet, comme le prévoyait Abad, a été terrible. Venant aussitôt après, Marie-France, la pauvre, n'avait aucune chance. Elle a commencé par raconter de façon émouvante ses premières entrevues 3665 avec le prisonnier. « Quand je lui serrais la main, j'avais l'impression de serrer la main d'un mort, tellement il était froid. Il ne pensait qu'à mourir, je n'ai jamais vu personne d'aussi triste… Chaque fois que je le quittais, je pensais que je ne le reverrais pas au parloir suivant. Et puis un jour, en mai 93, il m'a dit: "Marie-France, je 3670 me condamne à vivre. J'ai décidé d'assumer cette souffrance pour la famille de Florence, pour mes amis." Et à partir de là, tout a changé… » À partir de là aussi, le témoignage a cessé de convaincre. Chacun pensait au petit poème, à cette aberrante idylle avec l'ancienne institutrice d'Antoine, et cela rendait dérisoires les pieuses 3675 paroles sur « le pardon qu'il ne peut pas attendre des autres parce qu'il ne se pardonne pas à lui-même ». Faute de s'en rendre compte, elle a pour finir présenté Jean-Claude comme un type merveilleux auprès de qui, en prison, les autres détenus venaient se ressourcer, retrouver joie de vivre et optimisme: un rayon de soleil. L'avocat 3680 général écoutait ce témoin de la défense avec un sourire de chat qui digère, Abad avait littéralement disparu dans sa robe.

C'était l'avant-dernier soir du procès, il ne restait plus que le réquisitoire et les plaidoiries. J'ai dîné avec un groupe de journalistes parmi lesquels une femme appelée Martine Servandoni, que 3685 le témoignage de Marie-France avait rendue folle de rage. Elle ne trouvait pas son angélisme seulement ridicule, mais irresponsable, carrément criminel. Romand, développait-elle, était une ordure, et de la pire espèce: veule[1] et sentimentale comme son poème. Cela dit, la peine de mort n'existant plus, il allait vivre, passer vingt 3690 ou trente ans en prison et on était bien obligé, pour cette raison,

---

1. **Veule** : faible, qui manque d'énergie, de volonté.

de se poser la question de son devenir psychique. La seule chose positive qui, de ce point de vue-là, pourrait lui arriver, c'était de prendre *vraiment* conscience de ce qu'il avait fait et, au lieu de pleurnicher, de plonger *vraiment* dans la dépression sévère qu'il s'était toute sa vie débrouillé pour éviter. À ce prix seulement il y avait une chance qu'il puisse un jour accéder à quelque chose qui ne soit pas un mensonge, une fuite de plus hors de la réalité. Et la pire chose, en sens inverse, qui pouvait lui arriver, c'était que des grenouilles de bénitier comme Marie-France lui apportent sur un plateau un nouveau rôle à tenir, celui du grand pécheur qui expie en récitant des chapelets. Pour ce genre de crétins, Martine n'aurait pas été hostile au rétablissement de la peine capitale, et elle ne s'est pas gênée pour me dire qu'elle me fourrait dans le même sac. « Il doit être ravi, non, que tu fasses un livre sur lui ? C'est de ça qu'il a rêvé toute sa vie. Au fond il a bien fait de tuer sa famille, tous ses vœux sont exaucés. On parle de lui, il passe à la télé, on va écrire sa biographie et pour son dossier de canonisation, c'est en bonne voie. C'est ce qu'on appelle sortir par le haut. Parcours sans faute. Je dis : bravo. »

« On vous parlera de compassion. Je réserve la mienne aux victimes » : ainsi a commencé le réquisitoire, qui a duré quatre heures. L'accusé y faisait figure de pervers machiavélique[1], « entré en duplicité[2] comme on entre en religion », tirant de son imposture une jouissance de chaque instant. Dans ce procès où aucun doute n'entourait les faits eux-mêmes, l'authenticité de sa volonté de suicide s'est révélée le principal enjeu du duel entre accusation et défense. Après avoir relu, d'une voix blanche, l'insoutenable récit de l'assassinat des enfants, l'avocat général a théâtralement explosé : « Enfin ! C'est à devenir fou ! Quelle peut être la réaction d'un père après cela, sinon de retourner l'arme contre lui ? Mais non : lui la range, sort

---

1. **Machiavélique** : perfide, diabolique.
2. **Duplicité** : fausseté, hypocrisie.

chercher les journaux, la marchande le trouve calme et courtois, et aujourd'hui encore il se rappelle qu'il n'a pas acheté *L'Équipe*! Une fois tués à leur tour ses parents, il ne se presse pas davantage de les rejoindre dans l'autre monde, il continue à attendre, à se donner

3725 des sursis, comptant peut-être sur un de ces fameux miracles qui jusqu'à présent l'ont toujours sauvé! Après avoir quitté Corinne, il rentre chez lui et laisse passer une vingtaine d'heures, espérant quoi? Qu'elle porte plainte? qu'on découvre les corps à Clairvaux? que les gendarmes viennent le chercher avant le geste fatal? Il se

3730 décide enfin à mettre le feu, mais à quatre heures du matin, l'heure exacte du passage des éboueurs. Il l'allume au grenier, de façon que les flammes se voient vite et de loin. Il attend que les pompiers arrivent pour avaler une poignée de cachets périmés depuis dix ans. Et, pour finir, au cas où ils lambineraient[1] parce qu'ils croient

3735 la maison vide, il leur signale sa présence en ouvrant la fenêtre. Les psychiatres parlent de conduite "ordalique"[2], signifiant qu'il a remis son sort au destin. Très bien. La mort n'a pas voulu de lui. En sortant du coma, entre-t-il de lui-même dans cette voie de doulou-reuse expiation[3] que décrivent les belles âmes? Pas du tout. Il nie,

3740 il invente l'histoire du mystérieux homme en noir qui aurait sous ses yeux tué les siens! » Emporté par sa démonstration, s'appuyant sur le fait qu'on a retrouvé au pied de son lit un recueil d'énigmes policières sur le thème de la chambre close, l'avocat général est allé jusqu'à imaginer un plan diabolique, lucidement poursuivi, pour

3745 non seulement survivre mais encore être déclaré innocent. Abad n'a pas eu de mal à faire valoir que ce plan diabolique aurait été remarquablement cafouilleux. De sa plaidoirie, aussi véhémente[4] que le réquisitoire était acéré[5], ressortait cet argument: on accusait Romand de meurtres et d'abus de confiance, on n'allait pas en

---

1. Lambineraient : agiraient avec lenteur, traîneraient (terme familier).
2. Ordalique : se dit d'une conduite comportant une prise de risque mortel.
3. Expiation : réparation d'un crime, d'une faute en subissant une peine.
4. Véhémente : passionnée, enflammée.
5. Acéré : tranchant, sévère.

plus lui reprocher de ne pas s'être suicidé. Juridiquement, c'était irréfutable. Mais de toute évidence, humainement, c'était bien cela qu'on lui reprochait.

Les derniers mots d'un procès, avant que la Cour se retire pour délibérer, appartiennent à l'accusé. Il avait manifestement préparé son texte et l'a dit sans se tromper, d'une voix que l'émotion a fait plusieurs fois dérailler :

« C'est vrai que c'est le silence qui s'impose à moi. Je comprends que mes paroles et même ma survie ajoutent au scandale de mes actes. J'ai voulu assumer et le jugement et le châtiment et je crois que c'est la dernière occasion que j'aurai de parler à ceux qui souffrent à cause de moi. Je sais que mes mots sont dérisoires, mais je dois les dire. Leur dire que leur souffrance ne me quitte ni jour ni nuit. Je sais qu'ils me refusent le pardon mais en mémoire de Florence je veux leur demander pardon. Il ne me viendra peut-être qu'après ma mort. Je veux dire à la maman de Florence, à ses frères, que leur papa est mort des suites de sa chute. Je ne leur demande pas de me croire, parce que je n'ai pas de preuves, mais je le dis devant Florence et devant Dieu parce que je sais qu'un crime inavoué ne sera pas pardonné. Je leur demande à tous pardon.

Maintenant c'est à toi, ma Flo, à toi ma Caro, mon Titou, mon Papa, ma Maman, que je voudrais parler. Vous êtes là dans mon cœur et c'est cette présence invisible qui me donne la force de vous parler. Vous connaissez tout, et si quelqu'un peut me pardonner, c'est vous. Je vous demande pardon. Pardon d'avoir détruit vos vies, pardon de n'avoir jamais dit la vérité. Et pourtant, ma Flo, je suis sûr que ton intelligence, ta bonté, ta miséricorde auraient pu me pardonner. Pardon de n'avoir pu supporter l'idée de vous faire souffrir. Je savais que je ne pourrais pas vivre sans vous, mais aujourd'hui je suis encore en vie et je vous promets d'essayer de vivre tant que Dieu le voudra, sauf si ceux qui souffrent à cause de moi me demandent de mourir pour atténuer leur peine. Je sais que vous m'aiderez à trouver le chemin de la vérité, de la vie. Il y a eu

beaucoup, beaucoup d'amour entre nous. Je vous aimerai encore en vérité. Pardon à ceux qui pourront pardonner. Pardon aussi à
3785 ceux qui ne pourront jamais pardonner.

Merci, madame la présidente. »

Après cinq heures de délibération, Jean-Claude Romand a été condamné à la réclusion criminelle à perpétuité, assortie d'une peine de sûreté de vingt-deux ans. Si tout se passe bien, il sortira
3790 en 2015, âgé de soixante et un ans.

Cher Jean-Claude Romand,

Il y a maintenant trois mois que j'ai commencé à écrire. Mon problème n'est pas, comme je le pensais au début, l'information. Il est de trouver ma place face à votre histoire. En me mettant au travail, j'ai cru pouvoir repousser ce problème en cousant bout à bout tout ce que je savais et en m'efforçant de rester objectif. Mais l'objectivité, dans une telle affaire, est un leurre. Il me fallait un point de vue. Je suis allé voir votre ami Luc et lui ai demandé de me raconter comment lui et les siens ont vécu les jours suivant la découverte du drame. J'ai essayé d'écrire cela, en m'identifiant à lui avec d'autant moins de scrupules qu'il m'a dit ne pas vouloir apparaître dans mon livre sous son vrai nom, mais j'ai bientôt jugé impossible (techniquement et moralement, les deux vont de pair) de me tenir à ce point de vue. C'est pourquoi la suggestion que vous me faites dans votre dernière lettre, plaisantant à demi, d'adopter celui de vos chiens successifs, m'a à la fois amusé et convaincu que vous étiez conscient de cette difficulté. Difficulté qui est la vôtre évidemment bien plus que la mienne, et qui est l'enjeu du travail psychique et spirituel dans lequel vous êtes engagé: ce défaut d'accès à vous-même, ce blanc qui n'a cessé de grandir à la place de celui qui en vous doit dire « je ». Ce n'est évidemment pas moi qui vais dire « je » pour votre compte, mais alors il me

reste, à propos de vous, à dire «je» pour moi-même. À dire, en
3815 *mon nom propre et sans me réfugier derrière un témoin plus ou*
moins imaginaire ou un patchwork d'informations se voulant
objectives, ce qui dans votre histoire me parle et résonne dans la
mienne. Or je ne peux pas. Les phrases se dérobent, le «je» sonne
faux. J'ai donc décidé de mettre de côté ce travail qui n'est pas
3820 *mûr. Mais je ne voudrais pas que cet abandon provisoire mette*
fin à la correspondance entre nous. Il me semble à vrai dire qu'il
m'est plus facile de vous écrire et sans doute de vous entendre une
fois mis de côté ce projet où chacun trouvait un intérêt immédiat :
sans lui, la parole devrait être plus libre…

3825 *Villefranche-sur-Saône, le 10/12/96*

Cher Emmanuel Carrère,

Je comprends bien votre situation. J'apprécie la sincérité et le
courage de votre attitude qui vous fait accepter la déception d'un
échec après un travail important plutôt que de vous satisfaire d'un
3830 *récit journalistique qui ne correspondrait pas à votre objectif.*
Ce qui me donne encore un peu de force aujourd'hui, c'est
d'abord de ne pas être seul dans cette quête de vérité, et d'autre
part il me semble que je commence à percevoir cette voix intérieure
chargée de sens qui jusqu'à présent n'a pu se manifester qu'à
3835 *travers des symptômes ou des passages à l'acte. J'ai l'intuition que*
c'est essentiel d'entendre en moi une parole qui trouve confirmation
dans l'écoute d'un autre et de ce qui parle en lui. Il me semble
aussi que cette impossibilité de dire «je» pour vous-même à mon
propos est liée en partie à ma propre difficulté à dire «je» pour
3840 *moi-même. Même si je réussis à franchir cette étape, ce sera trop*
tard, et il est cruel de penser que si j'avais eu accès à ce «je» et par
conséquent au «tu» et au «nous» en temps voulu, j'aurais pu

*leur dire tout ce que j'avais à leur dire sans que la violence rende
la suite du dialogue impossible. Malgré tout, désespérer serait un
dernier forfait et, comme vous, je crois que le temps permettra une
transformation, qu'il apportera du sens. En écrivant ces mots,
je pense à une phrase de Claudel : « Le temps est le sens de la
vie », comme on parle du sens d'un mot, du sens d'un fleuve, du
sens de l'odorat… En découvrant un sens à cette terrible réalité,
elle deviendra la vérité et sera peut-être tout autre que celle qui
semblait aller de soi. Si c'est vraiment la vérité, elle portera en
elle son propre remède pour ceux qu'elle concerne…*

Comme je le lui avais prédit sans trop y croire, notre correspondance est devenue plus facile une fois le livre abandonné. Il s'est
mis à me parler du présent, de sa vie en prison. De Bourg-en-Bresse,
on l'avait transféré à la maison d'arrêt de Villefranche-sur-Saône.
Marie-France venait l'y voir toutes les semaines, ainsi qu'un autre
visiteur nommé Bernard. Au début, il craignait les violences dont
sont rituellement victimes les assassins d'enfants, mais très vite un
caïd l'a reconnu et assuré de sa protection : un jour, du temps où
ils étaient tous deux en liberté, il l'avait pris en stop et lui avait
donné un billet de 200 F pour qu'il se paye un bon repas. Ce trait
de générosité a effacé l'horreur de ses crimes et l'a rendu populaire.
Alain Carignon[1], la vedette de Villefranche, l'a invité à faire du jogging avec lui. Quand arrivait un détenu difficile, on le plaçait dans
sa cellule, comptant sur son influence pacifiante. Il s'occupait de
la bibliothèque, participait aux ateliers d'écriture, d'informatique
et de bande dessinée. Soucieux de s'absorber dans un travail de
longue haleine, il s'est mis à étudier le japonais. Et quand je lui ai
parlé du travail de longue haleine auquel je m'attaquais, moi, une
nouvelle traduction de la Bible à laquelle collaborent des exégètes[2]

---

1. Alain Carignon : homme politique condamné pour une affaire de pots-de-vin.
2. Exégètes : personnes qui travaillent à établir le sens d'un texte, en particulier la
Bible.

et des écrivains, il s'est aussitôt passionné. Comme j'étais chargé de l'évangile de Marc, il le lisait avec une particulière dévotion, comparait les cinq traductions que la bibliothèque mettait à sa
3875 disposition, se plaisait à m'apprendre que le grand-oncle de Marie-France n'était autre que le père Lagrange, le maître d'œuvre de la Bible de Jérusalem[1]. Il a été question que je vienne à Villefranche animer un atelier là-dessus dans le cadre de l'aumônerie, mais il a été transféré avant que ce projet se réalise.

3880 Je ne suis allé le voir qu'une fois. Cette visite, que j'appréhendais, s'est bien passée, presque trop. J'ai été soulagé et un peu choqué. Qu'attendais-je ? Qu'ayant fait ce qu'il avait fait et y survivant, il aille la tête couverte de cendres, se frappe la poitrine, se roule toutes les cinq minutes par terre en poussant des cris d'agonie ?
3885 Il avait repris du poids depuis le procès et, à part le survêtement avachi qui est l'uniforme des prisons, ressemblait à ce qu'avait dû être l'affable[2] docteur Romand. Visiblement content de me voir, il m'a fait les honneurs du parloir en s'excusant de son inconfort. Il souriait un peu trop, moi aussi. Il n'y a pas eu de grands silences ni
3890 d'effusions dostoïevskiennes[3]. Nous avons parlé de choses et d'autres à la manière de gens qui, sans bien se connaître, se sont rencontrés en vacances – nous, c'était aux assises de l'Ain – et découvert des centres d'intérêt communs. Pas un mot du passé.

Dans sa lettre suivante, il m'a demandé le nom de mon eau de
3895 toilette.

« Cela vous paraît sans doute saugrenu, mais je crois la connaître et peut-être qu'en l'identifiant je retrouverai les souvenirs qui s'y rattachent. Peut-être savez-vous que Florence était passionnée par l'univers des parfums : elle tenait beaucoup à sa collection d'échan-
3900 tillons qui comptait plusieurs centaines de flacons accumulés depuis

---

1. Bible de Jérusalem : une des grandes traductions de la Bible, établie en 1956 par l'École biblique et archéologique française de Jérusalem.
2. Affable : aimable.
3. Effusions dostoïevskiennes : manifestations exaltées qui font penser à l'œuvre de l'écrivain russe Dostoïevski (1821-1881).

son adolescence. J'ai eu l'occasion d'expérimenter, au cours des reconstitutions, les rapports très étroits qui existent entre les centres nerveux de l'olfaction et ceux de la mémoire en reconnaissant un parfum familier… »

J'ai été touché par ce que cette demande avait de simple et d'amical, mais plus encore par ceci : depuis presque trois ans que nous correspondions, c'était la première fois qu'au lieu de parler des « miens », de « ceux qui m'aimaient » ou des « êtres chers », il écrivait le prénom de sa femme.

Quand, au bout de deux ans, je lui ai annoncé que je m'y remet-
tais, il n'a pas été surpris. Il m'attendait – peut-être pas si tôt. Et il
avait confiance.

Marie-France aussi a trouvé que c'était une bonne nouvelle. Je
l'ai appelée pour récupérer le dossier. Selon la loi, le condamné
reste propriétaire de l'exemplaire original, mais comme il prend
beaucoup de place, que les cellules sont petites et les consignes à
l'entrée des prisons surchargées, il le lui avait confié en dépôt. Elle
m'a conseillé, en m'invitant, de bien vider le coffre de ma voiture
si je voulais que tous les cartons tiennent. J'ai deviné qu'elle n'était
pas fâchée de me passer ce sinistre mistigri[1] et qu'en le rapportant
à Paris je m'engageais à le garder jusqu'à ce qu'il sorte.

Elle habite un village à cinquante kilomètres à l'est de Lyon. Je
n'avais aucune idée de son milieu social et j'ai été surpris de découvrir
une immense et magnifique maison, au milieu d'un parc descen-
dant en pente douce vers la rivière. L'endroit est enchanteur et son
aménagement cossu. Marie-France m'avait dit de venir en semaine
pour être tranquille car son mari et elle ont une quantité d'enfants
et de petits-enfants qui débarquent le week-end, rarement à moins
de vingt. Raph, le mari, était avant sa retraite un industriel du textile.
Marie-France vient aussi d'une lignée de soyeux lyonnais et, jusqu'à
ce que ses enfants aient grandi, menait la vie d'une mère de famille

---

1. Me passer ce sinistre mistigri : me transmettre cet encombrant et lugubre
dossier (le mistigri est dans certains jeux une carte dont il faut se débarrasser).

bourgeoise, un peu plus fervente chrétienne que la moyenne. La cinquantaine venue, raconte-t-elle si on le lui demande avec insistance, elle a entendu un appel. Elle était attendue en prison. En

3935 prison? Il lui a fallu du temps pour comprendre et se laisser faire, ce n'est pas une femme exaltée. De plus, on ne devient pas du jour au lendemain visiteur de prison. Il y a une période probatoire[1] durant laquelle on accueille et soutient les familles des détenus avant et après les parloirs. J'avais été frappé, à Villefranche, par l'atmosphère que

3940 font régner ces bénévoles dans le mobile home tenant lieu de salle d'attente à la porte de la maison d'arrêt. Grâce à eux, ce n'est pas trop glauque : on offre du café, les gens se parlent, ceux qui viennent pour la première fois apprennent les règles en douceur. Après ce noviciat[2], Marie-France a passé le seuil et depuis assisté de son amitié

3945 des dizaines de prisonniers dans la région lyonnaise. Jean-Claude, qu'elle connaît depuis bientôt six ans, est manifestement un de ses préférés. Elle n'ignore rien de ses angoisses et de sa fragilité psychique (il en faudrait peu, estime-t-elle, pour qu'il replonge et se tue), mais elle admire comme un don de Dieu sa capacité de prendre, malgré

3950 tout, « la vie du bon côté. Et puis, tu comprends (Marie-France tutoie vite), c'est facile de l'aider. Ça fait du bien, quelqu'un de facile à aider. Quand je le retrouve, il me répète souvent une phrase que je lui ai dite la fois précédente et il m'assure qu'elle l'a soutenu toute la semaine. Ça me redonne du tonus ».

3955 Ce bon vouloir, qui en fait pour un visiteur de prison un client gratifiant, lui a conquis un autre ange gardien, ce Bernard dont il m'avait parlé dans ses lettres. Marie-France l'a invité avec sa femme à déjeuner. La veille, Bernard avait fait l'aller et retour Lyon-Paris pour aller le voir à Fresnes où il venait d'être transféré. Arraché sans

3960 ménagement à un milieu devenu familier, il se retrouvait dans un endroit inconnu, entouré d'inconnus, traité comme un colis dans une gare de triage, et Bernard, à soixante-quinze ans, a trouvé tout

---

1. Probatoire : qui permet de vérifier qu'on a bien les qualités, les capacités requises.
2. Noviciat : apprentissage.

naturel de prendre aussitôt le train pour qu'au moins une demi-heure il voie le visage d'un ami. Moi qui n'étais allé qu'une fois à Villefranche, j'avais un peu honte, d'autant que Bernard a dû faire un violent effort sur lui-même pour franchir la porte de Fresnes, qui lui rappelle de très mauvais souvenirs. Condamné à mort comme résistant, il y a été emprisonné par la Gestapo et a vécu deux mois dans l'attente de son exécution. Sa seule lecture était un exemplaire des écrits de sainte Thérèse de Lisieux, grâce à qui il s'est converti et a cessé de redouter la mort. En fin de compte, il a été déporté. Avant d'arriver à Buchenwald, il a passé quatre jours dans un wagon fermé, sans manger ni boire que de l'urine, serré contre des moribonds dont la plupart à la fin du voyage étaient des cadavres. Je ne prétends pas qu'une telle expérience vaille forcément pour la suite brevet de lucidité infaillible, mais je la rapporte pour faire comprendre que Bernard n'est pas un sacristain[1] ignorant de la vie et du mal. Or ce vieux gaulliste, plutôt de droite, plutôt traditionaliste, parle de l'escroc et assassin Jean-Claude Romand comme d'un garçon extrêmement attachant, qu'il a toujours plaisir à voir, et on sent bien qu'il ne s'agit pas de charité plus ou moins volontariste mais d'amitié réelle.

Après le déjeuner, nous sommes allés sur la terrasse d'où on surplombe rivière et la plaine de l'Ain qui, pour une plaine, m'a paru remarquablement vallonnée. C'était l'été indien : les arbres étaient fauves, le ciel très bleu, des grives chantaient. Nous avons pris le soleil et le café en mangeant des chocolats suisses. Raph, qui ressemble un peu à Philippe Noiret, écoutait avec bienveillance sa femme et son ami Bernard parler de leur protégé. À force, c'était comme s'il le connaissait. Il l'aimait bien. « Alors maintenant, m'a-t-il dit, vous aussi, vous faites partie du club ? » Je n'ai pas su quoi répondre. Je ne voulais pas abuser la confiance de ces gens en leur faisant croire que j'étais, comme eux, inconditionnellement acquis à Jean-Claude. Pour moi, ce n'était pas Jean-Claude. Dans mes lettres, je l'avais d'abord appelé « monsieur », puis « cher monsieur », puis

---

1. Sacristain : ici, personnage sottement dévot (terme péjoratif).

3995 « cher Jean-Claude Romand », mais « cher Jean-Claude » ne serait
pas passé. Entendant Marie-France et Bernard discuter avec ani-
mation de sa garde-robe pour l'hiver (« il a déjà le pull bleu qui
est chaud, mais ce serait bien qu'il ait aussi le gris en laine polaire,
peut-être qu'Emmanuel pourrait le lui apporter… »), je trouvais
4000 cette affection si simple, si naturelle, à la fois admirable et presque
monstrueuse. Non seulement je n'en étais, moi, pas capable, mais je
ne désirais pas l'être. Je ne désirais pas faire le chemin permettant
d'avaler sans broncher une fabulation aussi manifeste que l'histoire
de l'amoureuse suicidée la veille de l'examen ou de penser comme
4005 Bernard qu'au fond ce destin tragique était providentiel : « Dire
qu'il aura fallu tous ces mensonges, ces hasards et ce terrible drame
pour qu'il puisse aujourd'hui faire tout le bien qu'il fait autour de
lui… C'est une chose que j'ai toujours crue, voyez-vous, et que je
vois à l'œuvre dans la vie de Jean-Claude : tout tourne bien et finit
4010 par trouver son sens pour celui qui aime Dieu. »

Les bras m'en tombaient. Mais ils devaient tomber aussi à ceux
qui écoutaient la petite Thérèse Martin, pas encore de Lisieux, parler
avec ravissement du grand criminel Pranzini, et je me rendais bien
compte que la position à mes yeux scandaleuse de Bernard était
4015 simplement celle d'un chrétien conséquent. J'en venais à imaginer,
penchés au-dessus de mon travail, d'un côté Marie-France et lui se
réjouissant davantage, et tout le ciel avec eux, pour un pécheur qui se
repent que pour quatre-vingt-dix-neuf justes qui n'ont pas besoin de
repentir, de l'autre Martine Servandoni répétant que ce qui pourrait
4020 arriver de pire à Romand serait de tomber entre les mains de ces
gens-là : il se laisserait bercer par des discours angéliques sur l'infinie
miséricorde du Seigneur, les merveilles qu'Il opérait dans son âme, et
perdrait toute chance de retrouver un jour le contact avec la réalité.
On pouvait évidemment soutenir que dans un cas comme le sien
4025 cela valait mieux, mais Martine était d'avis que dans tous les cas, sans
exception, une lucidité douloureuse vaut mieux qu'une apaisante
illusion, et ce n'est pas moi qui vais lui donner tort là-dessus.

Bernard et sa femme font partie d'un mouvement catholique appelé les Intercesseurs[1], qui se relaient pour assurer une chaîne de prière ininterrompue. À tout instant, en France et je crois dans le monde, il y a au moins un intercesseur en train de prier. Chacun s'engage pour une date et une heure et Jean-Claude Romand, recruté par son ami, a montré beaucoup de zèle en choisissant des tranches peu demandées, par exemple deux à quatre heures du matin. Bernard lui a demandé à ce sujet un témoignage et l'a fait publier anonymement dans le bulletin du groupe :

« En prison depuis plusieurs années et condamné à perpétuité à la suite d'une terrible tragédie familiale, ma situation ne me porte naturellement pas à témoigner, mais puisqu'il s'agit du témoignage d'un intercesseur parmi deux mille autres sur la Grâce et l'Amour de Dieu, je vais essayer de Lui rendre grâce.

« L'épreuve de l'incarcération mais surtout celles du deuil et de la désespérance auraient dû m'éloigner définitivement de Dieu. Les rencontres d'un aumônier, d'une visiteuse et d'un visiteur qui savent merveilleusement écouter, parler simplement sans juger, m'ont sorti de l'exil que représente une souffrance indicible, coupant toute relation avec Dieu et le reste de l'humanité. Aujourd'hui, je sais que ces mains tendues providentielles ont été pour moi les premières manifestations de la grâce divine.

« Des événements de nature mystique[2], difficilement communicables, m'ont profondément bouleversé et ont été fondateurs de ma foi nouvelle. Parmi les plus marquants : au cours d'une nuit d'insomnie et d'angoisse où je me sentais plus que jamais coupable de vivre, cette irruption inespérée de Dieu en contemplant dans la ténèbre la Sainte Face peinte par Rouault[3]. Après l'accablement le plus terrible, mes

---

1. Intercesseurs : au sens commun, personnes qui intercèdent, qui parlent en faveur de quelqu'un.
2. Mystique : qui concerne les mystères de la religion.
3. Georges Rouault (1871-1958) : peintre dont les œuvres traduisent une vision tragique et religieuse du monde.

larmes n'étaient plus de tristesse, mais l'effet d'un feu intérieur et de la Paix profonde que donne la certitude d'être aimé.

« La prière a une place essentielle dans ma vie. C'est plus difficile qu'on ne pourrait l'imaginer de faire silence et oraison[1] dans une cellule ; ce n'est pourtant pas le temps qui manque, le grand obstacle c'est le bruit des radios, des télés, des hurlements aux fenêtres jusque tard dans la nuit. Souvent, réciter pendant un certain temps des prières, machinalement, sans prêter attention au sens des mots, permet de neutraliser le bruit environnant et les pensées parasites avant de trouver une paix propice à une prière personnelle.

« Quand j'étais libre, j'avais entendu d'une oreille distraite, sans me sentir concerné, cette phrase de l'Évangile : "J'étais en prison et vous m'avez visité" (Mat, 25, 36). J'ai eu la chance de connaître le groupe des Intercesseurs grâce à un de ces visiteurs devenu un ami très cher. Ces deux heures de prière par mois, à une heure très tardive où la différence entre monde extérieur et intérieur se gomme, sont des moments bénis. La lutte contre le sommeil qui les précède est toujours récompensée. C'est une joie de pouvoir être un maillon de cette chaîne continue de prière rompant l'isolement et le sentiment d'inutilité. C'est aussi rassurant pour moi de sentir au fond du gouffre qu'est la prison qu'il reste ces cordes invisibles que sont les prières pour empêcher de sombrer. Je pense souvent à cette image de la corde qu'il ne faut pas lâcher pour rester fidèle coûte que coûte au rendez-vous de ces heures d'intercession.

« En découvrant que la Grâce n'est pas dans l'accomplissement de mes désirs, fussent-ils généreux et altruistes, mais dans la force de tout accepter avec joie, du fond de ma cellule mon *De Profundis*[2] devient *Magnificat*[3], et tout est Lumière. »

---

1. Oraison : prière.
2. De Profundis : sixième des sept psaumes de la Pénitence, que l'on récite dans les prières pour les morts.
3. Magnificat : cantique de la Vierge Marie.

En roulant vers Paris pour me mettre au travail, je ne voyais plus de mystère dans sa longue imposture, seulement un pauvre mélange d'aveuglement, de détresse et de lâcheté. Ce qui se passait dans sa tête au long de ces heures vides étirées sur des aires d'autoroute ou des parkings de cafétéria, je le savais, je l'avais connu à ma façon et ce n'était plus mon affaire. Mais ce qui se passe dans son cœur maintenant, aux heures nocturnes où il veille pour prier ?

J'ai déchargé le coffre et, en rangeant pour les dix-sept prochaines années les cartons du dossier dans un placard de mon studio, j'ai compris que je ne les ouvrirais plus. Le témoignage écrit à l'instigation de Bernard restait ouvert, en revanche, sur ma table. Dans sa langue de bois catholique, je le trouvais, lui, réellement mystérieux. Au sens mathématique : *indécidable*[1].

Qu'il ne joue pas la comédie pour les autres, j'en suis sûr, mais est-ce que le menteur qui est en lui ne la lui joue pas ? Quand le Christ vient dans son cœur, quand la certitude d'être aimé malgré tout fait couler sur ses joues des larmes de joie, est-ce que ce n'est pas encore l'Adversaire qui le trompe ?

J'ai pensé qu'écrire cette histoire ne pouvait être qu'un crime ou une prière.

Paris, janvier 1999.

---

1. Indécidable : qui ne peut être ni démontré ni réfuté (vocabulaire de la logique).

Pour comprendre l'essentiel

« La dernière semaine »

❶ De page en page, le rythme de la narration s'accélère. Montrez-le en vous appuyant sur les indications temporelles et commentez-en l'effet.

❷ La préparation des meurtres s'inscrit dans la banalité du quotidien. Montrez comment l'emploi du temps de la semaine qui précède les meurtres ressemble à celui des autres semaines.

❸ Romand tue successivement sa femme, ses enfants, ses parents, puis tente de supprimer Corinne. Comparez la manière de procéder de Romand dans les quatre moments.

La rédemption mystique

❹ Trois femmes sont évoquées à la fin du livre. Caractérisez les regards qu'elles portent sur Romand à la fin du procès.

❺ La religion prend une grande place dans la vie de Romand et dans l'écriture de *L'Adversaire*, notamment dans le choix du vocabulaire. Relevez dans le texte des exemples significatifs.

❻ À l'énigme de l'intériorité de Romand succède, quand il sort du coma, celle, entière, de sa foi. Montrez que, sans juger, Carrère doute de cette rédemption mystique.

Les effets d'échos et de miroir

❼ Carrère est soucieux de rester au plus près du fait divers et de la précision journalistique. Tout en voulant refléter la réalité, il se tient à une certaine distance de Romand. Analysez comment cette double exigence se traduit dans son écriture.

❽ La fin de *L'Adversaire* renoue certains fils tissés au début du récit, en un jeu d'échos, d'effets de boucle. Montrez-le en vous appuyant notamment sur le retour de certains thèmes.

❾ Romand se comporte en permanence comme un être de fiction qui s'inventerait de multiples rôles, mais aussi comme une sorte de double de Carrère, auquel il semble s'identifier. Relevez des passages révélateurs.

Rappelez-vous !

• Dans un récit, le narrateur est maître de la vitesse de la narration: il peut s'attarder sur un événement bref (**ralenti**), raconter en quelques lignes un long épisode (**sommaire**), passer sous silence une partie de l'histoire (**ellipse**), évoquer « en temps réel » les événements (**scène**) ou suspendre le temps de l'histoire pour introduire un commentaire ou un portrait (**pause**). Carrère joue avec ces **rythmes narratifs**, par exemple pour récapituler la vie de Romand au fur et à mesure du procès (sommaires), ou pour souligner l'engrenage tragique par un ralenti progressif.

• Carrère emploie un style qui lui permet de mettre à distance autant que possible le **pathétique** tout en gardant la tension des événements: « J'ai veillé à ce que cela soit écrit le plus simplement possible. Il y a eu un travail constant de resserrement. […] Mon écriture tend au dépouillement. Les phrases doivent être conductrices d'électricité. Plus elles sont simples, plus le courant passe. » (entretien d'E. Carrère avec J.-P. Tison, *Lire*, février 2000).

Vers l'oral du Bac

Analyse des lignes 2937-3014, pages 124-126

☛ Montrer comment l'évocation d'un matin banal laisse place à une horreur absolue et dévoile un meurtrier trouble

Conseils pour la lecture à voix haute

– Ce passage retranscrit l'évocation des meurtres de Caroline et Antoine lors du procès. Adoptez un ton approprié à la charge émotionnelle du moment, à l'horreur des actes.

– Carrère fait alterner récit, paroles de Jean-Claude Romand rapportées au discours direct, dialogue entre l'accusé et la présidente de la cour d'assises et mentions entre parenthèses. Votre lecture doit rendre compte de l'entremêlement de ces différentes voix.

Analyse du texte

■ *Introduction rédigée*

« Le matin du samedi 9 janvier » : ces mots sont les premiers de *L'Adversaire*. Cette date fatidique est inscrite au début du texte, et répétée à la page 110 lorsque Romand prend rendez-vous avec Corinne pour lui restituer son argent. Lors du procès, l'évocation des meurtres accomplis ce samedi 9 janvier est un moment fort, et particulièrement ceux des enfants, qui sont racontés dans cet extrait. Dans la nuit, Jean-Claude Romand a tué sa femme Florence, et s'est endormi. Il se réveille, puis un coup de téléphone fait sortir les enfants de leur lit : commence alors un samedi matin banal, le matin du jour où Jean-Claude Romand va les tuer. C'est la tension entre la douceur du quotidien et la violence de la tuerie qui est à l'œuvre dans ce passage, dans lequel Carrère orchestre les voix des différents protagonistes du procès. Il s'efface ainsi pour laisser entendre un Romand trouble et troublé.

■ *Analyse guidée*

I. Un samedi meurtrier

a. L'extrait commence comme le récit d'un matin banal et coutumier. Appuyez-vous sur le texte pour le montrer.

b. Le samedi 9 janvier, Romand commet successivement plusieurs meurtres, dont celui de ses enfants. Relevez dans le texte ce qui met en évidence cet enchaînement meurtrier.

c. L'évocation des meurtres des enfants lors du procès laisse apparaître un côté mécanique, assez froid, et en même temps un grand trouble. Montrez, en vous appuyant notamment sur la syntaxe, comment l'émotion est dans le récit, plus que dans les gestes de ce jour-là.

II. L'entremêlement des voix

a. Ce passage est constitué de plusieurs paragraphes. Observez et analysez l'alternance des modes de narration et de restitution des paroles d'un paragraphe à l'autre.

b. Les interrogatoires de la cour d'assises sont menés par la présidente. Observez son attitude ainsi que la répartition des paroles entre elle et Romand et dites ce que cela révèle.

c. Carrère s'efface pour transcrire les échanges lors du procès. La restitution des paroles est entrecoupée de notations entre parenthèses, qui peuvent être rapprochées d'un autre genre littéraire. Soulignez l'effet produit.

III. Un monstre fragile

a. Romand semble être un meurtrier fragile. Repérez des expressions qui le font apparaître comme ébranlé.

b. La présidente et l'avocat général tentent de faire parler Romand. Montrez comment l'accès à la vérité intérieure est une fois de plus impossible.

c. La monstruosité du personnage est renforcée par une apparence des plus normales. Montrez comment ce criminel est rendu familier et analysez l'effet créé.

■ *Conclusion rédigée*

« Le matin du samedi 9 janvier 1993, pendant que Jean-Claude Romand tuait sa femme et ses enfants, j'assistais avec les miens à une réunion pédagogique » : la banalité du quotidien peut cacher la plus terrible des folies. C'est ce que Carrère montre dans cet extrait, tout en s'effaçant quasi complètement. Les voix affleurent, celles des magistrats, et de Romand, plus trouble, plus insaisissable, plus personnage que jamais tant il est difficile de savoir quel rôle il joue. Pourtant, le 9 janvier 1993, avec la même froide méticulosité, il est ensuite allé tuer ses parents.

Les trois questions de l'examinateur

Question 1. Les meurtres de Florence et des parents de Jean-Claude Romand sont rapportés par l'intermédiaire d'un récit. Selon vous, pourquoi Carrère n'a-t-il pas fait le même choix pour ceux de Caroline et d'Antoine ?

Question 2. La lecture de cet extrait vous aide-t-elle à mieux comprendre la dernière phrase de *L'Adversaire* ?

Question 3. Des scènes de meurtre vous ont-elles particulièrement marqué(e), dans la littérature, dans la peinture, au cinéma, ou même dans l'Histoire ? Pourquoi ?

Le tour de l'œuvre en 8 fiches

Sommaire

Emmanuel Carrère en 17 dates

1957	Naissance d'Emmanuel Carrère à Paris.
1979	Il obtient le diplôme de Sciences Po Paris.
1981	Retour en France après deux ans en Indonésie ; il rédige des articles de critique cinématographique pour *Positif* et *Télérama*.
1982	Publication d'une monographie sur Werner Herzog, cinéaste de la folie et de la démesure.
1983	Publication de son premier roman, *L'Amie du jaguar*.
1984	Publication de *Bravoure* (prix Passion et prix de la Vocation).
1986	Publication de *La Moustache* et du *Détroit de Behring, introduction à l'uchronie* (Grand prix de la science-fiction et prix Valery Larbaud).
1988	Publication de *Hors d'atteinte ?* (prix Kléber Haedens).
1993	Publication de *Je suis vivant et vous êtes morts : Philip K. Dick, 1928-1982*, biographie romancée.
1995	Publication de *La Classe de neige* (prix Femina).
1998	Coscénariste de l'adaptation de *La Classe de neige*, réalisée par Claude Miller (Prix spécial du jury au Festival de Cannes 1998). Dans les années 1990, Emmanuel Carrère a été scénariste de plusieurs adaptations de romans pour la télévision.
2000	Après quasiment sept ans de travail, publication de **L'Adversaire**.
2001	Participation à une nouvelle traduction de la Bible aux éditions Bayard (évangile de Marc).
2003	Réalisateur du documentaire *Retour à Kotelnitch*.
2005	Adaptation pour le cinéma de son roman *La Moustache*, avec Vincent Lindon et Emmanuelle Devos.
2007	Publication d'*Un roman russe*, dans lequel il rend notamment hommage à sa mère, Hélène Carrère d'Encausse, secrétaire perpétuelle de l'Académie française.
2009	Publication de *D'autres vies que la mienne*.

L'œuvre dans son contexte

Le roman après 1945

Après la Seconde Guerre mondiale, les écrivains privilégient les jeux avec les formes et avec le langage car la représentation de la réalité est devenue problématique. Ainsi, le courant du **Nouveau Roman** (Michel Butor, Nathalie Sarraute, Claude Simon et Alain Robbe-Grillet) rompt avec les codes traditionnels du roman hérités du XIXe siècle: l'épaisseur psychologique du personnage, l'intrigue linéaire et le réalisme sont rejetés.

Depuis les années 1980, le roman français semble être entré dans une nouvelle période esthétique, qu'on qualifie parfois de « **postmoderne** ». De fait, on constate un retour du plaisir narratif, une nouvelle vigueur des mythes, un goût de l'invention romanesque, déjà à l'œuvre dans les décennies précédentes chez Giono, Yourcenar, Tournier, Modiano ou Le Clézio. Beaucoup de textes renouent avec le personnage et la représentation du réel, dans sa variété et avec ses marges (la banlieue par exemple). Les existences individuelles mais aussi familiales, les conditions sociales, l'arrière-plan historique (les deux guerres mondiales particulièrement) sont très présents.

L'essor de l'autobiographie et de l'autofiction

L'essor de l'autobiographie se traduit par l'importance de la première personne et l'évocation de destins individuels. Toutefois les formes traditionnelles explosent, au profit d'une **diversité** qui fait disparaître les cloisons entre les genres. La fiction et la réalité se mêlent, ce qui implique la fortune de l'**autofiction** (récit qui combine indices autobiographiques et éléments fictifs) et de ses variations: récit de filiation, enquête sur sa généalogie, fictions biographiques, qu'illustrent par exemple François Bon, Jean Echenoz, Annie Ernaux, Jean Rouaud, Pierre Michon et Emmanuel Carrère.

L'influence du fait divers

Le fait divers a toujours inspiré la littérature, comme en témoignent *Le Rouge et le Noir* de Stendhal ou *Les Faux-Monnayeurs* de Gide. Dans la littérature contemporaine le fait divers sert surtout à **interroger le réel**, **la société**, tout en se confrontant à la possibilité de sa transcription. Les formes littéraires, la linéarité du récit, le rapport à la fiction, sont souvent mises à l'épreuve. Certains écrivains se tournent vers des textes polyphoniques, kaléidoscopiques car la « vérité » est toujours incertaine. Ainsi, ce que l'on dit de l'événement et la façon dont il résonne dans les consciences priment. La position du narrateur est particulièrement menacée: en témoigne la lettre que Carrère adresse à Romand dans *L'Adversaire* (p. 155), dans laquelle il signifie qu'il ne parvient pas à trouver sa place dans le texte.

La structure de l'œuvre

• La structure de *L'Adversaire* est complexe : il n'y a **pas de chapitres** numérotés mais quinze « séquences », marquées par le passage à la page suivante et constituées d'une succession de paragraphes assez courts, eux-mêmes regroupés en sous-ensembles par des blancs.

• D'un passage à l'autre, la **1ʳᵉ et la 3ᵉ personne du singulier** alternent.

• Cette structure permet d'articuler les **trois temporalités** de l'œuvre (la vie de Romand, son procès et l'écriture par Carrère) et les différents choix narratifs.

p. 9	Préambule qui met en parallèle les emplois du temps de Romand et de Carrère le samedi 9 janvier 1993. Récit factuel, à la 1ʳᵉ personne.
p. 11-23	Nouveau début, *in medias res*, très romanesque : 3ᵉ personne du singulier, temps du passé et style indirect libre, point de vue de Luc Ladmiral, ami de Jean-Claude Romand. Choc qui suit la découverte des corps et de l'imposture.
p. 25-30	Retour à la 1ʳᵉ personne et analepse : « l'automne précédent ». Le coma de Romand permet à Carrère, devenu personnage principal, d'évoquer celui d'une amie. Le projet d'écriture se met en place, défini par Carrère, notamment dans sa première lettre à Romand (p. 28). N'obtenant pas de réponse, il abandonne ce projet mais écrit *La Classe de neige* et se sent libéré de ses hantises.
p. 31-38	Ellipse : deux ans plus tard, le 10 septembre 1995, réponse de Romand. Importance de la 1ʳᵉ personne pour évoquer la correspondance avec Romand et le procès qui approche. La séquence se clôt sur l'échange de regard entre l'écrivain et le criminel lors du premier jour du procès (au début de l'été 1996).
p. 45-60	Nouveau début, celui d'un récit biographique : la généalogie, l'enfance, la scolarité, le début des études de médecine et la relation amoureuse de Jean-Claude Romand avec Florence sont évoqués. Va-et-vient entre les éléments des vingt premières années de la vie de Romand et certains moments du procès, durant lequel l'écrivain glane ces informations. Annonce de la « bifurcation » (p. 57), et récit d'un mensonge de Romand (son agression, p. 57-58). Carrère se signale par quelques occurrences du « je » et l'emploi de modalisations pour combler le blanc de certaines informations. Il revient en force dans le paragraphe final en se livrant à la confession d'un de ses propres mensonges : « quand j'étais en seconde… ».

p. 61-70	Deuxième jour du procès: Carrère se met en scène lors d'une conversation avec l'avocat de Romand, Me Abad, puis laisse la place à la 3e personne. Séquence importante, qui évoque le moment de la «bifurcation» et le double mensonge de Romand: sa réussite aux examens de deuxième année de médecine et son cancer. Carrère affronte les décisions irrationnelles et la zone d'ombre de son personnage: accumulation de tours interrogatifs, modalisations, emploi du conditionnel, du «on». La naissance des deux enfants de Romand clôt cette séquence.
p. 71-79	Carrère prend ses distances avec le procès pour se consacrer à la «double vie» de Romand: en quelques pages, il résume l'homme de la scène familiale et se heurte à l'autre scène, celle sur laquelle Jean-Claude Romand n'est plus rien... Il essaie d'imaginer les pensées du menteur en évoquant ses propres moments de solitude mais ne peut formuler que des hypothèses, en revenir à «l'absence».
p. 81-86	Les abus de confiance qui ont permis à Romand de vivre et faire vivre sa famille sont listés et chiffrés, dévoilant sa dimension de «petit escroc». Romand a peut-être aussi tué son beau-père. La temporalité du procès laisse place à celle de l'emménagement à Ferney et à cette annonce: «Tout s'est accéléré. Il est tombé amoureux.»
p. 87-99	Rencontre avec Corinne: Romand devient un amant transi. Accélération de «la machine infernale»: emprunt d'argent hors du cercle familial, enlisement dans le mensonge. Carrère évoque différentes tentations avortées d'aveu, qui préparent la «catastrophe inévitable».
p. 101-111	«La dernière année s'est déroulée sous cette menace»: pression de Corinne pour récupérer son argent, mensonges découverts par Florence, tentation du suicide... La scansion de plus en plus régulière du temps dramatise ces événements. La date du 9 janvier 1993 (p. 110) entre en écho avec la date inaugurale du texte. Carrère reste extérieur au récit, sauf pour pallier des moments indécidables: «j'imagine que...» (p. 104). Quelques incursions dans le procès lui permettent également de montrer un Jean-Claude Romand désemparé, terrorisé, comme lors de la confrontation à son oncle.
p. 117-135	«La dernière semaine» constitue la plus longue séquence du texte. Chaque journée précédant le samedi 9 janvier 1993 est égrenée, puis les meurtres, ainsi que la tentative sur Corinne. Détail des heures du dimanche, avant l'incendie et la tentative de suicide. Récit au passé émaillé par la transcription des dialogues lors du procès, comme si la narration était alors impossible pour Carrère.

p. 137-143	Description de l'attitude de Romand à sa sortie du coma et de sa prise en charge par les psychiatres, en alternance avec le ressenti de Luc Ladmiral (écho à la deuxième séquence : les fils narratifs, thématiques et chronologiques se rejoignent). Carrère évoque l'attitude de Luc lors du procès et leur rencontre. La lecture psychiatrique du personnage laisse la place à une interprétation religieuse qui déroute Luc lui-même, fervent catholique.
p. 145-154	Derniers jours du procès. Trois femmes retiennent l'attention du narrateur : Marie-France (visiteuse de prison), Mme Milo (institutrice qui a vécu une histoire d'amour avec le prisonnier), témoins lors du procès, et Martine Servandoni, journaliste aux propos virulents. Discours de l'avocat de Romand et de l'avocat général. Énoncé du verdict en conclusion.
p. 155-159	Carrère reprend sa correspondance avec Romand le 21 novembre 1996. « Il y a maintenant trois mois qu'[il] a commencé à écrire » mais il a « décidé de mettre de côté ce travail qui n'est pas mûr ». Toute la fin du texte est à la 1re personne.
p. 161-167	Ellipse de deux ans : retour de Carrère à son projet d'écriture. Il rencontre Marie-France et Bernard, les deux visiteurs de prison, et doute de la nouvelle dimension mystique de Romand. Entrée dans une nouvelle temporalité : celle du livre à écrire.

Fiche 4

Les grands thèmes de l'œuvre

Le mensonge

Le thème du mensonge parcourt *L'Adversaire*: de fait, la vie de Romand repose sur une **fiction**. Le passage de *La Chute* de Camus qu'a recopié Romand et qu'il «présentait comme une profession de foi» (p. 149) semble révélateur: «promettez d'être vrai et mentez le mieux possible». Carrère explore les origines du mensonge dans l'enfance de Romand et au moment de sa «bifurcation» (p. 57 et 79). La **fausse identité** sociale de médecin entraîne ensuite l'homme dans une **spirale** telle qu'il s'invente des connaissances célèbres, des placements intéressants sur des comptes en Suisse, une maladie... L'énergie déployée pour mener cette **double vie** est impressionnante, dès le départ: «Il déployait pour feindre de faire sa médecine la somme exacte de zèle et d'énergie qu'il lui aurait fallu pour la faire réellement.» (p. 69) et pose question: «Un mensonge, normalement, sert à recouvrir une vérité, quelque chose de honteux peut-être mais de réel. Le sien ne recouvrait rien.» (p. 78). Affabulateur, imposteur, et au final **mythomane**, Romand entretient un rapport trouble avec la réalité et la fiction, et semble parfois les confondre, comme après l'agression dont il aurait été victime: «Et j'ai fini par croire que j'ai vraiment été agressé.» (p. 58). «La vérité existe-t-elle?» est d'ailleurs le sujet que Romand a choisi de traiter au baccalauréat

(p. 50). Pour Carrère, le mensonge est l'œuvre de l'Adversaire: «Qu'il ne joue pas la comédie pour les autres, j'en suis sûr, mais est-ce que le menteur qui est en lui ne la lui joue pas? [...] est-ce que ce n'est pas encore l'Adversaire qui le trompe?» (p. 167). Cette vie de mensonge fera basculer Romand dans le crime, et lui donnera toute sa dimension monstrueuse.

La monstruosité

Dans *L'Adversaire*, le personnage de Romand est souvent associé à la figure du **monstre**: «la maîtresse du monstre» (p. 19), «Qui aurait cru que celui qu'on donnait en exemple deviendrait un monstre?» (p. 22), de même que ses actes: «crimes monstrueux» (p. 84), ou ses émotions (p. 48). À l'opposé, l'adjectif «normal» revient souvent en contrepoint de la situation de Romand: «cette miraculeuse confiance qui est miraculeuse mais normale, à leurs âges, dans les familles normales» (p. 16) ou «Elle se croyait en face d'un habitant normal du monde normal.» (p. 90). Cependant, la **frontière** entre le normal et le monstrueux semble poreuse comme le montrent les images récurrentes de la pourriture intérieure et de la «sueur mauvaise» (p. 96, 117).

Ainsi, le monstre qu'est Romand devient le reflet de nos pires angoisses car il prouve que l'on ne connaît jamais vraiment personne et que personne ne nous voit réellement tels que nous sommes, puisqu'il a pu mentir pendant 18 ans sans être démasqué. C'est aussi la signification de la référence au conte *La Belle et la Bête*, pour évoquer les sentiments de Romand auprès de Corinne : « Il se faisait penser au malheureux monstre de *La Belle et la Bête*. [...] Aucune femme n'accepterait d'embrasser cette Bête-là » (p. 91).

Le monstre **effraie et fascine** : il offre le **miroir inquiétant** d'un homme qu'on aurait pu être ou devenir. C'est d'ailleurs ce qui anime la quête de Carrère quand il cherche à comprendre Romand et qu'il se demande « ce qui dans une expérience humaine aussi extrême [l]'a touché de si près. »

Enfin, l'image de « l'adversaire » évoque l'idée d'une **lutte entre le Bien et le Mal** (symbolique récurrente du combat entre l'homme et le monstre dans les récits merveilleux) très présente chez Romand.

La religion

« Au personnage du chercheur respecté se substitue celui, non moins gratifiant, du grand criminel sur le chemin de la rédemption mystique. » (p. 140). Si toute la fin du texte est occupée par cette nouvelle énigme, le **vocabulaire** et les **références religieuses** sont présents dès les premières pages, avec par exemple le parallèle entre les amis de Romand et les disciples de Jésus (p. 15). Carrère semble volontairement choisir des termes empruntés au vocabulaire religieux : « laudes » (p. 36), « eucharistie » (p. 140), la « miséricorde du Seigneur » (p. 164) et parfois en jouant sur le double sens des mots : « limbes » (p. 26), « dogme » (p. 47), « profession de foi » (p. 149). Les questions posées sur la foi, notamment celle de Carrère (p. 34), montrent l'importance de ce thème dans l'œuvre.

Le travail de l'écriture

Carrère se met lui-même en scène dans son texte en tant qu'**écrivain à l'œuvre**, interpellé par le personnage de Romand. Les **étapes** et la **difficulté** de l'entreprise sont évoquées à plusieurs reprises, de la découverte du fait divers qui lance le projet, à la définition de celui-ci et même aux moment d'abandon du projet. Sans vouloir « filer sur place. [S]'installer dans un hôtel de Ferney-Voltaire, jouer le reporter fouineur et qui s'incruste. » (p. 27), Carrère investit tout de même « les lieux où [Romand] avait vécu en fantôme. » (p. 35), seule façon d'essayer de savoir « ce qui se passait dans sa tête durant ces journées qu'il était supposé passer au bureau » (p. 28). La lettre à Romand du 21 novembre 1996 (p. 155-156), pose notamment le **problème formel** et éthique du choix du point de vue. De plus, Carrère commente les mots qu'il emploie : « Je viens d'écrire : "à glacer le sang". J'ai compris ce jour-là quelle vérité recouvrent d'autres expressions toutes faites. » (p. 48) Enfin, Carrère met en perspective, à plusieurs reprises, ses **autres œuvres**, de la biographie de Philip K. Dick à *La Classe de neige*, en passant par son travail de traduction pour une nouvelle édition de la Bible.

Fiche 5

L'Adversaire:
quel genre et quels registres?

Ni autobiographie, ni biographie, ni roman

L'Adversaire ne correspond à aucun genre littéraire précis tout en utilisant des caractéristiques propres à plusieurs: l'autobiographie, la biographie et le roman.

Le fait que l'auteur, le narrateur et le personnage soient identiques dans les épisodes dans lesquels Carrère se met en scène (certains moments du procès, l'anecdote du mensonge quand il était adolescent, etc.) répond à l'exigence de l'**autobiographie**. Mais le texte n'est pas centré sur Carrère, ce qui le fait échapper à la définition proposée par Philippe Lejeune en 1975 dans *Le Pacte autobiographique*: «récit rétrospectif en prose qu'une personne réelle fait de sa propre existence, lorsqu'elle met l'accent sur sa vie individuelle, en particulier sur l'histoire de sa personnalité.»

La **biographie** prend pour objet l'existence d'un individu. Carrère choisit d'écrire sur Romand et retrace son arbre généalogique, son enfance, son parcours scolaire, sa vie d'adulte, à partir de témoignages et du dossier élaboré pour le procès. Mais le titre du livre n'apparaît pas être celui d'une biographie traditionnelle, et la dimension mythique donnée à certains moments à Romand ne correspond pas non plus à ce genre. De plus, la question du point de vue que se pose Carrère dans les pages 155-156 relève davantage du roman.

Le **roman** est un genre narratif, qui raconte une histoire fictive par l'intermédiaire d'un narrateur. L'action progresse grâce aux personnages dans un lieu et à un moment donnés. Caractérisé par une très grande liberté, le roman imite le plus souvent la réalité et donne une vision de la diversité humaine. Il peut être **épistolaire** lorsqu'il progresse par l'intermédiaire de lettres, ce qui est le cas de certains passages de *L'Adversaire*. Si Carrère joue avec les codes du roman lorsqu'il utilise le point de vue de Luc Ladmiral – qui est un double fictif de l'ami de Jean-Claude Romand – il ne voulait pas pour autant écrire un «roman "inspiré" de cette affaire, [en changeant] les noms, les lieux, les circonstances» (p. 29). Carrère s'est au contraire efforcé d'être le plus fidèle, le plus objectif, le plus précis possible tout en se heurtant aux obscurités posées par le «personnage» et son identité trouble.

La volonté de Carrère de comprendre Romand bute contre l'impossibilité d'atteindre sa vérité intérieure. Cette difficulté marque le texte dans son inscription générique, ce qui en fait un **«monstre» littéraire**, selon l'expression employée par Corneille à propos de *L'Illusion comique*, parce que sa pièce mêlait les registres.

Un récit entre réel et fiction

L'Adversaire ne serait-il pas alors simplement un **récit**, c'est-à-dire un texte qui relate une suite de faits vrais ou imaginaires ? Et plus précisément un **récit de vie** ? Mais *L'Adversaire* ne parle pas uniquement de Romand, et la notion de récit s'applique à des textes qui ne sont pas forcément littéraires. Or Carrère s'éloigne du récit journalistique, et de ce qu'il a par exemple pu écrire pour *Le Nouvel Observateur*. Interrogé sur le statut du texte dans le magazine *Lire*, il déclare qu'il s'agit d'un « **rapport**. Philip K. Dick disait – lui qui écrivait la science-fiction la plus échevelée – que ses livres n'étaient pas vraiment des romans, mais des rapports. J'avais la même impression ». C'est donc le lien que le texte entretient avec la réalité qui pose problème.

De fait, la **fiction** est au cœur de la vie de Romand : une partie de lui-même est inventée, voire inaccessible. L'écrivain tente de combler ces manques en utilisant notamment les moyens littéraires (allégorie, vocabulaire de la tragédie, comparaisons et métaphores, effets de boucle, etc.). Il pose ainsi la question de la possibilité de la représentation du réel et des détours pour y parvenir. La pluralité des regards posés sur l'événement se traduit par une **multiplication des voix** (celle de Carrère, de Luc, des journalistes et en particulier de Martine Servandoni, de Marie-France et de Bernard, etc.) qui soulignent qu'il n'y a pas de « vérité » absolue.

Le réel et la fiction se conjuguent donc sous la plume de Carrère, dans un texte aux frontières poreuses, aux limites floues, caractéristiques de la prose contemporaine.

Le tragique et le pathétique

Deux registres s'imposent à la lecture de *L'Adversaire* : le tragique et le pathétique. Ils expriment tous deux les **émotions intenses** d'êtres confrontés au malheur. Mais alors que le pathétique insiste sur l'expression de la souffrance et une grande sensibilité, le tragique manifeste l'impuissance d'un homme enfermé dans son destin à cause de puissances supérieures, de forces écrasantes. Si Carrère ressent de la « compassion » (p. 29), de la « pitié » (p. 35) envers Romand, il met autant que possible le pathétique à **distance**. En revanche il utilise les termes du vocabulaire tragique pour parler de son personnage, à ses yeux « damné » plutôt que « diable » (p. 37), « jouet infortuné de forces démoniaques » (p. 32). Il écrit aussi : « le destin avait voulu qu'il attrape le mensonge et ce n'était pas sa faute s'il l'avait attrapé » (p. 67) et dramatise l'itinéraire de Romand par des formules telles que « les dés étaient jetés » (p. 110). Selon Aristote, le tragique suscite la crainte et la pitié. Mais cette dimension est toutefois **problématique** si l'on considère les malversations financières de Romand : « Romand est *aussi* ce petit escroc et il lui est beaucoup plus difficile d'avouer cela, qui est sordide et honteux, que des crimes dont la démesure lui confère une stature tragique » (p. 84).

Fiche 6

Le jugement d'un criminel

La restitution du procès

L'Adversaire est aussi l'histoire d'un procès, celui de «L'affaire Romand». Si la lettre de Carrère reste plus de deux ans sans réponse, c'est que Romand attend la fin de l'**instruction** (p. 31), c'est-à-dire la phase d'enquête précédant le procès. Carrère se fera «accréditer aux assises de l'Ain par *Le Nouvel Observateur*» (p. 36): il obtient l'autorisation d'assister au procès en tant que journaliste et publie des comptes rendus dans l'hebdomadaire. Le cercle de la «**presse judiciaire**» est d'ailleurs évoqué à plusieurs reprises, avec notamment la figure de Martine Servandoni, nom fictif qui remplace celui d'une journaliste de *Libération*. Carrère et les éditions P.O.L. ont en effet été assignés en justice et condamnés à modifier son nom à cause des propos qui lui étaient prêtés, en particulier au sujet de la peine de mort (abolie en 1981, sous la présidence de François Mitterrand). Le **vocabulaire spécialisé** irrigue tout le texte: «l'audience», «les parties civiles», «pénalement», «l'avocat général», «le juge d'instruction», «la présomption d'innocence», «le Parquet», «le réquisitoire», etc.

À la fin du texte, lors d'une visite à Romand en prison, Carrère revient non sans ironie sur cette expérience: «Nous avons parlé de choses et d'autres à la manière de gens qui, sans bien se connaître, se sont rencontrés en vacances – nous, c'était les assises de l'Ain [...]» (p. 158).

La cour d'assises

Le procès de Romand se déroule à la cour d'assises qui juge les personnes accusées de crime, de tentative et de complicité de crime. Son originalité est d'être composée de trois **juges** (dont l'un préside), d'un jury populaire (neuf **jurés** tirés au sort parmi les citoyens de plus de 23 ans), d'un avocat général (magistrat qui représente la société et demande l'application de la loi) et d'un greffier qui atteste de la réalité des échanges. Le **président** est face à la barre et entend l'accusé, les témoins, les experts, les victimes; de part et d'autre de la barre se trouve l'**avocat de la défense** (assurant la défense de l'accusé) qui, à la fin du procès, prononce une «plaidoirie», et l'**avocat général** pour qui il s'agit d'un «réquisitoire». La cour d'assises est départementale et siège en principe une fois par trimestre.

Les différents aspects du procès sont retranscrits de manière précise par Carrère: «Les journalistes en face de [Romand], la présidente et les jurés à sa droite, le public à sa gauche le scrutaient» (p. 37), «Les derniers mots d'un procès, avant que la Cour se retire pour délibérer, appartiennent à l'accusé.» (p. 153).

Fiche 7

Quelques adaptations de l'affaire Romand

Histoire des arts

L'Emploi du temps (cinéma)

Le film réalisé en 2001 par **Laurent Cantet**, avec Aurélien Recoing et Karin Viard dans les rôles principaux, a été récompensé à la Mostra de Venise. Il s'inspire librement de l'affaire Romand : ainsi, les meurtres ne sont pas évoqués. Le personnage principal, Vincent, vient de se faire licencier, et le film montre la spirale du mensonge : cet homme, comme Romand, passe ses journées dans sa voiture et escroque ses proches. Les paysages sont ceux de L'Adversaire mais le réalisateur s'intéresse davantage à la dimension sociale qu'au mystère de Vincent. Ce dernier trouve par exemple en la personne d'un contrebandier un confident, ce qui est impossible pour Romand (voir p. 35).

L'Adversaire (cinéma)

Nicole Garcia a acquis les droits du texte de Carrère, qu'elle adapte en 2002, avec Daniel Auteuil, Géraldine Pailhas, Emmanuelle Devos et François Cluzet dans les rôles principaux. Romand est renommé Jean-Marc Faure, par choix fictionnel, et l'auteur-narrateur qu'est Carrère disparaît. La chronologie n'est pas linéaire : le film débute juste après les meurtres et alterne les flash-back, sans remonter vers l'enfance du personnage. Seul le générique donne à voir un adolescent qui court dans la neige, reprenant et déplaçant une image forte du texte de Carrère (cf. p. 28, et 29-30). Le film montre l'engrenage tragique et l'étau qui se resserre sur cet impénétrable personnage, en revenant sans cesse sur le « dimanche blanc », que Romand a passé dans la maison avec les cadavres de sa femme et de ses enfants avant de tenter de se suicider. Les gros plans sur le visage de Daniel Auteuil sont nombreux. Certaines zones d'ombre, comme le meurtre supposé du beau-père, sont affrontées sans pour autant donner de réponse. Deux scènes d'interrogatoires donnent un aperçu de l'instruction mais le procès et la rédemption mystique de Romand en prison ne sont pas abordés.

L'Adversaire (théâtre)

Le récit de Carrère a été mis en scène par **Sylvain Maurice** au théâtre de la Commune à Aubervilliers en 2003. L'écrivain, interprété par Éric Chalier, cherche le visage à donner à Jean-Claude Romand, dans un long monologue. Carrère a assisté à la première représentation et y fait allusion dans Un roman russe : il était accompagné de sa compagne de l'époque, Sophie, à qui il venait d'offrir une bague. Durant la représentation, il a réalisé qu'il avait acheté la même bague que celle que Romand a offerte à Corinne (p. 89).

Fiche 8

Citations

L'Adversaire

«Le matin du samedi 9 janvier 1993, pendant que Jean-Claude Romand tuait sa femme et ses enfants, j'assistais avec les miens à une réunion pédagogique à l'école de Gabriel, notre fils aîné.» (p. 9)

«Ils auraient dû voir Dieu et à sa place ils avaient vu, prenant les traits de leur fils bien-aimé, celui que la Bible appelle le satan, c'est-à-dire l'Adversaire.» (p. 22)

«Ce que vous avez fait n'est pas à mes yeux le fait d'un criminel ordinaire, pas celui d'un fou non plus, mais celui d'un homme poussé à bout par des forces qui le dépassent, et ce sont ces forces terribles que je voudrais montrer à l'œuvre.» (p. 29)

«Comment se serait-il douté qu'il y avait pire que d'être rapidement démasqué, c'était de ne pas l'être, et que ce mensonge puéril lui ferait dix-huit ans plus tard massacrer ses parents, Florence et les enfants qu'il n'avait pas encore?

"Mais enfin, a demandé la présidente: pourquoi?"
Il a haussé les épaules.
"Je me suis posé cette question tous les jours pendant vingt ans. Je n'ai pas de réponse."» (p. 63-64)

«Il est impossible de penser à cette histoire sans se dire qu'il y a là un mystère et une explication cachée. Mais le mystère, c'est qu'il n'y a pas d'explication et que, si invraisemblable que cela paraisse, cela s'est passé ainsi.» (p. 74)

«Un mensonge, normalement, sert à recouvrir une vérité, quelque chose de honteux peut-être mais de réel. Le sien ne recouvrait rien. Sous le faux docteur Romand il n'y avait pas de vrai Jean-Claude Romand» (p. 78)

«Quand il faisait son entrée sur la scène domestique de sa vie, chacun pensait qu'il venait d'une autre scène où il tenait un autre rôle, celui de l'important qui court le monde, fréquente les ministres, dîne sous les lambris officiels, et qu'il le reprendrait en sortant. Mais il n'y avait pas d'autre scène, pas d'autre public devant qui jouer l'autre rôle.

Dehors, il se retrouvait nu. Il retournait à l'absence, au vide, au blanc, qui n'étaient pas un accident de parcours mais l'unique expérience de sa vie. Il n'en a jamais connu d'autre, je crois, même avant la bifurcation. » (p. 79)

« ce n'est pas du tout pareil d'être le héros d'une tragédie, poussé par une fatalité obscure à commettre des actes suscitant terreur et pitié, et un petit escroc [...] Romand est *aussi* ce petit escroc et il lui est beaucoup plus difficile d'avouer cela, qui est sordide et honteux, que des crimes dont la démesure lui confère une stature tragique. » (p. 84)

« J'ai pensé qu'écrire cette histoire ne pouvait être qu'un crime ou une prière. » (p. 167)

À propos de *l'Adversaire*

« Je suis entré en relation avec lui, j'ai assisté à son procès. J'ai essayé de raconter précisément, jour après jour, cette vie de solitude, d'imposture et d'absence. D'imaginer ce qui tournait dans sa tête au long des heures vides, sans projet ni témoin, qu'il était supposé passer à son travail et passait en réalité sur des parkings d'autoroute ou dans les forêts du Jura. De comprendre, enfin, ce qui dans une expérience humaine aussi extrême m'a touché de si près et touche, je crois, chacun d'entre nous. »

Emmanuel Carrère, quatrième de couverture de l'édition originale, P.O.L, 2000.

« Longtemps, j'ai aimé cela. J'ai joui de souffrir d'une manière qui m'était singulière et faisait de moi un écrivain. Aujourd'hui je n'en veux plus. Je ne supporte plus d'être prisonnier de ce scénario morne et immuable, quel que soit le point de départ de me retrouver à tisser une histoire de folie, de gel, d'enfermement, à dessiner le plan du piège qui doit me broyer. Il y a quelques mois, j'ai publié un livre, *L'Adversaire*, qui m'a tenu prisonnier sept ans et dont je sors exsangue. »

Emmanuel Carrère, *Un roman russe*, 2008.

« Il faudrait, techniquement, écrire [ce nouveau livre qui sera *D'autres vies que la mienne*] comme *L'Adversaire*, à la première personne, sans fiction, sans effets, en même temps c'était l'exact contraire de *L'Adversaire*, son positif en quelque sorte. »

Emmanuel Carrère, *D'autres vies que la mienne*, 2009.

«Ce n'est pas le récit d'un fait divers. Ce n'est pas la biographie d'un monstre. Ce n'est même pas un travail d'investigation. Encore moins un jugement, un livre de morale. C'est la rencontre d'un romancier aguerri et d'un imposteur invétéré.»

Jérôme Garcin, *Le Nouvel Observateur*, décembre 1999.

«Emmanuel Carrère possède un style dépouillé qui force son chemin dans les labyrinthes de l'âme humaine.»

Marie-Laure Delorme, *Le Magazine littéraire*, janvier 2000.

«*L'Adversaire* n'est pas un roman. Ni un document, ni un essai, ni un fragment d'autobiographie. C'est le livre dans lequel Emmanuel Carrère a mis le meilleur de tous ses autres livres, comme s'il n'avait écrit jusqu'à présent que pour en arriver enfin là: à ce point de rencontre de l'écriture avec lui-même.

Du talent, tout le monde savait qu'il en avait. [...] Une belle écriture limpide et nette qui vous entraînait au fond du gouffre comme on va en promenade; une observation aiguë, presque sociologique, de la vie quotidienne et des liens rassurants de l'appartenance sociale que venait brusquement troubler et trouer l'irruption des passions, des pulsions et des angoisses. [...]

Carrère ne s'est pas contenté de pénétrer sur le territoire de Romand pour y lever la carte des enfers [...]. Malgré sa répulsion – ou à cause d'elle –, il s'est jeté dans cette histoire. Il a assisté au procès de Romand, il lui a écrit, il l'a rencontré, il a interrogé ceux qui avaient été les témoins leurrés de son apparence d'existence, il a mis ses pas dans ceux de l'assassin, a contemplé ses paysages, partagé le vide de ses errances. Il n'a pas seulement, comme Truman Capote dans *De sang-froid*, reconstitué la machinerie des crimes, il a voulu comprendre quelles forces obscures en mouvaient les engrenages. Il s'est mis en danger. Son livre ressort brûlant de cette immersion.»

Pierre Lepape, *Le Monde*, janvier 2000.

Groupements de textes

La difficulté de l'écriture

Jean-Jacques Rousseau, *Les Confessions*, préambule du manuscrit de Neuchâtel

Rousseau (1712-1778) entreprend dans *Les Confessions* de retracer les différentes étapes de sa vie. Dans le plus ancien de ses manuscrits, conservé à Neuchâtel, on trouve un long texte introductif, connu sous le nom de «préambule du manuscrit de Neuchâtel». Ce préambule sera finalement supprimé, mais reste un document précieux pour comprendre les enjeux du projet de l'écrivain. Dans l'extrait suivant, Rousseau s'interroge sur l'une des difficultés de l'écriture autobiographique.

Il faudrait pour ce que j'ai à dire inventer un langage aussi nouveau que mon projet: car quel ton, quel style prendre pour débrouiller ce chaos immense de sentiments si divers, si contradictoires, souvent si vils et quelquefois si sublimes dont je fus sans cesse agité? Que de riens, que de misères ne faut-il point que j'expose, dans quels détails révoltants, indécents, puérils et souvent ridicules ne dois-je pas entrer pour suivre le fil de mes dispositions secrètes, pour montrer comment chaque impression qui a fait trace en mon âme y entra pour la première fois? Tandis que je rougis seulement à penser aux choses qu'il faut que je dise, je sais que des hommes durs traiteront encore d'impudence[1] l'humiliation des plus pénibles aveux; mais il faut faire ces aveux ou me déguiser; car si je tais quelque chose on ne me connaîtra sur rien, tant tout se tient, tant tout est un dans mon caractère, et tant ce bizarre et singulier assemblage a besoin de toutes les circonstances de ma vie pour être bien dévoilé.

Si je veux faire un ouvrage écrit avec soin comme les autres, je ne me peindrai pas, je me farderai[2]. C'est ici de mon portrait qu'il s'agit et non pas d'un livre. Je vais travailler pour ainsi dire dans la chambre obscure[3]; il n'y faut point d'autre art que de suivre exactement les traits que je vois marqués. Je prends donc mon parti sur le style comme sur les choses. Je ne m'attacherai point à le rendre uniforme; j'aurai toujours celui qui me viendra, j'en changerai selon mon humeur sans scrupule, je dirai chaque chose comme je la sens, comme je la vois, sans recherche, sans gêne, sans m'embarrasser de la bigarrure[4]. En me livrant à la fois au souvenir de l'impression reçue et au sentiment présent je peindrai doublement l'état de mon âme, savoir au moment où l'événement m'est arrivé et au moment où je l'ai décrit; mon style inégal et naturel, tantôt rapide et tantôt diffus, tantôt sage et tantôt fou, tantôt grave et tantôt gai, fera lui-même partie de mon histoire. Enfin quoi qu'il en soit de la manière dont cet ouvrage peut être écrit, ce sera toujours par son objet un livre précieux pour les philosophes: c'est, je le répète, une pièce de comparaison pour l'étude du corps humain, et c'est la seule qui existe.

Jean-Jacques Rousseau, Préambule du Manuscrit de Neuchâtel [1764].

---

1. **Impudence** : effronterie audacieuse ou cynique.
2. **Je me farderai** : je me maquillerai.
3. **Chambre obscure** : (dite aussi chambre noire) instrument d'optique, utilisé par les peintres et les dessinateurs, ancêtre de la caméra photographique.
4. **Bigarrure** : assemblage de couleurs et de motifs très variés.

Gustave Flaubert, *Lettres à Louise Colet*

Exprimer la difficulté de l'écriture n'est pas réservé à l'autobiographie. Flaubert (1821-1880) a entretenu une abondante correspondance avec sa maîtresse, la poétesse Louise Colet, et s'il est question d'amour dans les lettres de Gustave à Louise, il s'agit surtout des affres du Flaubert écrivain et écrivant.

Lettre du 24 avril 1852

[…]

Si je n'ai pas répondu plus tôt à ta lettre dolente[1] et découragée, c'est que j'ai été dans un grand accès de travail. Avant-hier, je me suis couché à 5h[eures] du matin et hier à 3 h[eures]. Depuis lundi dernier j'ai laissé de côté tout autre chose, et j'ai exclusivement toute la semaine pioché ma *Bovary*, ennuyé de ne pas avancer. Je suis maintenant arrivé à mon bal[2], que je commence lundi. J'espère que ça ira mieux. J'ai fait, depuis que tu m'as vu, 25 pages net (25 p[ages] en 6 semaines). Elles ont été dures à rouler. Je les lirai demain à Bouilhet[3]. – Quant à moi, je les ai tellement travaillées, recopiées, changées, maniées, que pour le moment je n'y vois que du feu. Je crois pourtant qu'elles se tiennent debout.

Lettre du 22 juillet 1852

[…]

Je suis en train de recopier, de corriger et raturer toute ma première partie de *Bovary*. Les yeux m'en piquent. Je voudrais d'un seul coup d'œil lire ces cent cinquante-huit pages et les saisir avec tous leurs détails dans une seule pensée. Ce sera de dimanche en huit que je relirai tout à Bouilhet et le lendemain, ou le surlendemain, tu me verras. Quelle chienne de chose que la prose ! Ça n'est jamais fini ; il y a toujours à refaire.

Flaubert, *Lettres à Louise Colet* [1852],
«Classiques et contemporains», Magnard, 2003.

---

1. **Dolente** : plaintive.
2. Allusion à un épisode de *Madame Bovary* (le bal au château de la Vaubyessard).
3. **Louis Bouilhet** (1822-1869) : poète et auteur dramatique, ami de Flaubert.

Jorge Semprun, *L'Écriture ou la Vie*

Jorge Semprun, né en 1923 à Madrid, est écrivain et homme politique. Pendant la guerre d'Espagne, sa famille s'exile aux Pays-Bas puis en France. Il est arrêté par la Gestapo et déporté à Buchenwald en 1943. L'écriture de cette expérience ne lui apporte pas, dans un premier temps, la libération espérée. Ce n'est que par le détour de l'art et de la fiction qu'il parviendra à raconter cette épreuve du Mal et de la Mort, sans savoir toutefois s'il pourra être écouté et compris.

Il y aura des survivants, certes. Moi, par exemple. Me voici survivant de service, opportunément apparu devant ces trois officiers d'une mission alliée pour leur raconter la fumée du crématoire, l'odeur de chair brûlée sur l'Ettersberg, les appels sous la neige, les corvées meurtrières, l'épuisement de la vie, l'espoir inépuisable, la sauvagerie de l'animal humain, la grandeur de l'homme, la nudité fraternelle et dévastée du regard des copains.

Mais peut-on raconter ? Le pourra-t-on ?

Le doute me vient dès ce premier instant.

Nous sommes le 12 avril 1945, lendemain de la libération de Buchenwald. L'histoire est fraîche, en somme. Nul besoin d'un effort de mémoire particulier. Nul besoin non plus d'une documentation digne de foi, vérifiée. C'est encore au présent, la mort. Ça se passe sous nos yeux, il suffit de regarder. Ils continuent de mourir par centaines, les affamés du Petit Camp, les Juifs rescapés d'Auschwitz.

Il n'y a qu'à se laisser aller. La réalité est là, disponible. La parole aussi.

Pourtant, un doute me vient sur la possibilité de raconter. Non pas que l'expérience vécue soit indicible. Elle a été invivable, ce qui est tout autre chose, on le comprendra aisément. Autre chose qui ne concerne pas la forme d'un récit possible, mais sa substance. Non pas son articulation, mais sa densité. Ne parviendront à cette substance, à cette densité transparente que ceux qui sauront faire de leur témoignage un objet artistique, un espace de création. Ou de recréation. Seul l'artifice d'un récit maîtrisé parviendra à transmettre partiellement la vérité du témoignage. Mais ceci n'a rien d'exceptionnel : il en arrive ainsi de toutes les grandes expériences historiques.

On peut toujours tout dire, en somme. L'ineffable[1] dont on nous rebattra les oreilles n'est qu'alibi. Ou signe de paresse. On peut toujours tout dire, le langage contient tout. On peut dire l'amour le plus fou, la plus terrible cruauté. On peut nommer le mal, son goût de pavot, ses bonheurs délétères. On peut dire Dieu et ce n'est pas peu dire. On peut dire la rose et la rosée, l'espace d'un matin. On peut dire la tendresse, l'océan tutélaire[2] de la bonté. On peut dire l'avenir, les poètes s'y aventurent les yeux fermés, la bouche fertile.

On peut tout dire de cette expérience. Il suffit d'y penser. Et de s'y mettre. D'avoir le temps, sans doute, et le courage, d'un récit illimité, probablement interminable, illuminé – clôturé aussi, bien entendu – par cette possibilité de se poursuivre à l'infini. Quitte à tomber dans la répétition et le ressassement. Quitte à ne pas s'en sortir, à prolonger la mort, le cas échéant, à la faire revivre sans cesse dans les plis et les replis du récit, à n'être plus que le langage de cette mort, à vivre à ses dépens, mortellement.

Mais peut-on tout entendre, tout imaginer ? Le pourra-t-on ? En auront-ils la patience, la passion, la compassion, la rigueur nécessaires ?

Jorge Semprun, *L'Écriture ou la Vie* [1994], Gallimard, « Folio », 1996.

Charles Juliet, *Lambeaux*

Charles Juliet est un écrivain français né en 1934. Dans *Lambeaux*, récit autobiographique paru en 1995, il évoque sa mère, qu'il n'a pas connue, et le rôle qu'elle a joué dans sa formation d'écrivain. Il révèle dans l'extrait suivant, marqué par la deuxième personne du singulier, les exigences de l'écriture et celles qu'il se donne lui-même.

Quand tu es penché sur la page blanche, pourquoi ces inhibitions, ce blocage, cette impression que tu es attelé à une tâche aux difficultés insurmontables ? D'emblée une sensation de fatigue. La conviction que tu ne pourras qu'échouer. Cependant, tu

---

1. **Ineffable** : qui ne peut être exprimé par des paroles.
2. **Tutélaire** : protecteur.

te refuses à accepter cette fatalité de l'échec. Alors contre tout bon sens, tu avances dans la nuit.

D'abord descendre. Encore descendre. Le dégager de la tourbe, ou de la boue, ou bien encore d'un magma en fusion. Puis le tirer, le hisser, lui faire péniblement traverser plusieurs strates au sein desquelles il risque de s'enliser, se dissoudre. S'il en émerge, enfin il vient au jour, et quand tu le couches sur le papier, alors que tu le crois gonflé de ta substance, tu découvres qu'il n'est qu'un mot inerte, pauvre, gris. Tu le refuses. Tu redescends dans la mine, creuses plus profond, cherches celui qui apparaîtra plus dense, plus coloré, plus vivace. Ainsi sans fin. Ainsi cet épuisement qui te maintient en permanence à l'extrême de ce que tu peux.

L'élan du néophyte[1] te pousse à aller de l'avant. Tu te maintiens l'épée aux reins et en dépit des difficultés que tu rencontres, tu parviens tant bien que mal à écrire un roman, des nouvelles, deux pièces de théâtre, quelques poèmes… Mais tu n'en es pas satisfait. Travailler ces textes n'a été pour toi qu'une manière d'acquérir une expérience de l'écriture, et tu ne te caches pas qu'ils ne sont pas aboutis, qu'ils ne répondent pas à l'exigence qui a pourtant présidé à leur élaboration.

Tu continues de lire avec la même boulimie. Mais parfois, la saturation se fait sentir, et l'avidité laisse place au dégoût des livres, des mots, de la page blanche.

Des mois d'une douloureuse aridité. De jour comme de nuit, de sombres errances par les rues désertes de la ville. Mais tu sais qu'on ne peut se fuir. Tu marches à grands pas, absorbé en toi-même, dialoguant avec tes questions. Rien ne t'intéresse que la poursuite de cela qu'il t'est rigoureusement impossible de définir.

Ce que tu voudrais exprimer, tu ne parviens pas à le tirer hors de ta nuit. Trois obstacles te barrent le chemin de l'écriture.

La violence de tes émotions. Dès que le souvenir que tu en as gardé les ressuscite, le flot se libère, ton esprit se brouille, ton

---

1. **Néophyte** : débutant, inexpérimenté.

langage se désarticule, les mots eux-mêmes restent enlisés dans la gangue[1] où ils dorment, et c'est comme une main qui se ferme sur ta gorge. Si tu voulais à toute force donner une idée de ton état, il te faudrait bégayer, te mettre à geindre.

Ton trop grand désir de bien faire. Comparée à tes moyens, une exigence beaucoup trop haute. Tous ces textes morts-nés, parce que, avant même d'en consigner le premier mot, tu étais convaincu qu'ils seraient par trop inférieurs à ce que tu aurais voulu réaliser.

L'admiration passionnée que tu portes à ces écrivains qui t'ont subjugué, parfois aidé à trouver ta voie. Que dire après eux ? Qu'ajouter à ce qu'ils ont su si bien exprimer ? Chacune de leurs pages t'a renvoyé à ta médiocrité. T'abstenir d'écrire serait une manière de leur rendre hommage.

Ta voix écrasée.

Tu voudrais abandonner. Mais un besoin te possède. Il est si impérieux[2] que tu te sens impuissant à le combattre. Tu ne peux ni écrire ni renoncer à l'écriture. Une situation proprement infernale.

Les lentes et sombres années à espérer que les mâchoires de la tenaille finiront un jour par se desserrer.

Simplement attendre. Endurer le temps. Te laisser laminer[3] par le doute.

Charles Juliet, *Lambeaux* [1995], Gallimard, « Folioplus classiques », 2005.

Anne-Marie Garat, *Dans la pente du toit*

Confrontée au deuil de son père et de sa sœur, Anne-Marie Garat, romancière aux œuvres remarquées, née en 1946, cherche dans le récit la possibilité d'une parole.

Avant la mort, j'écrivais des romans. Pourtant cela ne commence pas là. Nous n'avons que le temps. À peine. Mon père, puis

---

1. Gangue : substance qui entoure un minerai, une pierre précieuse à l'état naturel ; au sens figuré, ce qui enveloppe, dissimule quelque chose.
2. Impérieux : autoritaire, impératif, pressant.
3. Laminer : diminuer, ruiner, réduire jusqu'à détruire.

ma sœur, subitement ils sont morts, lentement. Et je n'ai aucun dieu tout-puissant à froisser, sacrifier ! En guise de faire-part : mugissements, hoquets, injures, je manque de respect. Et moi je dois me souvenir ! Que tout cela est frivole[1]. Pas d'ironie, la douleur est humaine, de telles phrases s'entendent, des digressions[2]. On se met à comparer l'écrit avec la réalité, or l'écrit est réel, la réalité a du mal. Impensable ! Ma cadette et mon père ravagés lentement, de mort lente. Que ma peur est *petite* ! Il y a le tombeau ; littéraire. Le crématoire ; textuel.

Écrire est devenu impensable. Je mets en mémoire Word 6. L'ordinateur saisit. Chaque soir, je ferme, je quitte. De l'inécrit, congelé. Viande froide. Un cadavre textuel, j'en ai peur. Je ne reviens pas voir, j'oublie. Égarée, hébétée, comment dire, je ne parle pas, les mots me quittent. Je ne suis pas sincère, ni véridique. Je ne me souviens pas.

L'ordinateur a la mémoire bête, illisible. Une fois imprimée, elle est «justifiée». Pas beau à voir. Je n'ai jamais lu ça, ce monstre, je ne sais pas le faire. Je vais le faire. L'horreur des mots est concrète, très matérielle, cette détérioration textuelle, vomissante.

Je ne me souviens pas. Je ne reconnais pas ce cadavre, couvrez-le. Il faut que je l'achève. Au travail ! J'écris dans la cuisine, je cuisine l'écrit. Il y a des cuisines de famille, comment dire, et en plus il faudrait écrire la mort en capitales monumentales ! Et vite ! Je claque des dents, de froid.

En ce jour, j'ai vu notre cuisine illuminée de lumière électrique, le petit pan de mur jaune, les casseroles bien brillantes et la cuisinière de marque Rosières, les pots d'herbes aromatiques, et la table de la cuisine avec ma tasse à café et la cafetière, je me suis vue sans le secours d'un miroir survivante des morts, vivante avec les vivants, déjà morte, qui croise son double va mourir, en cet état

---

1. **Frivole** : futile, superficiel.
2. **Digressions** : développements qui s'écartent du sujet principal, parenthèses.

j'ai pensé à Bohumil Hrabal[1] *qui écrit dans la pente du toit, qui tape à pleines mains les touches du clavier*, et cela m'a fait peur car tout ce que je croyais impossible perdu enfoui gravement détérioré vraiment incinéré massacré s'est mis à crier, crier, et à moi-même je me suis dit : je peux à nouveau me raconter ma vie tu peux tenir, je vais tenir, je vais faire le journal d'un autre qui te raconterait ma vie au présent prosaïque[2], je peux écrire le texte d'une autre en tant qu'un autre à la première ou à la troisième personne, et même à la deuxième personne, masculin féminin, une personne qui raconterait, en fumant des cigarettes et en buvant du café à sa table de cuisine, cette chose insensée, comment *se remettre d'aplomb chaque matin*, comment transformer par la parole, par les mots, page après page, l'inécrit en écrit. Et ce n'est pas pour voir clair, être claire, je ne veux pas être vue. Je veux m'obscurcir. En cet état. Malheur à qui rencontre son image. J'écrivais des romans. Maintenant, je cherche le traitement d'un texte.

Anne-Marie Garat, *Dans la pente du toit*, Éditions du Seuil, « Fiction & Cie », 1998.

Philippe Forest, *Toute la nuit*

C'est l'expérience de la mort de sa fille, âgée de quatre ans, qui pousse Philippe Forest (né en 1962) vers l'écriture. Après *L'Enfant éternel* (récompensé par le prix Femina du premier roman), il revient sur les temps qui ont suivi le décès de l'enfant dans *Toute la nuit*. Si elle est difficile, l'écriture est aussi instrument de révélation.

Dans ce vide et ce silence, je me suis mis à écrire. Je me suis installé dans la petite pièce ouvrant sur le jardin (et qui n'était pas la chambre de Pauline). Je suis resté longtemps sans rien faire devant la planche de bois qui servait de bureau. Je continuais à écouter la pluie, à observer les traces qu'elle creusait dans la terre. Les mots n'avaient jamais cessé de tourner dans ma tête, mais leur cadence était devenue très lente depuis la mort de Pauline.

---

1. Bohumil Hrabal (1914-1997) : écrivain tchèque.
2. Prosaïque : qui tient de la prose, par opposition à la poésie ; au sens figuré, sans noblesse, sans élévation, sans élégance.

Je pouvais toujours me parler à moi-même. Pourtant ce que je disais ne résonnait plus qu'imparfaitement en moi. L'écho m'en était ôté. Ma propre histoire se tenait devant moi (dans sa totalité visible), mais j'étais trop fatigué pour faire un pas en sa direction. J'aurais pu rester à jamais dans cette lassitude, sous le métal de ce langage immobile.

Je crois que c'est la curiosité qui m'a poussé de nouveau vers les mots. Je continuais à ne pas croire que l'écriture (fondamentalement) puisse sauver (dans le réel) qui que ce soit de quoi que ce soit. La perte de Pauline m'avait conforté dans cette conviction. (Je veux dire que, l'aurais-je jamais eue, et sauf à chercher un pitoyable refuge dans l'illusion, cette conviction se serait misérablement écroulée devant la vérité nue de ce que nous avions vécu.) Mais une curiosité me restait. Je me disais que si je ne me racontais pas à moi-même notre histoire, jamais je n'en comprendrais le sens. Je laisserais du coup se perdre sans retour ce secret. Il fallait laisser ce secret être : non pas le lever, mais le laisser être. Je ne concevais que très imparfaitement la signification de ce projet. J'éprouvais plutôt comme la certitude d'une inconcevable et nécessaire énigme. Et cette énigme ne se conservait telle que dans la mesure même où le mot de la fin y serait toujours refusé. Pourtant, ce refus même exigeait la contribution active du langage (sa dépense lumineuse et mobile). Et il était la condition paradoxale de toute vérité.

À faire jouer dans mon esprit ces raisonnements faux, je sentais les mots se mettre en mouvement, lancer un invisible balancier par où le langage tout entier commençait à fonctionner de lui-même. J'écrivais une première phrase que je ne comprenais pas. J'en écrivais une deuxième qui n'éclaircissait rien (ajoutait plutôt à l'obscurité de la précédente). Mais le paragraphe achevé, l'enchaînement des phrases prenait sens à sa façon. Le texte obtenu composait comme un secret miniature appelant à sa suite (dans la série ouverte) d'autres secrets identiques. Et cette somme de petites charades[1] insolubles (dialogues, descriptions, paysages)

---

1. **Charades** : devinettes.

faisait exister sur la page quelque chose qui, à mes yeux, avait partie liée avec la vérité. Au reste, je ne prêtais pas à l'expérience un caractère merveilleux. J'étais seulement heureux de pouvoir suivre ainsi le fil des mots dans un labyrinthe qui m'apparaissait d'autant plus radieux qu'aucune issue n'y était pensable.

Philippe Forest, Toute la nuit, Gallimard, 1999.

La littérature et le fait divers après 1945

Jean Genet, *Les Bonnes*

Voyou devenu écrivain, Jean Genet (1910-1986) renouvelle l'expression dramatique en mettant en scène la violence et la perversité. On a souvent rapproché *Les Bonnes* d'un fait divers de 1933 : l'assassinat sauvage par les sœurs Papin de leur patronne et de sa fille. Dans l'extrait suivant, Claire et Solange, les bonnes, viennent de se livrer à un jeu, une « cérémonie » qu'elles répètent dès que leur maîtresse sort : Claire revêt les habits de Madame, sa sœur Solange prend sa place et se fait apostropher par Claire-Madame. La discussion qui suit ce rituel laisse affleurer un sentiment aigu de frustration.

CLAIRE. – Moi je l'aimais notre mansarde[1].

SOLANGE. – Ne t'attendris pas. Tu l'aimes pour me contredire. Moi qui la hais. Je la vois telle qu'elle est, sordide et nue. Dépouillée, comme dit Madame. Mais quoi, nous sommes des pouilleuses.

CLAIRE. – Ah ! non, ne recommence pas. Regarde plutôt à la fenêtre. Moi je ne peux rien voir, la nuit est trop noire.

SOLANGE. – Que je parle. Que je me vide. J'ai aimé la mansarde parce que sa pauvreté m'obligeait à de pauvres gestes. Pas de tentures à soulever, pas de tapis à fouler, de meubles à caresser... de

---

1. Mansarde : pièce aménagée sous les combles, avec généralement un mur en pente.

l'œil ou du torchon, pas de glaces, pas de balcon. Rien ne nous forçait à un geste trop beau. *(Sur un geste de Claire.)* Mais rassure-toi, tu pourras continuer en prison à faire ta souveraine, ta Marie-Antoinette, te promener la nuit dans l'appartement…

CLAIRE. – Tu es folle ! Jamais je ne me suis promenée dans l'appartement.

SOLANGE, *ironique.* – Oh ! Mademoiselle ne s'est jamais promenée ! Enveloppée dans les rideaux ou le couvre-lit de dentelle, n'est-ce pas ? Se contemplant dans les miroirs, se pavanant au balcon et saluant à deux heures du matin le peuple accouru défiler sous ses fenêtres ? Jamais, non, jamais ?

CLAIRE. – Mais, Solange…

SOLANGE. – La nuit est trop noire pour épier Madame. Sur ton balcon, tu te croyais invisible. Pour qui me prends-tu ? N'essaie pas de faire croire que tu es somnambule. Au point où nous en sommes, tu peux avouer.

CLAIRE. – Mais Solange, tu cries. Je t'en prie, parle plus bas. Madame peut rentrer en sourdine…

> *Elle court à la fenêtre et soulève le rideau.*

SOLANGE. – Laisse les rideaux, j'ai fini. Je n'aime pas te voir les soulever de cette façon. Laisse-les retomber. Le matin de son arrestation, quand il épiait les policiers, Monsieur faisait comme toi.

CLAIRE. – Le moindre geste te paraît un geste d'assassin qui veut s'enfuir par l'escalier de service. Tu as peur maintenant.

SOLANGE. – Ironise, afin de m'exciter. Ironise, va ! Personne ne m'aime ! Personne ne nous aime !

CLAIRE. – Elle, elle nous aime. Elle est bonne. Madame est bonne ! Madame nous adore.

SOLANGE. – Elle nous aime comme ses fauteuils. Et encore ! Comme la faïence rose de ses latrines. Comme son bidet. Et nous, nous ne pouvons pas nous aimer. La crasse…

CLAIRE, *c'est presque dans un aboiement.* – Ah !…

SOLANGE. – … N'aime pas la crasse. Et tu crois que je vais en prendre mon parti, continuer ce jeu et, le soir, rentrer dans mon lit-cage. Pourrons-nous même le continuer, le jeu. Et moi, si je n'ai plus à cracher sur quelqu'un qui m'appelle Claire, mes crachats vont m'étouffer! Mon jet de salive, c'est mon aigrette[1] de diamants.

CLAIRE, *elle se lève et pleure.* – Parle plus doucement, je t'en prie. Parle… parle de la bonté de Madame. Elle, elle dit: diam's!

SOLANGE. – Sa bonté! Ses diam's! C'est facile d'être bonne, et souriante, et douce. Quand on est belle et riche! Mais être bonne quand on est une bonne! On se contente de parader pendant qu'on fait le ménage ou la vaisselle. On brandit un plumeau comme un éventail. On a des gestes élégants avec la serpillière. Ou bien, on va comme toi, la nuit s'offrir le luxe d'un défilé historique dans les appartements de Madame.

Jean Genet, *Les Bonnes* [1947], Belin-Gallimard, «Classico», 2010.

Truman Capote, *De sang-froid*

Le village de Holcomb est situé dans le Kansas. Un matin de novembre 1959, quatre membres de la respectable famille Clutter sont retrouvés assassinés. Truman Capote (1924-1984) se passionne pour ce fait divers et part sur les lieux du drame pour en rendre compte sous la forme d'un «non-fiction novel» (roman de non-fiction). Dans le chapitre inaugural, «Les derniers à les avoir vus en vie», c'est à un jeune professeur d'anglais, Larry Hendricks, que revient le récit de la macabre découverte, dont voici la fin.

«Une chose que je ne peux oublier. Il y avait un tuyau au-dessus, et un bout de corde y était noué, pendait, le genre de corde que le tueur avait utilisée. Selon toute évidence, à un moment donné, Mr. Clutter y avait été attaché, pendu par les mains, puis on l'avait détaché. Mais pourquoi? Pour le torturer? J'imagine qu'on ne le saura jamais. On ne saura jamais qui a fait ça, ni pourquoi, ni ce qui s'est passé dans cette maison cette nuit-là.

---

1. **Aigrette**: bijou qui se présente en faisceau, en bouquet.

Au bout d'un moment, la maison a commencé à se remplir. Les ambulances sont arrivées, et le coroner[1], et le pasteur méthodiste, un photographe de la police, des gendarmes, des types de la radio et de la presse. Oh! toute une bande. On était allé chercher la plupart d'entre eux à l'église et ils se conduisaient comme s'ils s'y trouvaient encore. Très calmes. Parlant à voix basse. On aurait dit que personne ne pouvait en croire ses yeux. Un gendarme m'a demandé si j'avais quelque chose à faire ici, et dit que sinon je ferais mieux de partir. Dehors, sur la pelouse, j'ai vu l'assistant du shérif qui parlait à un homme – Alfred Stoecklein, le valet de ferme. Apparemment Stoecklein demeurait à pas plus de cent mètres de la maison des Clutter, et ils n'étaient séparés que par une grange. Mais il racontait qu'il n'avait pas entendu le moindre bruit; il a dit: "Y a seulement cinq minutes je ne savais rien, quand un de mes gosses s'est amené en courant et nous a dit que le shérif était ici. Moi et la patronne, on a pas dormi deux heures la nuit dernière, on a passé notre temps à nous lever et à nous coucher, parce qu'on a un bébé malade. Mais la seule chose qu'on a entendue aux environs de 10 h 30-11 heures moins le quart, c'est une voiture qui s'éloignait et j'ai fait la remarque à la patronne : 'V'là Bob Rupp qui s'en va.' Je me suis mis à marcher vers chez moi, et à mi-chemin sur l'allée, j'ai vu le vieux colley de Kenyon[2], et ce chien était effrayé. Il est resté là, la queue entre les jambes, il n'a pas aboyé ou bougé. Et à voir le chien, ça m'a ramené à moi en certain sens. J'avais été trop ahuri, trop glacé, pour sentir toute la vilenie de la chose. Les souffrances. L'horreur. Ils étaient morts. Toute une famille. Des gens amicaux, gentils, des gens que je connaissais, assassinés. Il fallait le croire, parce que c'était bien vrai."»

Truman Capote, *De sang-froid, Récit véridique d'un meurtre multiple et de ses conséquences* [1965], trad. de l'anglais par Raymond Girard, Gallimard, «Folio», 2007.

---

1. **Coroner** : officier de la police judiciaire, dans les pays anglo-saxons.
2. **Kenyon** : fils de la famille Clutter.

J.M.G. Le Clézio, « *Ô voleur, voleur, quelle vie est la tienne ?* »

Né en 1940, J.M.G Le Clézio a obtenu le Prix Nobel de littérature en 2008. Ses textes traduisent la quête difficile d'un bonheur enfoui dans la nature et soulignent les agressions d'un univers moderne déshumanisant. Le recueil intitulé *La Ronde et autres faits divers* regroupe onze histoires apparemment banales, mais auxquelles l'écrivain donne une grande force. Ainsi, dans la nouvelle intitulée « *Ô voleur, voleur, quelle vie est la tienne ?* », transparaît une logique implacable, une destinée tragique, celle d'un homme condamné à voler pour vivre. Son originalité est de se présenter sous forme dialoguée, à la manière d'une interview. Il s'agit ici du début.

Dis-moi, comment tout a commencé ?

Je ne sais pas, je ne sais plus, il y a si longtemps, je n'ai plus souvenir du temps maintenant, c'est la vie que je mène. Je suis né au Portugal, à Ericeira, c'était en ce temps-là un petit village de pêcheurs pas loin de Lisbonne, tout blanc au-dessus de la mer. Ensuite mon père a dû partir pour des raisons politiques, et avec ma mère et ma tante on s'est installé en France, et je n'ai jamais revu mon grand-père. C'était juste après la guerre, je crois qu'il est mort à cette époque-là. Mais je me souviens bien de lui, c'était un pêcheur, il me racontait des histoires, mais maintenant je ne parle presque plus le portugais. Après cela, j'ai travaillé comme apprenti maçon avec mon père, et puis il est mort, et ma mère a dû travailler aussi, et moi je suis entré dans une entreprise, une affaire de rénovation de vieilles maisons, ça marchait bien. En ce temps-là, j'étais comme tout le monde, j'avais un travail, j'étais marié, j'avais des amis, je ne pensais pas au lendemain, je ne pensais pas à la maladie, ni aux accidents, je travaillais beaucoup et l'argent était rare, mais je ne savais pas que j'avais de la chance.

Après ça je me suis spécialisé dans l'électricité, c'est moi qui refaisais les circuits électriques, j'installais les appareils ménagers, l'éclairage, je faisais les branchements. Ça me plaisait bien, c'était un bon travail. C'est si loin que je me demande parfois si c'est vrai, si c'était vraiment comme ça, si ce n'est pas plutôt un rêve que je faisais à ce moment-là, quand tout était si paisible et normal, quand je rentrais chez moi le soir à sept heures et quand j'ouvrais la porte je sentais l'air chaud de la maison, j'entendais les cris des gosses, la voix de ma femme, et elle venait vers moi, elle m'embrassait, et je m'allongeais sur le lit avant de manger, parce que j'étais fourbu[1], et je regardais sur le plafond les taches d'ombre que faisait l'abat-jour. Je ne pensais à rien, l'avenir ça n'existait pas en ce temps-là, ni le passé. Je ne savais pas que j'avais de la chance.

Et maintenant ?

Ah, maintenant tout a changé. Ce qui est terrible, c'est que ça s'est passé d'un seul coup, quand j'ai perdu mon travail, parce que l'entreprise avait fait faillite. On a dit que c'est le patron, il était endetté jusqu'au cou, tout était hypothéqué. Alors il a filé un jour, sans prévenir, il nous devait trois mois de salaire et il venait juste d'encaisser un acompte sur un travail. Les journaux ont parlé de ça, mais on ne l'a jamais revu, ni lui ni l'argent. Alors tout le monde s'est retrouvé sans rien, ça a fait comme un grand trou dans lequel on est tous tombés.

J.M.G. Le Clézio, « Ô voleur, voleur, quelle vie est la tienne ? » dans La Ronde et autres faits divers [1982], Gallimard, « Folio », 1990.

Bernard-Marie Koltès, *Roberto Zucco*

Bernard-Marie Koltès est un dramaturge français à la renommée internationale, né en 1948 et mort prématurément en 1989. Son théâtre est marqué par la révolte et le lyrisme. Sa dernière pièce, *Roberto Zucco*, est inspirée par l'histoire d'un tueur en série qui a sévi à la fin des années 80. Cet extrait correspond à la fin de sa cavale : son arrestation est précédée de retrouvailles avec La Gamine, qui lui fait une déclaration d'amour.

LA GAMINE (*apercevant Zucco*). – Roberto (*Elle se précipite sur lui et l'embrasse.*)

DEUXIÈME POLICIER. – C'est lui.

---

1. Fourbu : très fatigué.

PREMIER POLICIER. – Cela ne fait plus aucun doute.

LA GAMINE. – Je t'ai cherché, Roberto, je t'ai cherché, je t'ai trahi, j'ai pleuré, pleuré, au point que je suis devenue une toute petite île au milieu de la mer et les dernières vagues sont en train de me noyer. J'ai souffert, tellement, que ma souffrance pourrait remplir les gouffres de la terre et déborder des volcans. Je veux rester avec toi, Roberto ; je veux surveiller chaque battement de ton cœur, chaque souffle de ta poitrine ; l'oreille collée contre toi j'entendrai le bruit des rouages de ton corps, je surveillerai ton corps comme un mécanicien surveille sa machine. Je garderai tous tes secrets, je serai ta valise à secrets ; je serai le sac où tu rangeras tes mystères. Je veillerai sur tes armes, je les protégerai de la rouille. Tu seras mon agent et mon secret et moi, dans tes voyages, je serai ton bagage, ton porteur et ton amour.

PREMIER POLICIER (*s'approchant de Zucco*). – Qui êtes-vous ?

ZUCCO. – Je suis le meurtrier de mon père, de ma mère, d'un inspecteur de police et d'un enfant. Je suis un tueur.

Les policiers l'embarquent.

Bernard-Marie Koltès, *Roberto Zucco* [1988], Éditions de Minuit, 1990.

François Bon, *Un fait divers*

L'œuvre de François Bon (né en 1953) est en prise directe avec le réel, marquée notamment par son expérience dans le milieu de l'industrie. En 1993, il écrit un texte polyphonique, présenté comme œuvre de fiction, à partir d'un fait divers publié dans un journal local. Il y fait s'exprimer, dans une suite de «monologues», les acteurs du drame. La parole est ici donnée au mécanicien retenu en otage avec deux femmes devant un cadavre.

Mécanicien. […] Je me souviens du bruit régulier d'avance, au long de l'avenue, du camion de ramassage des ordures et qu'eux non plus nous ne pouvions pas les appeler, qu'aucune aide n'était possible, à cinq mètres et deux étages de la vie réglée des hommes, dans ces longues rues qui s'en vont des villes et qu'on se demande bien ce qui existe, vit et parle, derrière les fenêtres hautes et les portes régulières. Il se passait cela, un homme mort pour rien et trois êtres sous la coupe d'un autre, qui sentait de tous ses vêtements l'odeur insistante de mélange deux-temps[1] brûlé, les veines de ses yeux injectées de rouge (un moment il avait d'un coup de pied lancé son casque, son propre casque de Mobylette, contre un meuble du séjour et j'avais pensé : s'il perd son contrôle on a nos chances, il s'use). Cassure sur nous, et salissure : et rien qui change la surface endormie de la ville dans ses murs et ses cours. Il y aurait deux colonnes dans *Le Courrier de l'Ouest* du lendemain, un peu plus dans le suivant, plus rien pendant trente mois, jusqu'à ce qu'ils se réveillent hier pour le procès d'assises. Cassure et salissure sur nous de ce qu'on n'avait pas su détourner et qui infléchirait chacune de nos vies un moment nouées : se séparer pour ne plus jamais supporter le face-à-face, Catherine et moi seuls tous les deux avec sur le parquet au milieu, bloc noir d'un temps confus et graisseux, l'ombre du mort.

François Bon, *Un fait divers*, Éditions de Minuit, 1993.

Didier Daeninckx, « *Consigne automatique 548* »

Didier Daeninckx est né en 1949. Son expérience de journaliste l'a rendu familier de la rubrique des « chiens écrasés » et de la main courante, ce registre sur lequel, dans les commissariats, on inscrit au fur et à mesure les incidents qui surviennent. Il a en gardé une affection toute particulière pour le fait divers. Il a aussi donné une autre dimension au roman noir, en l'inscrivant dans la réalité sociale et politique. Voici la fin d'une des nouvelles du recueil *Main courante*.

Sept mois qu'elle jouait aux dominos avec les consignes automatiques quand le flic en civil affecté à ce secteur de la gare depuis une semaine remarqua son manège… Le premier casier vidé en un éclair, et ce paquet indistinct enfoui tout aussi vite dans un second casier… la pièce de 10 francs, la clef planquée au fond de la poche, et l'air traqué, inquiet de cette môme sans importance.

---

1. **Deux-temps** : pour un moteur à explosion à deux temps.

Son pouce écrasa la touche du talkie-walkie.

– Arrivez vite fait au point 7... Je crois bien qu'on en tient une... Elle vient de foutre un truc bizarre dans une consigne...

Il rangea l'appareil dans une poche intérieure de son blouson et se mit à courir. Michèle Deurne ne se doutait de rien, elle marchait vers l'esplanade, vaguement écœurée, comme chaque fois. La poigne du flic lui broya l'épaule. Elle voulut échapper à la prise mais il lui avait déjà fauché les jambes. Son nez s'écrasa sur le bitume qui prit instantanément le goût du sang.

On la traîna jusqu'aux consignes. Le flic lui passa les menottes avant de plonger la main dans son jean, pour prendre la clef. Le contact la fit frissonner de dégoût.

Il brandissait la clef devant ses collègues, la tenant par la pointe.

– La 548! C'est la 548...

Il se tourna vers Michèle Deurne.

– Qu'est-ce que tu as foutu là-dedans? Tu vas nous le dire, sinon on fait tout sauter!

Elle s'était mise à pleurer, sur elle.

Il ne fallut qu'un quart d'heure aux artificiers pour arriver de la Cité. Deux minuscules charges de plastic et la porte du casier vola en éclats. L'un des hommes se risqua, dans la fumée et l'écho de l'explosion, à prendre à mains nues le paquet de chiffons et de papiers posé dans la consigne. Il le maintint à plat sur l'une de ses paumes et déplia précautionneusement les lambeaux de tissu.

Il poussa soudain un cri terrible et laissa tomber à terre le fœtus momifié qui le regardait de ses yeux vitreux.

Ne restait, au fond du casier, qu'une coupure de presse vieille de treize mois :

MYSTERIEUSE AGRESSION
SUR LA LIGNE PARIS-EST

«Plusieurs voyageurs dont les dépositions se recoupent avec précision affirment avoir assisté à un viol collectif dans le train de banlieue 7321, parti de la gare de l'Est à 22 h 12. Un peu après l'arrêt à Pantin, cinq ou six individus, manifestement sous l'emprise de l'alcool, ont agressé une jeune femme blonde et l'ont violée à plusieurs reprises alors que deux d'entre eux menaçaient les voyageurs à l'aide de crans d'arrêt. Bizarrement, ni la police ni la SNCF n'ont reçu de plainte de la part de cette mystérieuse jeune femme qui serait descendue à Gagny en refusant toute aide.

Une enquête a été ouverte même si, rappelle-t-on au commissariat de Gagny, on estime que moins d'un tiers des femmes victimes de viol se présente spontanément aux autorités judiciaires. »

Didier Daeninckx, « *Consigne automatique 548* »
dans *Main Courante* [1994], Éditions Verdier, 1994.

Laurent Mauvignier, *Dans la foule*

Laurent Mauvignier (né en 1967) travaille de roman en roman une langue qui affronte la douleur, le deuil et l'absence. Le 29 mai 1985 a lieu en Belgique la finale de la Coupe d'Europe des clubs champions, qui oppose le Liverpool Football Club et la Juventus Football Club. Avant le début du match, des hooligans envahissent la tribune voisine, créant une bousculade. Les supporters tentent de fuir, des grilles de séparation et un mur s'effondrent, des personnes sont piétinées. Le bilan est de 39 morts. C'est ce drame du Heysel qui est au cœur de *Dans la foule*.

Trois ans et quelques mois.

Ça a dû être très long pour les familles, d'attendre que le procès commence, qu'il se passe quelque chose, que, comme on dit, justice soit faite. Mais de tout ça, on ne peut pas vraiment parler. À La Bassée[1], j'ai vu ces trois années s'écouler dans un mouchoir de poche – une poche que j'aurais pu vider sur la table de la cuisine et qui aurait contenu non pas des années ni des clés ni de la monnaie ni un mouchoir, mais six cent mille étudiants contre la loi Devaquet et les voltigeurs de Pasqua, le suicide de Dalida, l'explosion de la navette Challenger comme un écho américain aux trente-deux morts officiels de Tchernobyl, et sur toutes les radios et dans les supermarchés le refrain de *C'est la ouate*, alors que dans le monde la ouate s'était déjà déchirée depuis longtemps et qu'il n'y avait même plus l'illusion du repos ; Rock Hudson est

---

1. La Bassée : petite ville du Nord, à proximité de Lille.

mort mais le sida ne tue pas que des vedettes, la petite culotte de Madonna est une icône pendant qu'on liquide le vingtième siècle, Fred Astaire, René Char, Rita Hayworth, Jean Genet, Simone de Beauvoir, mais aussi de mes poches j'aurais pu sortir ma peur de comprendre que nous vivons à l'air nu et que nous n'avons pas de peau assez solide pour nous protéger des coups de griffes et des morsures, que notre peau c'est déjà notre chair, et chanter *C'est la ouate, c'est la ouate*, et comme des perles ou des pièces de monnaie, j'aurais laissé rouler des noms sur la table, des chansons et les *Ailes du désir*, l'arrivée du Prozac et de Super Mario Bros sur Nintendo, notre monde émergeant comme un coup de pied au cul des rêves de nos parents : la mort de Malik Oussekine et nous deux, avec Tonino, cherchant à comprendre en travaillant, révisant nos cours en vendant des frites blanches comme des cierges et des hamburgers, et malgré l'odeur de friture et la casquette sur la tête, se remémorant en même temps le nombre de cannelures des colonnes doriques[1] et l'âge d'or de l'architecture classique, se rassurant en se disant, bon, au bout de dix unités de valeur nous aurons notre licence et puis après, après,

après, moi je rentrais souvent à La Bassée, où je retrouvais ma mère et mon petit frère – salut, p'tit frère, ça va ? – ma mère qui m'avait raconté qu'elle avait vu le match à la télévision sans savoir que j'étais là-bas ni que, peut-être, elle avait aperçu ma silhouette parmi les fantômes et ces corps de cendres au milieu des débris. Trois ans et quelques mois, pour un procès déjà fini avant d'avoir eu lieu. Italo Calvino est mort, Otto Preminger est mort, le krach d'octobre et *Shoah* à la télévision et Tonino qui aurait voulu que je l'accompagne là-bas, que je retourne à Bruxelles pour être près de ce procès que je ne voulais pas voir, moi qui ne rêvais que d'en finir encore de ces paysages d'herbe souillée et de gravats, de ces cris qui me réveillaient dans la nuit, des mois plus tard, dans ma chambre, alors même que pourtant celle-ci n'avait pas bougé et que je me répétais que là, à La Bassée, rien ne pouvait arriver.

Laurent Mauvignier, *Dans la foule* [2006], Éditions de Minuit, «Double», 2009.

---

1. Cannelures des colonnes doriques : moulures verticales sur les piliers d'architecture dorique – correspondant au plus ancien ordre d'architecture grecque.

Vers l'écrit du Bac

L'épreuve écrite du Bac de français s'appuie sur un corpus (ensemble de textes et de documents iconographiques). Le sujet se compose de deux parties : une ou deux questions portant sur le corpus puis trois travaux d'écriture au choix (commentaire, dissertation, écriture d'invention).

Sujet **La scène de meurtre**

👉 Le personnage de roman, du XVIIᵉ siècle à nos jours

Corpus

Texte A	Albert Camus, *L'Étranger*
Texte B	Daniel Pennac, *La Fée carabine*
Texte C	Emmanuel Carrère, *L'Adversaire*
Annexe	Francisco de Goya, *Saturne dévorant l'un de ses fils*

Texte A
Albert Camus, *L'Étranger* (1942)

Meursault, le personnage principal, est invité au bord de la mer par un homme peu recommandable, Raymond. Ils se promènent et croisent deux Arabes: une bagarre éclate, et Raymond est blessé au couteau. Plus tard, Meursault, qui a confisqué le revolver de Raymond, retourne sur la plage et retrouve par hasard l'un des Arabes.

Dès qu'il m'a vu, il s'est soulevé un peu et a mis la main dans sa poche. Moi, naturellement, j'ai serré le revolver de Raymond dans mon veston. Alors de nouveau, il s'est laissé aller en arrière, mais sans retirer la main de sa poche. J'étais assez loin de lui, à une dizaine de mètres. Je devinais son regard par instants, entre ses paupières mi-closes. Mais le plus souvent, son image dansait devant mes yeux, dans l'air enflammé. Le bruit des vagues était encore plus paresseux, plus étale qu'à midi. C'était le même soleil, la même lumière sur le même sable qui se prolongeait ici. Il y avait déjà deux heures que la journée n'avançait plus, deux heures qu'elle avait jeté l'ancre dans un océan de métal bouillant. À l'horizon, un petit vapeur est passé et j'en ai deviné la tache noire au bord de mon regard, parce que je n'avais pas cessé de regarder l'Arabe.

J'ai pensé que je n'avais qu'un demi-tour à faire et ce serait fini. Mais toute une plage vibrante de soleil se pressait derrière moi. J'ai fait quelques pas vers la source. L'Arabe n'a pas bougé. Malgré tout, il était encore assez loin. Peut-être à cause des ombres sur son visage, il avait l'air de rire. J'ai attendu. La brûlure du soleil gagnait mes joues et j'ai senti des gouttes de sueur s'amasser dans mes sourcils. C'était le même soleil que le jour où j'avais enterré maman et, comme alors, le front surtout me faisait mal et toutes ses veines battaient ensemble sous la peau. À cause de cette brûlure que je ne pouvais plus supporter, j'ai fait un mouvement en avant. Je savais que c'était stupide, que je ne me débarrasserais pas du soleil en me déplaçant d'un pas. Mais j'ai fait un pas, un seul pas en avant. Et cette fois, sans se soulever, l'Arabe a tiré son couteau qu'il m'a présenté dans le soleil. La lumière a giclé sur l'acier et c'était comme une longue lame étincelante qui m'atteignait au front. Au même instant, la sueur amassée dans mes sourcils a coulé d'un coup sur les paupières et les a recouvertes d'un voile tiède et épais. Mes yeux étaient aveuglés derrière ce rideau de larmes et de sel. Je ne sentais plus que les cymbales[1] du soleil sur mon front et, indistinctement, le glaive éclatant jailli du couteau toujours en face de moi. Cette épée brûlante rongeait mes cils et fouillait mes yeux douloureux. C'est alors que tout a vacillé. La mer a charrié un souffle épais et ardent. Il m'a semblé que le ciel s'ouvrait sur toute son étendue pour laisser pleuvoir du feu. Tout mon être s'est tendu et j'ai crispé ma main sur le revolver. La gâchette a cédé, j'ai touché le ventre poli de la crosse et c'est là, dans le bruit à la fois sec et assourdissant que tout a commencé. J'ai secoué la sueur et le soleil. J'ai compris que j'avais détruit l'équilibre du jour, le silence exceptionnel d'une plage où j'avais été heureux. Alors, j'ai tiré encore quatre fois sur un corps inerte où les balles s'enfonçaient sans qu'il y parût. Et c'était comme quatre coups brefs que je frappais sur la porte du malheur.

Albert Camus, L'Étranger, Gallimard.

Texte B
Daniel Pennac, *La Fée carabine* (1987)

Voici l'*incipit* de *La Fée carabine*, deuxième tome de la saga jubilatoire des Malaussène.

C'était l'hiver sur Belleville[2] et il y avait cinq personnages. Six, en comptant la plaque de verglas. Sept, même, avec le chien qui avait accompagné le Petit[3] à la boulangerie. Un chien épileptique, sa langue pendait sur le côté.

La plaque de verglas ressemblait à une carte d'Afrique et recouvrait toute la surface du carrefour que la vieille dame avait entrepris de traverser. Oui, sur la plaque de verglas, il y avait une

---

1. Cymbales : instrument à percussion formé de deux disques, de cuivre ou de bronze, que l'on frappe l'un contre l'autre.
2. Belleville : quartier de Paris, aux rues populaires et animées.
3. Un des membres de la famille Malaussène.

femme, très vieille, debout, chancelante. Elle glissait une charentaise[1] devant l'autre avec une millimétrique prudence. Elle portait un cabas d'où dépassait un poireau de récupération, un vieux châle sur ses épaules et un appareil acoustique dans la saignée de son oreille. À force de progression reptante[2], ses charentaises l'avaient menée, disons, jusqu'au milieu du Sahara, sur la plaque à forme d'Afrique. Il lui fallait encore se farcir tout le sud, les pays de l'apartheid et tout ça. À moins qu'elle ne coupât par l'Érythrée ou la Somalie, mais la mer Rouge était affreusement gelée dans le caniveau. Ces supputations gambadaient sous la brosse du blondinet à loden[3] vert qui observait la vieille depuis son trottoir. Et il se trouvait une assez jolie imagination, en l'occurrence, le blondinet. Soudain, le châle de la vieille se déploya comme une voilure de chauve-souris et tout s'immobilisa. Elle avait perdu l'équilibre ; elle venait de le retrouver. Déçu, le blondinet jura entre ses dents. Il avait toujours trouvé amusant de voir quelqu'un se casser la figure. Cela faisait partie du désordre de sa tête blonde. Pourtant, vue du dehors, impeccable, la petite tête. Pas un poil plus haut que l'autre, à la surface drue de la brosse. [...] Il s'appelait Vanini, il était inspecteur de police et c'était surtout les problèmes de Sécurité qui le travaillaient, lui. D'où sa présence ici et celle des autres inspecteurs en civil disséminés dans Belleville. D'où la paire de menottes chromées bringuebalant sur sa fesse droite. D'où son arme de service, serrée dans son holster[4], sous son aisselle. D'où le poing américain dans sa poche et la bombe paralysante dans sa manche, apport personnel à l'arsenal réglementaire. Utiliser d'abord celle-ci pour pouvoir cogner tranquillement avec celui-là, un truc à lui, qui avait fait ses preuves. Parce qu'il y avait tout de même le problème de l'Insécurité ! Les quatre vieilles dames égorgées à Belleville en moins d'un mois ne s'étaient pas ouvertes toutes seules en deux !

Violence...

Eh ! oui, violence...

---

1. **Charentaise** : pantoufle confortable, souvent en tissu à carreaux.
2. **Reptante** : néologisme, à rapprocher de « reptile » et « rampant ».
3. **Loden** : tissu de laine épais et imperméable.
4. **Holster** : étui qui permet de porter une arme sous une veste.

Le blondinet Vanini coula un regard pensif vers les Arabes. On ne pouvait tout de même pas les laisser saigner nos vieilles comme des chèvres, non? Soudain le blondinet éprouva une vraie émotion de sauveteur; il y avait les deux Arabes, sur le trottoir d'en face, qui causaient, mine de rien, dans leur sabir[1] à eux, et lui, l'inspecteur Vanini, sur ce trottoir-ci, tout blond de la tête, avec au cœur ce sentiment délicieux qui vous réchauffe juste au moment où on va plonger dans la Seine vers la main qui s'agite. Atteindre la vieille avant eux. Force de dissuasion. Aussitôt mise en application. Voilà le jeune inspecteur qui pose un pied sur l'Afrique. (Si on lui avait dit qu'il ferait un jour un pareil voyage…) Il progresse à grands pas assurés vers la vieille. Il ne glisse pas sur le verglas, lui. Il a aux pieds ses brodequins à crampons, ceux-là mêmes qu'il ne quitte plus depuis sa Préparation Militaire Supérieure. Le voici donc qui marche sur la glace au secours du troisième ou quatrième âge, sans perdre les Arabes de l'œil, là-bas, en face. Bonté. Tout en lui, maintenant, n'est que bonté. Car les frêles épaules de la vieille dame lui rappellent tout à coup celles de sa grand-mère à lui, Vanini, qu'il a tant aimée. […] Le blondinet, maintenant, ressemblait à de l'amour fondu. Il en aurait presque oublié les Arabes. Il préparait déjà sa phrase : «Permettez-moi de vous aider, grand-mère», qu'il prononcerait avec une douceur petit-filiale, presque un murmure, pour que cette brusque irruption du son dans l'amplificateur auditif ne fît pas sursauter la vieille dame. Il n'était plus qu'à un grand pas d'elle, à présent, tout amour, et c'est alors qu'elle se retourna. D'une pièce. Bras tendu vers lui. Comme le désignant du doigt. Sauf qu'en lieu et place de l'index, la vieille dame brandissait un P.38 d'époque, celui des Allemands, une arme qui a traversé le siècle sans se démoder d'un poil, une antiquité toujours moderne, un outil traditionnellement tueur, à l'orifice hypnotique.

Et elle pressa sur la détente.

Toutes les idées du blondinet s'éparpillèrent. Cela fit une jolie fleur dans le ciel d'hiver. Avant que le premier pétale en fût retombé, la vieille avait remisé son arme dans son cabas et

---

1. **Sabir** : langage peu compréhensible, composé d'un mélange de langues.

...ait sa route. Le recul lui avait d'ailleurs fait gagner un bon
...re sur le verglas.

Daniel Pennac, *La Fée carabine*, Gallimard.

Texte C
Emmanuel Carrère, *L'Adversaire* (2000)

Après avoir tué sa femme et ses enfants, Jean-Claude Romand se rend chez ses parents, Aimé et Anne-Marie.

Habitué à ce que le labrador de ses parents salisse ses vêtements en lui faisant fête, il a passé une vieille veste et un jean, mais accroché au portemanteau de la voiture un costume de ville en prévision du dîner à Paris. Il a mis dans son sac une chemise de rechange et sa trousse de toilette.

Il ne se rappelle pas le trajet.

Il se rappelle s'être garé devant la statue de la Vierge que son père entretenait et fleurissait chaque semaine. Il le revoit lui ouvrant le portail. Ensuite, il n'y a plus d'images jusqu'à sa mort.

On sait qu'ils ont déjeuné tous les trois. Il restait des couverts sur la table quand l'oncle Claude est entré dans la maison le surlendemain, et l'autopsie a révélé que les estomacs d'Aimé et d'Anne-Marie étaient pleins. A-t-il mangé, lui ? Sa mère a-t-elle insisté pour qu'il le fasse ? De quoi ont-ils parlé ?

Il avait fait monter ses enfants à l'étage, chacun à son tour, il a fait la même chose avec ses parents. D'abord son père, qu'il a entraîné dans son ancienne chambre sous prétexte d'examiner avec lui une gaine d'aération qui diffusait de mauvaises odeurs. À moins qu'il ne l'ait fait en arrivant, il a dû monter l'escalier la carabine à la main. Le râtelier[1] ne se trouvait pas en haut, il a peut-être annoncé qu'il allait, de la fenêtre, faire un carton dans le jardin, plus probablement rien dit du tout. Pourquoi Aimé Romand se serait-il inquiété de voir son fils porter la carabine qu'il était allé acheter avec lui le jour de ses seize ans ? Le vieil

---

1. Râtelier : support servant à ranger des objets (outils ou armes).

homme, qui ne pouvait se pencher en raison de problèmes lombaires, a dû s'agenouiller pour montrer la gaine défectueuse, à hauteur de plinthe[1]. C'est alors qu'il a reçu les deux balles dans le dos. Il est tombé vers l'avant. Son fils l'a recouvert d'un dessus-de-lit en velours côtelé lie-de-vin[2] qui n'avait pas changé depuis son enfance.

Ensuite, il est allé chercher sa mère. Elle n'avait pas entendu les coups de feu, tirés avec le silencieux. Il l'a fait venir dans le salon dont on ne se servait pas. Elle seule a reçu les balles de face. Il a dû essayer, en lui montrant quelque chose, de lui faire tourner le dos. S'est-elle retournée plus tôt que prévu pour voir son fils braquer la carabine sur elle? A-t-elle dit: «Jean-Claude, qu'est-ce qui m'arrive?» ou «qu'est-ce qui t'arrive?», comme il se l'est rappelé lors d'un des interrogatoires pour dire ensuite qu'il n'en avait plus le souvenir et le savait seulement par le dossier d'instruction? De la même façon incertaine, en essayant comme nous de reconstituer les faits, il dit que dans sa chute elle a perdu son dentier et qu'il le lui a remis, avant de la recouvrir d'un dessus-de-lit vert.

Le chien, monté avec sa mère, courait d'un corps à l'autre sans comprendre, en poussant de petits gémissements. «J'ai pensé qu'il fallait que Caroline l'ait avec elle, dit-il. Elle l'adorait.» Lui aussi l'adorait, au point d'en garder en permanence sa photo dans son portefeuille. Après l'avoir abattu, il l'a recouvert d'un édredon bleu.

Il est redescendu au rez-de-chaussée avec la carabine qu'il a nettoyée à l'eau froide, car le sang part mieux à l'eau froide, puis rangée au râtelier. Il a troqué le jean et la vieille veste contre le costume, mais pas changé de chemise: il transpirait, mieux valait le faire en arrivant à Paris. Il a téléphoné à Corinne, et ils sont convenus de se retrouver à l'église d'Auteuil où elle accompagnerait ses filles pour la messe des jeannettes[3]. Il a soigneusement fermé la maison et pris la route vers deux heures.

---

1. **Plinthe** : bande au bas d'un mur.
2. **Lie-de-vin** : couleur rouge violacé.
3. **Jeannettes** : fillettes membres du scoutisme catholique (en référence à Jeanne d'Arc).

«En quittant Clairvaux, j'ai eu le même geste que d'habitude : je me suis retourné pour regarder le portail et la maison. Je le faisais toujours car mes parents étaient âgés et malades et je me disais que c'était peut-être la dernière fois que je les voyais.»

Emmanuel Carrère, *L'Adversaire*, Gallimard.

Annexe
Francisco de Goya, *Saturne dévorant l'un de ses fils* (1823)

➡ Image reproduite en fin d'ouvrage, au verso de la couverture.

■ *Question sur le corpus*

Par quels procédés ces meurtres donnent-ils l'impression au lecteur d'être mis en scène ? Vous pourrez étendre vos analyses au tableau de Goya.

■ *Travaux d'écriture*

Vous traiterez au choix un des sujets suivants.

Commentaire

Vous ferez le commentaire littéraire de l'extrait de *L'Étranger* de Camus (texte A).

Dissertation

Le personnage de roman doit-il être un héros ? Vous répondrez à cette question en vous appuyant sur les textes du corpus, sur ceux que vous avez étudiés en classe et sur vos lectures personnelles.

Écriture d'invention

Vous réécrirez la scène de *La Fée carabine* du point de vue de la vieille. Vous trouverez un juste équilibre entre invention et respect du texte de départ. Vous pourrez adopter un style d'écriture proche de celui de Pennac (en veillant à restreindre le langage familier), ou un style plus classique.

Fenêtres sur...

 ## *Des ouvrages à lire*

D'autres œuvres d'Emmanuel Carrère

- Emmanuel Carrère, *La Moustache* [1986], Gallimard, « Folio », 2005.
- Emmanuel Carrère, *La Classe de neige* [1995], Gallimard, « Folio », 2002.

Des œuvres inspirées par des faits divers

- Truman Capote, *De sang-froid* [1965], trad. de l'anglais par Raymond Girard, Gallimard, « Folio », 2007.
- Jean Genet, *Les Bonnes* [1947], Belin-Gallimard, « Classico », 2010.
- Bernard-Marie Koltès, *Roberto Zucco*, Éditions de Minuit, 1990.
- J.M.G. Le Clézio, *La Ronde et autres faits divers* [1982], Gallimard, « Folio », 1990.
- Laurent Mauvignier, *Dans la foule*, Éditions de Minuit, 2006.
- Philippe Romon, *Le Bienfaiteur*, L'Archipel, 2002. [Fiction inspirée par l'affaire Romand.]

Des textes critiques

- Catherine Argand, « A-t-on encore le droit de s'inspirer des faits divers ? », *Lire*, 5 mai 2000. [Consultable en ligne.]

- Roland Barthes, « Structure du fait divers », dans *Essais critiques* [1964], Seuil, « Points Essais », 1981.
- Dominique Viart et Marc Vercier, « Fiction et faits divers », dans *La Littérature française au présent*, Bordas, 2008.
- Franck Wagner, « Le "roman" de Romand », Revue *Roman 20-50*, n° 34, décembre 2002 ; Internet : http://www.vox-poetica.org/t/wagner.html.
- La Revue littéraire, *Emmanuel Carrère*, Éditions Léo Scheer, « Écrivains d'aujourd'hui », 2007.

Des entretiens
- Entretien d'Emmanuel Carrère avec Jean-Pierre Tison, *Lire*, février 2000. [Consultable en ligne.]

Des films à voir

Des films inspirés par l'histoire de Jean-Claude Romand
- *Le Roman d'un menteur*, documentaire de Catherine Erhel et Gilles Cayatte, 2000.
- *L'Emploi du temps*, fiction librement inspirée par l'affaire Romand de Laurent Cantet, 2001.
- *L'Adversaire*, adaptation du récit de Carrère de Nicole Garcia, 2002.
- *La Vida de nadie*, fiction librement inspirée de Eduard Cortés, 2003.

Des adaptations de romans d'Emmanuel Carrère
- *La Classe de neige*, coécrit par Emmanuel Carrère et réalisé par Claude Miller, 1998.
- *La Moustache*, réalisé par Emmanuel Carrère, 2005.

Un documentaire réalisé par Emmanuel Carrère
- *Retour à Kotelnitch*, 2003.

@ Un site Internet à consulter
- http://jc.romand.free.fr

Glossaire

Allégorie : image filée, le plus souvent concrète, qui permet d'expliquer, d'illustrer une idée abstraite.

Analepse : retour en arrière dans un récit, équivalent du *flash-back* au cinéma.

Autobiographie : selon Philippe Lejeune, « récit rétrospectif en prose qu'une personne fait de sa propre existence, lorsqu'elle met l'accent sur sa vie individuelle, en particulier l'histoire de sa personnalité ». L'auteur, le narrateur et le personnage principal sont identiques et un pacte de sincérité est établi avec le lecteur.

Biographie : genre littéraire qui consiste à écrire sur la vie de quelqu'un.

Focalisation : aussi appelée « point de vue », la focalisation définit le regard à travers lequel une histoire est racontée. Elle peut être externe (les événements et les personnages sont vus de l'extérieur), interne (ils sont vus à travers le regard d'un personnage défini), zéro (ou point de vue omniscient, c'est-à-dire que le narrateur voit et sait absolument tout).

Incipit : début d'un récit (en latin, le mot signifie « il commence »).

In medias res : « au milieu de l'action », caractéristique d'un *incipit* qui débute comme si le lecteur savait tout des données de l'intrigue.

Intertextualité : lien qui unit un texte à un autre texte, notamment par l'intermédiaire de l'allusion et de la citation.

Littérarité : caractère de ce qui est littéraire, fruit notamment d'un travail sur le langage (rythme, densité des images, emploi de figures de rhétorique,...) qui produit des émotions et du plaisir.

Lyrisme : registre exprimant les sentiments sur un mode musical, poétique. Il se caractérise par l'utilisation de la première personne du singulier, les marques de la subjectivité et l'expression des sentiments.

Modalisation : appréciation portée sur un énoncé par le locuteur et qui révèle une subjectivité (par exemple, « selon moi », « peut-être », etc.)

Mythomanie : forme de déséquilibre psychique, pathologique, caractérisée par une tendance à la fabulation, au mensonge, à la simulation.

Pathétique : registre exprimant les émotions propres à la souffrance, au bouleversement face à une situation douloureuse, en utilisant des procédés expressifs qui amplifient l'émotion (hyperboles, phrases exclamatives et interrogatives, etc).

Prolepse : dans un récit, anticipation des événements à venir.

Style indirect libre : se dit lorsque les paroles sont rapportées indirectement mais sans être introduites par une proposition principale.

Texte polyphonique : texte qui fait entendre plusieurs voix.

Topos : lieu commun, procédé ou motif habituel, qui suscite des attentes et est aussi une source d'invention par les variations introduites. Exemple : la scène de rencontre amoureuse.

Tragique : registre caractérisant les textes qui montrent l'homme condamné à un destin malheureux, écrasé par des forces qui le dépassent, et inspirant terreur et pitié.

Uchronie : temps qui n'existe pas, et plus précisément en littérature, réécriture du déroulement de l'histoire à partir de la modification d'un événement du passé. L'uchronie correspond dans le temps à ce que l'utopie est à l'espace.

Dans la même collection

CLASSICOLYCÉE

Pour obtenir plus d'informations, bénéficier d'offres spéciales enseignants ou nous communiquer vos attentes, renseignez-vous sur **www.collection-classico.com** ou envoyez un courriel à **contact.classico@editions-belin.fr**

Cet ouvrage a été composé par Palimpseste à Paris.

Imprimé en Espagne par CPI
Dépôt légal : juin 2010
N° d'édition : 70115445-06/juin2015